Crónica del desamor

Rosa Montero nació en Madrid y estudió Periodismo y Psicología mientras colaboraba con grupos de teatro independiente como Tábano y Canon. Ha publicado en diversos medios de comunicación y desde 1976 trabaja en exclusiva para *El País*. En 1980 ganó el Premio Nacional de Periodismo para Reportajes y Artículos Literarios. En el 2005 obtuvo el Premio Rodríguez Santamaría de Periodismo en reconocimiento a los méritos de toda una vida profesional. Además de las novelas *Crónica del desamor* (1979), *La función Delta* (1981), *Te trataré como a una reina* (1983), *Amado amo* (1988), *Temblor* (1990), *El nido de los sueños* (1991), *Bella y oscura* (1993), *La hija del caníbal* (Premio Primavera 1997) y *El corazón del tártaro* (2001), también es autora de un libro de cuentos —*Amantes y enemigos* (1998)— y de varios vinculados con el periodismo: *España para ti para siempre* (1976), *Cinco años de país* (1982), *La vida desnuda* (1994), *Historias de mujeres* (1995), *Entrevistas* (1996), *Pasiones* (1999) y *Estampas bostonianas y otros viajes* (2002). *La loca de la casa* (2003) ganó el Premio Grinzane Cavour 2005 de literatura extranjera y el Premio Qué Leer 2003 al mejor libro en español, galardón que obtuvo de nuevo por su novela *Historia del Rey Transparente* (2005). Su última novela es *Instrucciones para salvar el mundo* (2008).

Rosa Montero
Crónica del desamor

punto de lectura

1979, Rosa Montero
© De esta edición:
2010, Santillana Ediciones Generales, S.L.
Torrelaguna, 60. 28043 Madrid (España)
Teléfono 91 744 90 60
www.puntodelectura.com

ISBN: 978-84-663-2400-7
Depósito legal: B-5.152-2010
Impreso en España – Printed in Spain

© Imagen de portada: Navia
Diseño de cubierta: María Pérez Aguilera

Primera edición: marzo 2010

Impreso por Litografía Rosés, S.A.

Prólogo

Hace treinta años

Treinta años son una vida. Mi vida. Hace ahora treinta años de la publicación de este libro, *Crónica del desamor,* mi primera novela, y me asomo a ese repecho temporal con incredulidad, vértigo y sudores. Sintiendo que la velocidad del paso de las décadas silba en mis oídos. Recuerdo perfectamente el día de la presentación, la tarde de calor, mi vestido rojo, la librería Antonio Machado de Madrid, el pequeño grupo de amigos. Era un libro modesto y un acto muy sencillo.

Como la mayoría de los novelistas, yo había empezado a escribir ficción en la niñez y sabía que en algún momento terminaría sacando una novela. Pero me sentía muy insegura de mi capacidad narrativa, sin duda con razón, y no tenía ninguna prisa por hacerlo. Creo que es en lo único en lo que he sabido ser paciente en toda mi vida: en la escritura. En el año 1978, sin embargo, el éxito fulminante del diario *El País* provocó que algunos de los jóvenes periodistas que publicábamos en él nos hiciéramos bastante conocidos. Un día recibí la llamada de un tal Paco Pabón, de Debate. A mí no me sonaban ni Paco ni la editorial, que era por entonces una empresa nueva y diminuta, una aventura personal de Pabón, Ángel Lucía y algún otro socio, también varón, que habían montado Debate para editar ensayos, fundamentalmente ensayos feministas. Y con esto queda dicho todo sobre la pasión librera, la originalidad y el arrojo casi estrafalario de esos locos geniales. Paco, en fin, me propuso que hiciera un volumen de entrevistas a mujeres, un libro con un sesgo feminista. Cuando una trabaja de colaboradora, como era entonces mi caso, no suele rechazar ninguna oferta, de manera que dije que sí, firmé un contrato y recibí un sobrio anticipo de veinticinco mil pesetas que se evaporaron en un suspiro.

Pero las semanas empezaron a pasar, y después los meses; la fecha de entrega se acercaba inexorablemente y yo ni siquiera había comenzado a preparar el libro. Me aburría hasta el tedio tener que hacer más entrevistas, además de las muchas que ya realizaba por entonces para *El País;* y el hecho de que el trabajo estuviera limitado a un tema concreto hacía el encargo aún más fastidioso. Por otro lado, yo siempre estaba escribiendo algo narrativo, cuentos y comienzos de novelas que acababan guardados en cajones. De modo que hablé con Paco y le dije que no me sentía capaz de cumplir con su libro de entrevistas feministas, pero que, si quería, le hacía algo de ficción. Una novela que hablara de la vida de las mujeres. «Vale», contestó Pabón con una flexibilidad y una capacidad de improvisación encantadoras: «Entonces aprovecharemos tu texto para empezar una colección de narrativa». Porque ni eso tenía la editorial por entonces. Y así fue como *Crónica del desamor* se convirtió, en 1979, en la primera novela del catálogo de ficción de Debate. Ahora me conmueve de algún modo ver el título ahí, al principio de la lista: es como contemplar una vieja foto del pasado.

A decir verdad, creo que toda la novela es justamente eso, una fotografía de los años setenta. Escribí este libro con todo mi cuidado, con inmenso esfuerzo y lo mejor que pude, pero me parece que podía poco. La narrativa es un género de madurez y ésta es sin duda una novela juvenil, a la que además no creo que ayudara mucho esa especie de pie forzado con que fue escrita, la intención primera de hacer un libro más o menos feminista sobre la vida de las mujeres, algo a lo que nadie me obligaba pero que de alguna manera pesó sobre mis hombros como una especie de imperativo fantasmal. Siempre he sido muy ambiciosa literariamente, siempre he creído que podía aprender a escribir mejor, y cuando saqué este libro sabía lo lejano que quedaba de mis sueños. De ahí el título. Lo llamé *Crónica* porque ni siquiera me atrevía a llamarlo novela.

En principio se iban a imprimir tres mil ejemplares del libro, pero en un rapto de audacia Paco Pabón decidió tirar cinco mil, aunque yo estaba segura de que se los comería. Pero, para sorpresa de todos, *Crónica del desamor* fue un éxito arrollador. Se hicieron decenas de ediciones y se vendió durante años. Hasta que yo decidí no volver a editarla. Siempre le agradecí a la *Crónica* la seguridad que su éxito me dio, esa dosis de confianza que me permitió seguir escribiendo narrativa; pero pensaba que se trataba de un texto muy precario y prefería que la gente no lo leyera. La novela debe de llevar por lo menos veinte años fuera de circulación, probablemente más. No dejé que mis agentes renovaran los contratos.

Pero ella se resistió a morir. *Crónica del desamor* ha seguido luchando por su vida con la tenacidad del cactus que se aferra a los terrones secos del desierto. En todas las ferias del libro a las que he acudido en estas tres décadas han llegado lectores preguntando por la *Crónica,* o alabando ese libro por encima de mis otras novelas posteriores (cosa que me saca de quicio, porque tengo la soberbia y quizá vana presunción de haber aprendido a escribir bastante mejor con el paso del tiempo). El año pasado, en la Feria del Libro de Madrid 2008, este fenómeno alcanzó niveles sorprendentes: decenas de lectores me pidieron la *Crónica.* Algunos eran de mi edad y ya la habían leído; pero la mayoría eran chicos y chicas veinteañeros que la venían buscando porque sus padres les habían hablado de la novela. Entonces empecé a pensar que el libro tenía su propia vida al margen de mí. Que la novela quizá formara parte de la biografía de muchas personas, de su juventud, de un momento histórico en este país. Y que ahora, treinta años después, tal vez mereciera la pena reeditarla, a pesar de sus carencias juveniles.

Crónica del desamor no fue nunca una novela autobiográfica: no puedes poner nombre y apellidos a los personajes ni fechar los acontecimientos, que son imaginarios. Pero sí es una novela estrechamente pegada a una realidad generacional. Un retrato en directo de aquellos años ardientes de la Transición. Creo que, como en toda novela primeriza, los personajes son superficiales y esquemáticos, pero probablemente el texto tiene pasión, brillo, ligereza, fuerza descriptiva. En fin, todo esto lo recuerdo y lo supongo, porque no he vuelto a leer la novela. La última vez que lo hice fue hace veintiocho años, cuando tuve que corregir la traducción al inglés. Ahora, en esta nueva edición, no he querido ni mirar las galeradas, porque me da miedo leer el libro y sentirlo ajeno, me da miedo leerlo y querer cambiar lo que no me guste, que sospecho que será bastante. Pero pienso que uno no debe alterar las novelas que escribió en el pasado: deben ser exactamente lo que fueron. De manera que esta *Crónica del desamor* ha sido publicada tal y como era, tal y como éramos. Ésa es su veracidad y su razón de ser. Tengo la rara sensación de que esta novela la hemos escrito de algún modo entre todos y de que este cumpleaños es colectivo. Tres décadas más tarde, *Crónica del desamor* nos muestra una instantánea de lo que fuimos.

ROSA MONTERO

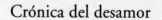

Crónica del desamor

1

—Oye, Ana, ¿puedes hacer los pies de estas fotos?

—Ni hablar, guapo, que son las diez de la noche, que me está esperando el Curro, hombre.

Como es día de cierre en *Noticias semanales* la redacción está cubierta por una sucia espuma de folios desechados, de fotografías dobladas, de colillas de tabaco, de vasitos de plástico pringosos con café reseco. La máquina de cafés del pasillo se ha agotado, precisamente —esa máquina que la empresa instaló movida por su ejecutiva concepción del rendimiento, para que el personal ahorrase viajes a la calle, minutos muertos, segundos de trabajo— y aquel que quiera calentar un estómago destemplado por la nicotina ha de bajar a la planta segunda, a la redacción de *Noticias Diario,* en donde una impresionante batería de máquinas tragaperras ofrece bocadillos plastificados, brebajes color café, cocacolas y todos los tradicionales sucedáneos que consumen los trabajadores del periódico, que tal despliegue de automatización se debe a que en la segunda planta son muchos más y están ahí todos los días, todas las noches.

—Trae, anda, pero en cuanto termine esto me voy, ¿eh? Que tengo que recoger al crío.

—Lo que sufrís las madres, Dios mío, sobre todo las solteras.

—Ja. ¡Qué ingenioso!

Desde una cartulina brillante, Fraga mira al objetivo con ojos bizquísimos: es una oportuna, malévola instantánea. «El buen ojo de Fraga»... no, no, esto es una estupidez, frisssss, gime la hoja al salir del carro, «Fraga: una mirada serena hacia el futuro», es una tontería, pero qué coño van a esperar de una a estas horas. La siguiente: ah, la siguiente... Eduardo Soto Amón sonríe ladinamente rodeado de fotógrafos y próceres de la patria. El reverso está en blanco.

—¿Esto qué es?

—Ah, sí, se me había olvidado, chatita —Mateo hace restallar entre los labios el «chatita» a modo de armisticio, que Ana está de mal humor, y son las diez, y bien sabe él que no tiene por qué hacer los pies de fotos, y él es hombre que prefiere lo afable a lo arisco y a fin de cuentas mejor es ir por las buenas—. Eso es de una conferencia que dio el jefe en el ciclo económico-político del Instituto de Estudios Modernos o como se llame, eso que está en Ferraz, ahora te busco los datos exactos. Nada, pones tres líneas diciendo que soltó el rollo y ya está. De todas formas refrena tus impulsos y no le dejes mal, Anita, que los jefes tienen el corazoncito delicado.

El corazoncito de Soto Amón está envuelto en las ricas y acostumbradas sedas de su camisa, en ese traje cruzado tan impecable que ni siquiera resulta ostentoso, el pelo rubio se le despeina en canas cuidadosas y muestra su sonrisa de siempre, lobuna y lista, «Conferencia de Eduardo Soto Amón en el Instituto de...».

—Papá me ha llevado al zoo, mami.

—Ése no es tu papá, Curro, es «mi» papá, así que es tu abuelo.

—Aaaaah... Entonces mi papá es el Tato.

—No, amor, el Tato es mi hermano, es tu tío porque también es hijo del abuelo.

—Aaaaah...

Ana calla esperando nuevas preguntas, esperando que Curro se decida por fin. Pero el niño cierra la boca mientras se afana inútilmente en buscar quién sabe qué en la hebilla de su pequeño zapato, como siempre, aprendiendo a disimular a los cuatro años, temeroso de saber ya en la niñez. ¿Se acordará de Juan? ¿Guardará algún olor, o el volumen, o la sombra, la forma aproximada de aquel Juan al que no ha vuelto a ver desde que tenía cinco meses? La casa está fría y hay que desvestir al Curro con rapidez, meterle los pololos de lana, taparle con el embozo, menos mal que mi madre le ha dado ya la cena, estoy tan cansada. La casa está fría y sobre todo sola, las paredes muy blancas y vacías de muebles. Pone la radio, cuece un par de huevos, mordisquea un pan toast con desgana, abre el libro de Hammett por donde quedó hace dos días, se tumba en la cama aún vestida, se arrebuja en la manta, la casa está tan fría y sola.

Vivieron tres años juntos. Tres años o un poco menos. Tres años de más, en cualquier caso. Decía ser escritor y de hecho escribía y rompía con frenesí parejo. Le gustaron de él sus indecibles jerséis flotantes, su triste cara de melena lacia, su pasado extraordinario, su originalidad. No, no: lo que le gustó fue su pasión y su palabra. Era un malabarista del lenguaje. Tan listo. Un fuego de artificio: se construía a sí mismo como personaje literario cada día, quizá por eso era incapaz de escribir.

—No sé cómo le aguantaste tanto tiempo, Ana, era un chulo asqueroso.

—No lo era, no seas absurda.

—Pues tú me dirás... estuvo tres años viviendo de ti.

—Pareces una madre cuando hablas así, Julia, coño. Lo malo no es que «vivan» de ti. Cuando una mujer vive de un hombre, es decir, la inmensa mayoría, nadie piensa de ellas que estén chuleando, ¿no?

—Pero es que yo no estoy de acuerdo con eso tampoco. Además, es que Juan era... Bueno, si quieres quito lo de chulo, pero de lo de asqueroso no me apeo.

Piensa Ana que estaría bien escribir un día algo. Sobre la vida de cada día, claro está. Sobre Juan y ella. Sobre Curro y ella. Sobre la Pulga y Elena. Sobre Ana María, que ha perdido el tren en alguna estación y ahora se consume calladamente en la agonía de saberse vieja e incapaz de. Sobre Julita, muñeca rota tras separarse del marido. Sobre manos babosas, platos para lavar, reducciones de plantilla, orgasmos fingidos, llamadas de teléfono que nunca llegan, paternalismos laborales, diafragmas, caricaturas y ansiedades. Sería el libro de las Anas, de todas y ella misma, tan distinta y tan una. Un libro que podría recoger situaciones como ésta:

ANA. ¿Sí?

VOZ EN TELÉFONO. ¿Ana?

ANA. Sí, soy yo.

VOZ EN TELÉFONO. Ah, hola, soy Diego, ¿qué tal estás?

Ana acaba de llegar del dentista con una muela menos, o está en el primer día de una regla dolorosa, o tiene el ánimo arrugado por la espera, tantos días aguardando que sonara este teléfono.

ANA. Muy bien, ¿y tú?

DIEGO. Bah, tirando. Oye, ¿tienes algo que hacer esta noche?

Ana tiene que acostar a Curro, o ha de entregar mañana ese reportaje tan largo que aún no sabe cómo hacer, o ha quedado para cenar con un amigo muy querido que a estas horas resulta ya ilocalizable.

ANA. Pues no... Estoy aquí, leyendo... ¿por qué?

DIEGO. ¿Te apetece que cenemos?

Ana decide en un cuarto de segundo que madrugará para escribir el reportaje, calcula cuánto tiempo tardará en vestir al Curro y llevarle a casa de su madre —claro que no le gustará nada tener de nuevo al niño—, piensa con suicida melancolía en el plantón que sufrirá el buen amigo, recompone la cara para que no se advierta la tristeza, intenta recordar si tiene medallones en la caja de viejas medicinas para neutralizar el dolor de la extracción o el de ovarios.

ANA. Muy bien, ¿cómo quedamos?

Y sabe que saldrá y será encantadora, inteligente, divertida y amable, que representará con sabio hábito su papel de mujer fuerte y libre, ni exigencias ni lágrimas que son deleznables y femeninos defectos. «Eres una mujer maravillosa», dirá él en un momento de la cena con entonación admirativa y lejana —como quien elogia un vino fino, una sonata amable, esas delicadas cosas que hacen más grata la existencia— sin poner en la frase más compromiso que el del propio aliento. Y Ana compondrá una sonrisa lista y segura mientras intenta tragar su vergonzante sensación de ridículo mezclada con el leve sabor a sangre de la encía rota. O quizá como esta otra:

21

JAIME. ¿A qué hora te tienes que levantar mañana?

ANA. Pues... ¿Y tú?

Ana ha aprendido a ser precavida. A las preguntas contesta con preguntas para disminuir los riesgos de la batalla. Jaime es un intelectual, un hombre comprometido que por lo tanto teme comprometerse en las palabras. Han hecho el amor y antes y después de ello han mantenido conversaciones refinadas, brillantes, distanciadas.

JAIME. Tengo una reunión a las once, de modo que me tendré que levantar una hora antes.

Ana ha de estar a las diez en una rueda de prensa de Coordinación Ciudadana, o ha prometido acompañar a Elena al médico, o.

ANA. ¿A las diez?... Bueno, sí, para mí también es buena hora.

JAIME. Estupendo, así desayunaremos juntos.

Sí, así desayunarán juntos y habrá cuando menos esa estrecha tregua, aunque por las mañanas todo sea siempre voluntariamente apresurado y frío, aunque las despedidas sean vagas e incómodas y nadie aluda a la próxima cita.

O ésta, en fin:

LUIS. Qué envidia me das... Ahora me tengo que ir a trabajar y tú mientras tanto te quedas aquí, en tu casa, con tu música, a tu aire...

Son las siete de la tarde, hace tres horas que están juntos. El verano se cuela agobiante por las ventanas, aplasta el techo de la vieja casa, son las desventajas de vivir en un último piso. La habitación hierve y en el cuerpo desnudo de Ana se mezclan los sudores de agosto y los de amar.

LUIS. No te imaginas lo poco que me apetece marcharme.

Se está vistiendo y su cuerpo menudo se oculta a parcelas, ahora los vaqueros, luego se abrocha la camisa, Ana siente que le pierde a medida que su desnudez se acaba. Hacía un mes que no se habían visto y al fin Luis ha encontrado un hueco en su apretado horario. Un hueco siempre breve, siempre escaso. Cuando suena el golpe de la puerta aún guarda Ana la sonrisa mecánica del adiós. El disco se termina, los hielos se han deshecho, los vasos vacíos y sucios sobre la mesa parecen recordar una fiesta inexistente. Tumbada en un sillón, incapaz de moverse, Ana deja que el sudor resbale por su cuerpo, pegajoso. Ha ordenado su día en torno a estas tres horas, ha prescindido de citas, ha postergado los trabajos. Ahora se siente paralizada por el incómodo estupor que da la ausencia: qué se puede hacer, ridícula en su desnudez y su sudor, sola en esa casa tan caliente, inútilmente libre a una hora perdida de la tarde.

Pero escribir un libro así, se dice Ana con desconsuelo, sería banal, estúpido e interminable, un diario de aburridas frustraciones. Como va entrando en calor se desnuda desde dentro de la cama. Los pantalones, el jersey. Los calcetines no, que los pies están aún helados. Se coloca el pijama de algodón y resopla, por último, agotada por el esfuerzo de las contorsiones bajo la carpa de su manta. En el periódico de hoy, que hojea antes de dormirse, sangran aún los dos supuestos etarras acribillados esta mañana en el País Vasco, y el niño que se atravesó en el tiroteo callejero y resultó descerebrado, y el guardia civil y su novia que murieron a balazos en el coche, sudorosos aún tras bailar en la discoteca, desplomados sobre el volante, con la bocina tocando inútilmente a muerto.

Pero suena el teléfono, son las doce de la noche y el timbre la sobresalta. Se apresura a descolgar, que me despiertan al niño. Es una equivocación, una voz monótona y discreta que pregunta por Marcos, ¿no es el 2331217?, sí lo es, el hombre verifica el número en la guía con gran fru-fru de hojas de papel, advierte su error, se excusa, es tan tarde, quizá te he despertado (y agoniza el minusválido al que unos policías aporrearon con saña, fue en Guipúzcoa y el muchacho intentaba protegerse desde el suelo, la peluca que cubría su cráneo pelado, pálido y enfermo, resbaló dejando ver las cicatrices de la última operación, los policías golpearon una y otra vez sobre la sonrosada costura, tierna y reciente) y el hombre insiste con untuosa y anticuada cortesía en invitarla a un vermut, tienes una voz tan preciosa que debes ser muy guapa (batalla campal en las calles madrileñas, funcionarios de la grúa municipal contra automovilistas supuestamente gruables, insultos, golpes, alguna boca rota e indignación ciudadana) y es absurdo, pero Ana se siente incapaz de colgar al hombre bruscamente, «¿cómo te llamas?», «de ninguna manera», que ella se sabe débil y presa en sus propias amabilidades, en una tímida y exagerada cortesía y por ello se ve envuelta ahora en este burdo ligue telefónico que ella creía ya inexistente (una chica de diecisiete años se ha arrojado de un camión en marcha, había hecho autoestop y de repente abrió la puerta, las ruedas dobles pasaron sobre ella, reventándola, el conductor debió de extender tarde hacia el vacío la mano que intentaba sujetarla, esa misma mano con la que antes quiso abusar de ella), pero por fin, tras un educadísimo forcejeo endulzado de vermut, Ana consigue despedirse y cuelga.

En las páginas de huecograbado hay una foto pequeña y perdida que se encaja entre la inauguración de la autopista de Gerona y el retrato grupal de las fiestas de Jerez (la reina de las fiestas, hija de capitostes, sonríe algo estrábica al objetivo, un ramo de flores en la mano y el moño de indecibles proporciones bailando en la coronilla con precario equilibrio) y ahí, en un rinconcito de la página, como pidiendo permiso, está la mirada loca y triste del hombre, «no sabe quién es», dice el titular, un pobre tipo recogido en un hospital, que vagaba por las calles con pasos huérfanos, que ha olvidado su identidad, su lugar y su destino. Es un hombre cincuentón, el pelo negro y abundante, erizado en lo alto de la nuca como olvidado de la mano cuidadosa encargada de peinarlo, la nariz aplastada, la boca compungida conteniendo un puchero, los ojos grandes, inocentes, pestañudos, ojos llenos de miedo. Es un hombre feo, mísero y asustado, y muestra su soledad tan claramente que resulta impúdico y molesto. Porque es inmoral, poco discreto y fuera de todo orden olvidarse de la propia existencia.

Suena el teléfono de nuevo, hola, voz bonita, es otra vez ese hombre absurdo, repite su repertorio de cortesías viejas y su programa moderadamente alcohólico, no me gusta el vermut, dice ella, bueno, pues un zumo. Añade el hombre que acaba de llegar de su trabajo, «porque soy aparejador, ¿sabes?», y Ana comprende que ha insistido esperanzado en su propia importancia, creyendo que al decir su profesión anularía reticencias y obstáculos. Me sorprendes, dice ella

25

al fin, ¿por qué?, porque no entiendo tu insistencia y se me ocurren tres cosas: una, que no tienes nada que hacer en todo el día; otra, que estás muy solo, o por último, que estás muy aburrido, y el hombre mientras tanto niega con vigor y sonoras protestas, y yo, continúa Ana, en cambio, tengo mucho que hacer, no estoy muy sola y no me aburro nunca, de modo que no sigas llamando.

Una vez colgado el auricular Ana piensa con alegre orgullo que le gusta lo que ha dicho, es curioso, a veces se siente capaz de respuestas oportunas y acertadas y otras veces se bloquea, anonadada y muda, en los momentos de tensión. Pero en esta ocasión ha estado bien, se dice, aunque para ello haya mentido un poco al hablar de su soledad. Y, sin embargo, la del hombre ha de ser mayor, una soledad matrimonial y bien acompañada, una soledad sin conciencia de serlo, como si el desconocido se hubiera perdido a sí mismo —igual que el triste resto de la foto— sin haberlo descubierto todavía, creyéndose aún aparejador, hombre de bien, casado, padre de familia, ignorante de su caricatura.

—Rinnnnng.

—¡Bueno, ya está bien!

Ana ha descolgado esta vez llena de furia, me va a despertar al Curro este cretino, y al otro lado del hilo oye una voz conocida.

—Mujer, no te pongas así, qué susto.

Es Elena, qué risa, perdona, creí que eras un plasta que no hace más que llamar para invitarme a vermut, no me digas, qué noches más locas tienes, Ana, ya ves, se hace lo que se puede.

—Pues llevo un día horrible —dice Elena entre risas—, sólo faltaba que me gritases también tú.

—¿Por qué?

—Vaya, porque no es nada agradable que te descuelguen el teléfono a berridos...

—No, que por qué llevas un día horrible.

—Ah, por lo de siempre... He tenido una agarrada con mi catedrático y le he mandado a la mierda, con lo cual me quedaré pronto sin trabajo, y después por si faltara algo he estado toda la tarde a gritos con Javier, para variar.

—Bueno... es que lo vuestro ya...

—Lo sé, lo sé —corta rápida Elena—, pero no quiero hablar de eso ahora, estoy demasiado enrabietada. Y además sabes lo difícil que es terminar una relación, hostia, es dificilísimo.

—¿Por qué ha sido lo de hoy?

—Yo qué sé, por cualquier cosa, una idiotez, qué importa, es lo de siempre... Bueno, corramos un tupido velo, por favor.

—Muy bien. Mañana nos vemos, por cierto, ¿no?

—Sí, por eso te llamaba, para recordarte lo del ginecólogo. Yo tengo que trabajar hasta las cinco y media, así es que si quieres nos vemos directamente allí.

—¿Y tu hermana?

—Candela viene a buscarme a la salida de clase, iremos juntas.

Y cuando Ana iba a colgar dio un grito, oye, espera, pero la línea está ya cortada y sólo escucha el exasperante bip-bip-bip, naturalmente no me acuerdo del número del portal, bueno, da igual, lo miraré en la guía.

Estaba terminando de arreglarse y se peinaba en el baño, con premura y sin cuidado, cuando oyó de nuevo los gritos y las voces. El cepillo se le detuvo en el aire, paralizado de sobrecogimiento, y durante unos minutos Ana permaneció así, tensa, enfrentada con su propia imagen ante el espejo, el oído atento a los alaridos. El retrete tenía una luz escasa y fría que entristecía aún más los llantos que traspasaban el suelo y la conciencia. Esta vez la cosa había empezado de repente, con un grito ronco y seco, para continuarse tras una tímida pausa en golpes y el susurro sordo de muebles o cuerpos arrastrados por el suelo: y sobre todo los suspiros, los aterradores gemidos de dolor y desamparo. Permaneció largo tiempo a la escucha y el concierto orquestado por los vecinos de abajo no tenía trazas de acabar. Así que al fin tuvo que abandonar la casa reverberante de ruidos y correr escaleras abajo, ya que se le había hecho tarde, ciento doce peldaños bajados en un vuelo porque el ascensor es mañoso y de costumbres enigmáticas y no consiente en descender con nadie, y cuando algún obcecado o insensato lo intenta suele terminar con sus huesos atrancados en el sótano. De modo que ahora Ana está en la calle con los tímpanos aún atornillados por los gritos, está en la calle, es tarde y llueve.

Haciendo un gasto decididamente extraordinario y dado que no tiene paraguas y la calzada se espesa en un tráfico perezoso e irritante, y que el autobús, como siempre, tarda demasiado, y dado además que atardece rápidamente y la noche, demasiado fría y húmeda, cae encima con insultante urgencia, sin dejarte tiempo para habituarte a ella, dado todo esto, en fin, y con un sentimiento de claudicación Ana para un taxi, me va a costar un pastón, es una estupidez, si hubiera salido antes no tendría que perder ahora estas ciento y pico pesetas que voy a dilapidar alegremente, con lo mal que ando de dinero este mes.

—¿Qué número me has dicho?

—El 37...

El taxista vuelve hacia ella un perfil chato y granujiento. Es un chico joven de pelo negro y rizoso tan abundante que parece aplastar su cara con el peso, agrupándole todos los rasgos cerca de la barbilla. Viste cueros oscuros y llenos de cremalleras y se ha pasado todo el viaje canturreando y chascando los dedos al compás del rock duro y atronador de su aparato de casetes, qué gracioso, cómo han cambiado las cosas. Recuerda Ana que hace pocos, aún muy pocos años, ella aprendió a recelar de los taxistas, hay que tener cuidado con ellos, se decía, hay muchos chivatos policiales dispuestos a denunciarte si dices algo sospechoso, eran los años del franquismo, aquellos años llenos de susurros. Ahora, este muchacho conduce con una sola mano, tararea un rock angloparlante y exhibe en el salpicadero del coche divertidos carteles cuidadosamente escritos con rotuladores de colores, NO ME COMA EL COCO, POR FAVOR, y al lado, NO INSISTA EN EXPLICÁRMELO TODO: LE HE ENTENDIDO PERFECTAMENTE, y por todas partes hay pequeños montículos de cintas grabadas, en el asiento de delante, en la guantera, en la bandeja posterior, y también una hilera de lucecitas parpadeantes rojas y verdes, instaladas quizá con añoranza de discoteca y que en realidad imprimen al taxi un aire de árbol de Navidad rodante. Y en un semáforo el muchacho confesó, «pues yo, cuando se me estropea el aparato de música, no trabajo», y lo dijo a voz en grito porque la música está fuerte, fuerte, fuerte.

Como el ginecólogo va de progresista tiene la consulta en un barrio periférico, en una torre, eso sí, nueva y flamante, que destaca del entorno de casitas baratas y avejentadas. En la antesala están ya Elena y Candela, hay que ver qué pesada eres, menos mal que hemos tenido que esperar porque si no habríamos pasado sin ti. Esto lo dice Elena, claro está, con su genio rápido y algo bronco, ya se sabe, mientras Candela se limita a sonreír irónica y distanciada, como siempre. Debe tener Candela ya los treinta y cinco o algo así, y se le notan en las abultadas bolsas bajo los ojos, en esa boca de labios finos y decididos que ha ido gestando tenues arrugas junto a las comisuras, arrugas de mucho apretar los dientes y tirar para delante, piensa Ana, que siente un respeto muy especial por ella. Son muy distintas las dos hermanas, realmente, porque Elena es menuda, nerviosa y abrasadora —resulta muy guapa con sus ojos dorados de felino y el abundante pelo negro y rizoso, tiene cara de mulata bruñida— y en cambio Candela posee una estructura grande y angulosa, de mandíbula rotunda, de rostro expresivo y un punto trágico, tan pálida siempre, las cejas tan negras, las orejas malvas, ese rostro de actriz griega, a lo Irene Papas a punto de hacer de Electra. Enérgica. Es una mujer enérgica Candela y todo en ella (hasta su forma de sentarse, erguida, o de apoyar la cortante barbilla en la mano derecha, en el hueco formado por el índice y el pulgar) parece desprender una sabiduría especial, su conciencia del dominio de las cosas. Posee un agudizado y terrible sentido del humor que quizá le haya crecido por defensa. Con sangrante ironía cuenta y reconstruye su barroco pasado (ex compañero alcohólico, palizas familiares, penurias económicas, dos hijos, ex amante suicidado, toda una biografía melodramática que pese a ser real semeja invento) con tal gracia y aparente falta de sentimientos que es capaz de producir lagrimeantes risas al narrar por cuarta o quinta vez cómo aquel muchacho se arrojó ante sus ojos por la ventana de un noveno. Por todo esto, Ana siente admiración, respeto y extrañeza ante el valor de Candela. Y por debajo también algo de miedo.

—Bueno, Candela, ¿qué tal estás?

—Ahora ya bien..., pero he estado a punto de no contarlo.

Ahora Candela está convaleciente, rajada como si hubiera sufrido una cesárea. Todo empezó hace tiempo, cuando un ginecólogo español le colocó un *esterilet,* un DIU: doctor, estoy harta de atiborrarme de píldoras, y los recientes estudios hablan de la incidencia de infartos al pasar los treinta y cinco, y no quiero seguir esclava de esa pastilla minúscula, mes tras mes, sin tener tan siquiera una relación sexual medianamente fija, doctor, quiero cambiar de método anticonceptivo. A los tres meses de haberle incrustado el cobre se quedó embarazada y fue a Londres. Abortó higiénicamente, esterilizadamente, internacionalmente. Abortó con amargura, como todas, como siempre.

Piensa Ana que si los hombres parieran el aborto sería ya legal en todo el mundo desde el principio de los siglos. Qué Papa, qué cardenal Benelli osaría ser censor de un derecho que pedirían sus entrañas. Los políticos preñables no malinterpretarían sus propias necesidades, como ahora, cuando mantienen que el aborto es sólo un método anticonceptivo más, exigido sin escrúpulos por las mujeres culpables. Y, sin embargo, estos guardianes del orden genital ajeno pagarán sin duda un raspado internacional a sus hijas descarriadas, mientras otras mujeres han de someterse a carniceros españoles e ilegales. Como Teresa, la hermana de Juan.

A los dos años de vivir juntos, Teresa se instaló con ellos. En aquella época la relación de Ana y Juan era un infierno; no había dinero y tuvieron que compartir la vieja casa con más gente, fue entonces cuando vivieron en el piso los dos catalanes, y la chica fotógrafa, y por último Teresa. Era una mujer especial, dura y ambigua. Cuando se le terminó el seguro de paro se colocó en una barra americana de chica eventual. No había que acostarse con los tipos, por supuesto: tan sólo soportar sus soledades etílicas y sus manos volanderas, propensas al toqueteo y a la exploración carnal. En realidad, Teresa cogió este empleo para ayudar a su hermano. Era la época en que Juan hablaba de dejarlo todo, de marchar a Latinoamérica y comenzar allí de nuevo, olvidado su pasado de militante antifranquista, la cárcel, las palizas subterráneas de Gobernación, todo eso que formaba su mito y su condena, que cuando Ana conoció a Juan éste ya estaba deshecho —luego ella llegó a dudar de que alguna vez hubiera sido diferente— y le aterraba participar en nada ligeramente político, yo estoy tan fichado, yo no quiero más de nada. Era el último período de Franco, los fusilamientos, las condenas a muerte, la ley antiterrorista, el país sudaba frío miedo. Ana, venciendo apenas los pavores, acudía a las manifestaciones con piernas temblorosas, doloridas las mandíbulas de apretar tanto los dientes, y cuando volvía a casa, enrojecida aún, tiritona de nervios, Juan preguntaba cómo había ido la cosa, y sin esperar la respuesta dictaminaba severo, es que esta convocatoria ha sido suicida, es que os lo hacéis muy mal, es que la situación política aconseja que, y entonces desgranaba lentamente sus teorías de veterano y roto militante.

El caso es que era la época ya tardía de la relación en que Juan quería marcharse, y necesitaba un dinero inexistente para empezar otra vida allá en el nuevo mundo. Con el sueldo de Ana se mantenían y pagaban el alquiler, hasta que la despidieron del banco por su tripa. Entonces Teresa se contrató en la barra americana, «por unos meses nada más, con mil al día más las propinas puedo sacar bastante», y durante semanas ahorró para su hermano pequeño, haciendo como siempre de madre para él, que Teresa solía decir que quería tener un hijo. Por eso, cuando un día anunció que estaba embarazada, Ana le preguntó si pensaba tenerlo.

—No. No puedo —contestó Teresa con rostro ensombrecido.

—Pero ¿por qué?

—Porque no, porque no lo quiero, porque ha sido un error mío, porque no estoy muy segura de quién es y ninguno de los dos es más que un amigo, porque no tenemos dinero, porque ya es suficiente con tu embarazo, porque yo quiero tener a mi hijo en otras condiciones. Porque no, vaya.

Tenía ya ahorradas cerca de cincuenta mil pesetas metidas en una hucha de latón descascarillada y vieja —«fue el último regalo de mi padre, antes del accidente»— y Ana le propuso ir a Londres, como siempre, qué se le va a hacer. Pero una noche Teresa regresó muy pronto del trabajo, apenas eran las ocho y media de la tarde, tenía los ojos hinchados y turbios y se acostó en seguida. Es que hoy no he ido al bar, sabes, una tía me dio una dirección en el Pozo del Tío Raimundo, he ido esta tarde y me han puesto una caña de bambú, la caña se hinchará, dilatará el cuello del útero y dentro de unas horas abortaré, tengo que tomarme estos antibióticos y estarme quieta, sólo me ha cobrado tres mil pesetas. Y calló Teresa su búsqueda por las calles sin asfaltar hasta encontrar a doña Mercedes, la casita deteriorada de la vieja comadrona, el olor a verdura y aguas residuales, el techo bajo y sucio, ulcerado por ampollas de humedad, que pudo observar mientras permanecía tumbada boca arriba con las piernas abiertas y manos ajenas hurgando dolorosamente dentro de ella. En el aparador de la derecha había un tarro de Danone con flores y en la pared un cromo enmarcado del Corazón de Jesús. Teresa estaba echada sobre la mesa del comedor y sentía en sus nalgas el calor del flexo que doña Mercedes había encendido para iluminar la operación. Tres mil pesetas.

Cuando Ana volvió a casa al día siguiente encontró a Juan encerrado en el dormitorio, irritado y tenebroso, «por favor, Ana, vete a hablar con Teresa, yo lo siento, pero no la puedo aguantar, está insoportable», Juan se debatía entre la culpabilidad y el miedo. Así que ella se acercó al cuartito de Teresa, al fondo del pasillo, esa habitación pequeña que daba al patio vecinal, penumbrosa y tristona. La encontró llorando, arrebujada entre las sábanas, «¿qué te pasa, te sientes mal, te duele?», y sí, le dolía, se había tomado Buscapina y aun así sentía como una garra en el bajo vientre, pero no era por eso por lo que lloraba, es que había ido al retrete y lo había visto, había visto caer esa masa sangrienta y sin formas, Dios mío, qué terrible. Y Ana sintió que su propio niño le pesaba de repente dentro de ella, cálmate, Teresa, guapa, podrás tener un hijo más adelante, cuando quieras, ahora lo importante es que te pongas bien, ¿quieres que te haga un té? Pero Teresa lloraba y lloraba sin parar, bajito y hacia dentro, y Ana sentía miedo ante sus lágrimas nunca vistas. Apenas había luz en la habitación aunque no eran más allá de las dos de la tarde, y el aire estaba enrarecido y olía a sudor y a menstruación y a llanto, esto debe ser la miseria, pensó Ana como en sueños, estoy viviendo el fondo de la miseria, es exactamente esto, esta triste suciedad cotidiana sin ninguna perspectiva de salida, «¿te has tomado el antibiótico?», y le tocó la frente y estaba ardiente y seca.

De madrugada la despertó una voz susurrante, Ana, Ana. Teresa se apoyaba en la cabecera de la cama y se sujetaba el vientre con la mano, era una figura borrosa a la sucia luz de amanecida, estoy muy mal, Ana, por favor, llévame a la Cruz Roja. Se vistió a toda prisa, Juan dormía pesadamente o se hacía el dormido, no le despiertes, dijo Teresa, y Ana le odió profundamente. Así es que se lanzaron a la calle a la búsqueda de un taxi, pasaban pocos y les costó encontrarlo. Teresa se sentó vacilante en el bordillo, las manos cruzadas sobre el vientre y hamacándose atrás-adelante como meciéndose a sí misma, tenía tal fiebre que la realidad se le emborronaba en pequeños delirios, pero repetía incansable: no hay que decir nada, Ana, que no se enteren, diremos que ha sido un aborto natural. La metieron directamente en el quirófano, la verdad es que se está muriendo, pensó Ana con una frialdad que le asombró después, al recordarla. A ella la mandaron a su casa, ni tan siquiera era familiar, podría visitarla al día siguiente, sala doce, turno de dos a cuatro, si es que salía con vida. Y salió. En la habitación común había seis camas, todas llenas, y la sala rebosaba de visitas familiares susurrantes que intentaban salvaguardar la intimidad con sonoros murmullos. Teresa era la única que estaba sola, tapada hasta el cuello con la sábana porque ni tan siquiera habían traído un camisón, estaba lívida y cansada. Sabes, Ana, dijo bajando la voz, me han preguntado que qué me han hecho, estaban muy enfadados conmigo, sospechan que es un aborto aunque la caña de bambú no deja afortunadamente las mismas señales que un raspado, el médico me dijo que había estado a punto de no operarme, que yo ya era mayor para saber lo que hacía, son unos cabrones. Ana, son unos cabrones peligrosos. En la cama de al lado estaba una gitana vieja, arrugadita y de color oliva, le habían quitado el útero y suspiraba «ay señó, ay señó, ay señó» con incansable quejido, junto a ella se agrupaba la familia, una docena de personas en guirigay confuso velaban a la anciana sin hacerle caso, y ella seguía disparando sus quejas en tono monocorde. Cuando acabó la visita un médico detuvo a Ana en el pasillo, «¿es usted familia de Teresa Zarza?», «no, amiga», «pues ándense ustedes con ojo porque en esta ocasión no les denuncio no sé por qué, pero como vuelva a pasar algo semejante van ustedes a la cárcel», el hombre era alto, canoso, se sentía poderoso en su bata impecablemente verde, «¿de qué me está usted hablando?», «sabe bien a qué me refiero, señorita», y Ana dio media vuelta sin siquiera contestarle, mientras se alejaba vio a dos enfermeras discutiendo a voz en grito con la docena de gitanos que se negaban a marcharse, cómo vamos a dejar aquí a la Tía sola, decían con barullo.

El caso es que cuando Candela abortó en Londres aquel médico de aire mecanizado y eficiente le dijo que su *esterilet* había sido mal colocado, que de ahí su embarazo. Acostumbrado a manipular úteros ajenos le instaló un nuevo DIU después de hecho el raspado. Meses más tarde, una mañana, llegaron los vómitos inesperados, los dolores, el vientre endurecido, el internamiento urgente en un hospital, la operación, el veredicto: peritonitis aguda por la infección que larvó durante tiempo el DIU, ese aro de cobre inocente colocado sin previsión ni escrúpulos en una anatomía de reciente aborto. Ahora Candela tiene la tripa rajada como si hubiera sufrido una cesárea.

—Y menos mal que aún estoy con vida.

Tuvo Candela mucho tiempo para reflexionar, allá en el hospital. Pensó en la liberación de la mujer, o mejor dicho, en esa supuesta liberación que a ojos de muchos hombres sólo se concretaba en lo sexual, en tener hembras más dispuestas, en olvidar el odiado condón, el coito interrumpido. Los hombres que inventaron la píldora la ofrecieron como clave mágica de la revolución de la mujer, como si eso fuera suficiente. Y así, también en España, en el prolífico franquismo, los médicos modernos recetaron píldoras con indiscriminado afán: es igual la marca, no importa el descanso o la frecuencia, porque la píldora es el invento liberador. Liberador de quién, piensa Candela. Después se «descubrió» el DIU, llegó la fiebre del cobre. Los ginecólogos lo alaban, es un método limpio, inodoro e insípido, tan ajeno al hombre como la propia píldora. Y además, es tan cómodo, los mismos médicos que te lo recomiendan pueden insertarlo, son 10.000 pesetas la colocación (hay que reconocer que es un anticonceptivo que resulta muy rentable).

—¿Un diafragma? Bah...

Han pasado ya a la consulta y ante ellas el médico dibuja una sonrisa de conmiseración y desprecio en su boca rosa y aniñada. Es un hombre de mediana edad, de pelo aceitoso y bien peinado, piel delicada e imberbe como de bebé. Está sentado muy derecho en su silla de rígido respaldo y apoya la punta de sus manos —extendidas en un ademán que él quizá considera digno y distante— en el filo de la gran mesa de despacho, una mesa repujada y renegrida que posiblemente heredó de un padre también médico, de un pariente notario. Así está, observándolas desde lejos con sus ojazos redondos y vacunos, impostando la voz ligeramente para expresar con mayor reciedumbre su sabio desprecio por el diafragma.

—Es un método muy malo, yo no lo trato, no tiene ninguna seguridad, te quedarás embarazada.

—Sí, puede ser menos seguro, pero ya me he quedado embarazada con el DIU y luego casi me muero por una infección que provocó, y por otra parte no quiero seguir tomando píldoras, son ya demasiados años.

—Pero, mujer... —y el hombre mueve una de sus manos con aire vago y mayestático, barriendo las protestas de Candela junto al aire—, eso del diafragma es una calamidad, dentro de un par de meses te veo viniendo otra vez con una barriga... Y además, es muy latoso, es una cosa que...

—Yo lo llevo usando cuatro años —dice Elena— y me ha ido muy bien.

—¿Ah, sí? —contesta el médico con gesto escéptico—. Habrás tenido suerte... y, ¿cómo te lo pones? ¿Cortas al tipo y le dices que se espere?

(Hay algo común en muchos ginecólogos: ese desprecio por la persona, la grosería de grandes machos que ven-y-curan-coños.)

—¿Qué es esto?

Elena ha sacado su diafragma del bolso, una cajita redonda de plástico que parece una polvera de juguete. El hombre la ha abierto con aire displicente y los polvos de talco que impregnan la goma han inundado su escritorio, colándose por los repujados, dejando una blanca nevada que se reparte, generosa, entre sus pantalones y los papales doctorales. El tipo enrojece, su voz se agudiza en tonos femeninos, «¿qué es esto?», repite enrabietado mientras sostiene el disco blanquecino con dos dedos melindrosos.

—Los polvos de talco con que hay que guardarlo para que no se pique.

Está claro que es la primera vez que este médico ve un diafragma. Está claro que le asquea, relacionándolo quizá —como muchos otros hombres— con el condón odiado. La píldora, el DIU, son problemas de mujer. Es ella quien las toma, quien lo sufre. El diafragma, sin embargo, es algo más cercano a la pareja: ¿ha de interrumpir el varón sus acaloramientos previos para que ella pueda colocarse el disco de caucho? Qué horror. ¿Ha de utilizarse a veces crema espermicida? Qué desastre. Son tan cómodas las píldoras o el DIU, esos métodos que el hombre no padece...

Les ha cobrado mil pesetas a cada una, «Total para nada, ese imbécil, ni sabía lo que era un diafragma, no te jode», muerde al aire Elena hecha una furia, «yo no digo que sea el método ideal, no hay ninguno que lo sea, pero por lo menos es el que menos daño físico hace, y eso de que casi ningún ginecólogo varón sea capaz siquiera de explicar que existe es indignante», caminan velozmente hacia el coche porque hace un viento frío que se cuela por los huesos, Ana ríe, «resulta curioso que ahora se esté volviendo en todo el mundo al diafragma, cuando es uno de los métodos más antiguos», y Candela, «sí, sí, yo sé que mi madre lo ha usado, me contó que se lo traían de Francia, que entonces el aro exterior de la goma estaba articulado y que a veces al quitárselo se pegaba unos pellizcos terroríficos», «qué horror», dice Ana, «qué bárbaro», dice Elena, y añade, «¿mamá usaba eso?», «sí, sí, eso me dijo», «qué curioso», comenta Elena pensativa, «a mí nunca me ha contado nada», «será que no te has preocupado de preguntárselo». Pero ya han llegado al dos caballos, «mierda», exclama Elena, «me han robado los casetes», la ventanilla derecha está apalancada, «maldita sea, ya es la segunda vez, pues sí que ha sido una visita fructífera esta del ginecólogo», «por lo menos», dice Candela, «tenemos el consuelo de que el tipo ese todavía estará limpiando la mesa de polvos de talco», risas, «¿os acordáis de la cara que puso el muy cretino?». Y mientras arrancan en la tarde oscurecida, Ana ve a una chica muy delgada, de edad indefinida, ojos vacíos y mandíbula colgante, una figurita breve toda vestida en violentos rojos que avanza por la acera solitaria como impulsada por el viento, haciendo grandes gestos con los brazos, musitando extrañas letanías, riéndose hacia el vacío de su espalda por encima de un hombro picudo, pobre loca sola y volátil que al pasar junto al coche les saca una lengua afilada, húmeda y granate, una lengua que tiene algo de obscena.

Acaba de darse cuenta Ana de que no tiene nada en casa que pueda resultar mínimamente comestible, de modo que para engañar el hambre y paliar la destemplanza se prepara un bebedizo hirviente —poleo, hierbabuena, té, todo unido— con el oído atento a la respiración dormida de su hijo. Mientras se acuesta, taza en mano, Ana se dice con angustia que hay días que parecen desvanecerse, inexistentes. Que hay semanas crepusculares y malditas, abrasadas por el tedio, de las que sólo logra recordar la abrigadora cama, como si los días se escapasen, borrosos, convertidos en una sucesión de noches somnolientas. Sorbe el agua de sabor indescifrable y piensa en la rajada tripa de Candela, en los risibles talcos de la mesa, en la lengua desnuda de aquella chica, tan turbadora como el sexo de un exhibicionista, igualmente fuera de la norma. Se estremece a medias de frío y de melancolía y apaga la luz, dispuesta a dormir. Se siente inquieta, sin embargo, ansiosa de algo indefinido. Da varias vueltas en la cama, encogidas las piernas, esperando que los pies entren en reacción. Está un punto nerviosa: reflexiona por unos instantes sobre la posibilidad de masturbarse, pero termina descartándolo, hoy le aburre demasiado ese mínimo esfuerzo de imaginación que es necesaria. En realidad lo que quería hoy es la cálida, cariñosa sensualidad de una larga noche juntos, dormir abrazados y sentir entre sueños un beso en el hombro. Es tan difícil llegar a conocerse uno mismo... Cuando terminó con Juan terminó también su fe en la pareja. Ana creyó su desencanto

eterno y vivió alborozada unos primeros meses de re-
cuperación, de reconquista del entorno. Su cama volvía a ser suya, suyo era su tiempo, esas horas de las
que ya no tenía que rendir cuentas a nadie. Suya su
individualidad, sus amigos, sus gustos, sus decisiones,
todo ese mundo que durante tres años fue plural. Durante muchos meses no soportó la idea de compartir
sus sábanas y fueron aquéllos sus meses más plenos,
una época dorada en la que se sintió autosuficiente y
libre, fue por entonces cuando comenzó a trabajar en
prensa y se sabía poderosa, marcó sus relaciones senti-
mentales con distanciamiento tópicamente varonil.
Pero hace ya casi cuatro años de la ruptura y Ana asiste
ahora al despertar en ella de los viejos anhelos. La experiencia le hace recular ante la idea de una convivencia que ella presiente fatalmente arrasadora, pero vuelve a vivir el ansia de agotar opciones, de conocer a la
otra persona en todas sus circunstancias, de intentar
de nuevo la pareja, aunque la tema suicida. Y así, año-
ra el torpe y tierno abrazo de un amante dormido, más
que hacer el amor, más que el propio sexo.

Juan. Cuando rompió con él lo hizo de forma
definitiva. No soportaba verle más, no podía. Ahora,
sin embargo, Ana se arrepiente por el Curro. Por la
necesidad que tiene el niño de encontrar una imagen
paterna, de dejar de ser distinto. «Hasta que Curro no
te pregunte directamente por su padre tú no le hables
de él, lo que tienes que hacer es ir contestando las
preguntas que el niño te haga.» Éste es el consejo de
Candela, y debe ser un buen consejo. Ella sabe mucho de esto, no sólo por ser psicóloga especializada en
niños, sino también por tener dos hijos carentes de
padre. Pero piensa Ana que quizá sería bueno ponerse

en contacto con Juan, mandarle una carta a la lejana Colombia: «Juan: te sorprenderá recibir noticias mías, supongo. No, no va de dramatizaciones, ni de rencores pasados ni mucho menos de nostalgias, como puedes comprender. Te escribo por el Curro. Tiene cuatro años ya y al margen de lo nuestro, de nuestras equivocaciones y nuestros odios...». No, no. Recuerda la carta que comenzó a redactar hace dos noches y se avergüenza de ella. Qué ridículo, la relación con Juan fue tan melodramática que todo en torno a él se convierte en fotonovela barata.

El caso es que esta noche está definitivamente desvelada, y eso que mañana le espera un día duro, un día en el que quisiera estar particularmente serena y descansada. A la una tiene cita con Domingo Gutiérrez, el director de la revista. Quiere pedirle, mejor dicho, exigirle, que la metan en nómina, porque ya lleva demasiado tiempo colaborando en la casa y aún sigue en el aire, ignorada administrativamente por el monstruo burocrático de *Noticias*. Como conoce poco a Domingo, Ana procura prepararse mentalmente las frases a decir, que ya se sabe, luego me siento allí delante del tipo y no se me ocurre nada, y, sin embargo, sé bien que la razón está de mi parte. Puede que sea esta tensión de víspera lo que la mantiene ojiabierta y, como otras veces en estas velas involuntarias, Ana empieza a escuchar susurros extraños por la casa, el aire se cubre de amenazas y la habitación adquiere con las sombras dimensiones monstruosas, llenas de ecos. Ana siente que la nuca se endurece, que los músculos se alertan, siente que acecha el miedo. Pero haciendo un esfuerzo acostumbrado lo domina, se ríe nerviosamente de sí misma, intenta relajarse.

No hay que ceder terreno a los pavores, es necesario mantener a raya al visitante nocturno. De lo contrario, le puede suceder lo mismo que le pasa a la Pulga, que recorre un par de veces cada noche su casa sola y apagada, caminando de puntillas con susto infantil, dejándose guiar por una mano extendida que va tentando las paredes, esperando encontrar a la vuelta de cada esquina la sombra del hombre desconocido que encarna sus temores apenas confesables. Y así, apretando los dientes ante los ruidos de la soledad, Ana al fin se duerme.

2

—Vaya por Dios... Ahí llega Ramsés a vigilar el trabajo de sus esclavos...

Ana había visto pocas veces —o muchas, pero intangibles— a Ramsés-Soto Amón, empresario brillante y triunfador de un imperio de letras, del reino de *Noticias,* dos revistas, un periódico, una editorial, una distribuidora, dos premios literarios, una agencia de prensa y el deseo secreto de conseguir también en un futuro una cadena de televisión, tras luchar codo con codo con otras aves de rapiña. Y su nombramiento, además, como senador real en el que fue flamante Parlamento (era Eduardo Soto Amón un político hábil que sabía llegar al poder por vericuetos insospechados, disimulando en un elegante desdén por presentarse en candidaturas electorales sus ansias de gobierno), un senador muy joven a sus cuarenta y dos años, con ese bien conservado físico de ejecutivo moderno, cabeza de intelectual —aguileño de ojos fríos, azules y voraces— y cuerpo de deportista, el perfecto play boy de las alturas, que en los fines de semana hace política mientras afina su cintura con el tenis o el balandro. Un hombre sofisticado y poderoso, refinado ejemplar de la clase dominante, viviendo el esplendor de su victoria: un personaje al que Ana siempre ha odiado. Como decían sus amigos:

—Vaya un jefecito que tenéis...

—¿Quién? ¿Ramsés? —contestaba ella con disimulada angustia.

—Ah, no me digas que llamáis Ramsés al Soto Amón.

—Sí, por lo mucho que manda.

—Ja, tiene gracia..., pues sí, ése, ése. A Jean Paul y a mí nos dejó sin pagar los proyectos de portada que hicimos para la editorial, es un gángster, menudo hijo de puta.

Y Ana asentía siempre con sonrisa cómplice y desolada.

Dice Mateo hoy que Ramsés viene para vigilar el trabajo de los esclavos, pero sabe bien él mismo que no es cierto. En realidad el todopoderoso Soto Amón no suele mostrar especial interés por los múltiples trabajadores de la casa: siempre está encerrado en su enmoquetada planta noble recibiendo a políticos, líderes o banqueros, tejiendo con ellos finas tramas de conjuras. Del trabajo puramente periodístico nunca se ocupa: dicen los malévolos que es mucho mejor, porque no sabe. Ha sido, sin embargo, lo suficientemente astuto como para rodearse de colaboradores eficaces. Y con extraña habilidad ha sabido fomentar en ellos espíritu de entrega y de servicio, subyugándoles con su presencia y tiranizándoles con su indiferencia: pertenece a ese género de hombres que saben hacerse amar a través del odio y el dolor. Y Mateo bien conoce todo esto, porque es el hombre más veterano de la casa. Comenzó a trabajar con Soto Amón cuando éste sólo disponía de una pequeña revista económico-política, *Bases,* que desapareció hace ya tiempo. Son quince años de colaboración, recuerda Mateo, quince, eran los dos muy jóvenes por entonces, tomaban copas amigas y tras los siempre difíciles cierres del semanario, y en aquellas emocionadas madrugadas, entre vapores alcohólicos, Eduardo le lloraba sus angustias por conseguir ese crédito que había sido tan costoso. Eran noches en las que se amaban más de lo que habían amado nunca a mujer alguna. Entonces Mateo era su hombre clave, cubría la necesidad de Ramsés de disponer de un ayudante fiel en quien descargar responsabilidades y tristezas. Después todo empezó a complicarse. Vinieron los años y los éxitos. Ahora, Mateo es redactor jefe de la revista principal y apenas ve a Ramsés. Ahora, Eduardo Soto Amón desconoce a quienes trabajan para él. Dicen los del periódico que jamás ha pisado su redacción, que no ha aparecido nunca por la segunda planta. Sí baja, en cambio, a la tercera, a *Noticias semanales,* pero saben bien todos que sólo les visita para hablar con Domingo, y que atraviesa la redacción a menudo con su paso apresurado por la única razón de que es el camino más corto para llegar al despacho del director de la revista. Y es que Domingo Gutiérrez es ahora su mano derecha, el delfín en el imperio, su confidente y amigo, a quien Ramsés educa para director del periódico primero y después para sucederle. Es Domingo un joven menudo, treintañero de brillante y precoz carrera, coleccionista de matrículas de honor y especializaciones en Harvard, representante de la nueva hornada periodística, capaz de hablar con fluidez tres idiomas, que es una maravilla la preparación de esta gente joven, decía Soto Amón. Piensa Mateo que ha sido relevado en el puesto de confianza por el acento inglés del joven Domingo y también, cómo no, por su esencial novedad, porque el director de la revista sólo conoce al Soto Amón brillante y triunfador y, en cambio, el escéptico Mateo le ha visto débil, errado y vacilante: sabe demasiado de él para resultarle cómodo. Y, con despecho de novia rechazada, Mateo se burla con finura de Domingo, es un buen chico, sí, ¿habéis visto que cada día se parece más a Soto Amón, qué curioso? Y lo cierto es que Domingo atraviesa la redacción con las manos cruzadas tras la espalda, copiando el mismo gesto del gran Eduardo, el mismo aire de estar por encima de las cosas. Pero lo que quizá no sabe el director de la revista es que la frialdad de Soto Amón se ha decantado en años de dificultades y sombrías supervivencias, mientras que él, buen hijo de familia, con la democracia cristiana aún reciente pegada a las espaldas, cercano su talante al compañerismo, a la camaradería del universitario, resulta todavía demasiado tierno, tímido y confuso como para poder heredar por ahora el inhumano imperio: es el suyo un delfinato a medio digerir. Pero Mateo ha dicho, ahí llega Ramsés a vigilar el trabajo de sus esclavos, y, en efecto, aquí está hoy Soto Amón, distante e impecable, cortando el aire de la redacción con su perfil agudo.

Recuerda Ana que fue el día en que ella cumplió los treinta años, amargo día aquel, despedida de la veintena, despedida de la juventud, despedida de la creencia en un futuro ilimitado. Fue aquel día, pues, cuando le vio aparecer por la redacción, como ahora, gustándose a sí mismo dentro de su traje gris, arreglándose con gesto mecánico el nudo de la corbata o quizá simplemente acariciando con aprobación la suave seda. Estaba hablando con Domingo y hasta ella llegaba su voz grave y medida de entonación frívolamente culta, «me lo dijo Olivares, que como bien sabes es un portentoso imbécil». «¿Y tú qué contestaste?», respondía Domingo, bailándole en los labios la sonrisa, «le di las gracias en mi más efusivo tono, le palmeé la espalda con aire paternal y le puse inmediatamente de patas en el pasillo». Fue en ese momento, muy cerca de ella, cuando se sumó a la pareja Andrés, el confeccionador. Cuando se inclinó a la oreja de Soto Amón, susurrante. Cuando sucedió el prodigio.

—Por supuesto, Andrés, por supuesto —tartamudeó Eduardo—, perdóname, hombre, es que se me ha olvidado. Con estos líos que uno tiene siempre encima, pues... Discúlpame que hoy mismo firmaré la orden.

Y sí, Ana creyó verle sonrojado. El intocable reyezuelo de destinos —tantos trabajadores aterrados por su segura presencia— se sonroja. Era capaz de emociones por lo tanto el acerado Eduardo. Era quizá tímido, quizá humano, bajo su envoltura sin arrugas de madelman perfecto. Y allí mismo, en aquel momento, al abrigo de aquel rubor impensable, Ana sintió el desmayo de comprender que Soto Amón le gustaba.

Hoy, mientras le observa a lo lejos, nerviosa, hundida la cabeza en unos folios cualesquiera, pretexto para su disimulo, siente Ana la aguda desazón que da la ausencia, el dolor casi físico de la carencia de aquel a quien crees querer. Hace un mes ya del portentoso descubrimiento y desde entonces Ana queda toda estremecida cada vez que Soto Amón pasea ante ella, indiferente, su metálica presencia. Allí, al fondo de la sala, sin saberlo, el gran Ramsés sonríe, hace un gesto casual, gira sobre sus talones y al fin desaparece por la puerta, dolorosamente ajeno. «Vecinos: todos a la manifestación del día 12.» Ha de leer Ana varias veces el papel que tiene entre las manos para hacerse consciente de lo que en realidad dice. Es la convocatoria de la coordinadora de barrios para la manifestación contra la especulación de la vivienda, hoy, a las ocho de la tarde. Ana suspira: quedaron atrás aquellos años inciertos y medrosos, aquellas carreras impulsadas por el pánico, las prohibidas manifestaciones del franquismo a las que Ana se obligaba a ir con las piernas derretidas de pavor. Después llegó la muerte del dictador, la supuesta democracia, la desgana. Piensa Ana que el desencanto político, tantas veces esgrimido últimamente, es un invento del gobierno Suárez: es más fácil dirigir un país de desencantados que de ciudadanos rabiosamente activos. Y, sin embargo, pese a intentar luchar contra esa paralizadora inercia, siente ella misma también la perplejidad del contexto, el absurdo, la desidia. Está de acuerdo Ana con lo que dice Elena, claro que está de acuerdo: los partidos ya no sirven, han de ser nuevos los métodos de lucha, es el momento de las agrupaciones feministas, ciudadanas, comunales. Y, sin embargo, Ana no irá a esta manifestación de hoy, no asistirá tampoco a esta convocatoria grupal aunque la considere justa y necesaria. Y así está, negándose a sí misma, aplastada por una incredulidad que se entierra en la pereza, evadiéndose de lo real a través de un irreal amor por Soto Amón, en una huida individualista y solitaria.

Pero es la hora de la cita con Domingo, que tengas suerte, chatita, dice Mateo. Tienes que esperar un poco, dice la secretaria. Y Ana se sienta en el sofá de cuero de la antesala, observa los cuadros de las paredes, repite mentalmente su discurso, recuerda que ha de comprarle al Curro unas botas en las rebajas, se come las uñas con gesto nervioso y cabizbajo, se levanta inquieta para pasearse por la habitación, mira el reloj, comenta «cómo tarda» con la chica, responde a su sonrisa de complicidad conmiserativa con una mueca, se vuelve a sentar, son casi las dos, al fin se abre la puerta y sale Soto Amón con rápido paso, mirando al frente y sin decir nada.

«Perdona la tardanza, Ana», se excusa Domingo, que es hombre fundamentalmente amable y sin mucha imaginación. Como es más bien bajito, la mesa del despacho, moderna y amplia, le queda grande, como heredada de un hermano mayor y corpulento. Tú dirás, añade, encendiendo un cigarrillo, y Ana, sí mira, que llevo tanto tiempo trabajando aquí, que soy una más en la revista, que realizo el trabajo de un redactor, que le puedes preguntar a Mateo, sí, contesta Domingo, me ha hablado muy bien de ti, y ella insiste, esta situación no hay quien la aguante, estoy por irme, no seas tan impaciente, mujer, y ella, no es impaciencia, tengo un hijo a quien mantener, necesito una seguridad. Veré qué puedo hacer, dice Domingo, como tú sabes eso no depende de mí, ya, supongo que dependerá de Soto Amón, como todo, y Ana se arrepiente de haber dicho esto en el mismo momento de decirlo, hombre, contesta picado Domingo, como todo no. Bueno, añade Ana ya perdido el control, de cualquier forma tú y Soto Amón sois muy amigos, así es que, ¿y por qué dices eso?, pregunta él con gesto suspicaz, porque eso se sabe, todos dicen que eres su sucesor (y Ana se da cuenta de que se está equivocando, qué burra soy, se dice mientras rasca con la uña tímidamente el brazo del sillón), pero Domingo ya se ha puesto encarnado como la grana y contesta, yo no soy el sucesor de nadie, y luego hay un embarazado silencio. Al fin él se serena, vuelve a esbozar la sonrisa amable, me parece que lo que pides es justo, veré qué puedo hacer, pero ya sabes que hasta fin de año no habrá ninguna ampliación de la plantilla, ¡pero si estamos en enero!, exclama Ana, de cualquier forma, insiste el otro, las cosas están estipuladas así, no se cogerá a nadie fijo hasta diciembre, en una empresa tan grande como ésta es necesario llevar un método, pues de otra forma sería el caos. Y antes de que pueda darse cuenta, Ana se encuentra en el pasillo. De patitas en el pasillo, como diría Soto Amón.

3

Justo en el momento en que hacía girar la llave del cerrojo, Elena se dio cuenta de que no había comprado leche para el desayuno, y ni pensar que Javier se haya acordado, claro está: de todas formas terminó de abrir la puerta y corrió a la cocina, la nevera estaba tan vacía como siempre, y ahora dónde mierdas puedo encontrar leche.

Tras dudar unos instantes —en realidad odia despertar y no poder apuntalarse en un buen desayuno— Elena se lanzó otra vez a la calle, eran las diez y cuarto de la noche y no había más remedio que coger de nuevo el coche y acercarse a uno de los malditos *drugstores* ciudadanos. Está hoy Elena particularmente cansada y deprimida, tras la manifestación de la tarde, tan húmeda y poco concurrida: que sólo respondan cinco mil personas a la convocatoria de la coordinadora de vecinos es a estas alturas más bien triste, la verdad. Ella misma, incluso, tuvo que forzarse a ir, la tarde era lluviosa y los ánimos quedaban casi tan oscuros como el cielo. Pero algo quedaba en Elena de sus viejos hábitos de militante, cinco años de disciplina colectiva le habían dejado un poso de voluntarismo, una ansiedad de acción. En fin, que fue. La concentración, pese a todo, tuvo cosas hermosas, había familias enteras, abuelos temblorosos, niños de pecho. Y también algunos tipos de las centrales sindicales: forzaron las filas hasta conseguir poner en cabeza sus pancartas, ACABE-

MOS CON LA ESPECULACIÓN DEL SUELO, VIVIENDAS DIG-
NAS A UN PRECIO DIGNO, y bajo los eslóganes comunes
se leían sus siglas en gruesos caracteres, CCOO, UGT,
era el viejo intento de capitalización de una manifestación que había sido gestada apartidista. Elena enron-
queció discutiendo con ellos, «siglas atrás, no ocupéis
la cabeza», pero los otros, impertérritos, prosiguieron
su avance hasta instalarse en el principio, se dejaban
hacer fotos para la prensa con la misma delectación que
las estrellas de cine, mañana los periódicos publicarán
la noticia de la manifestación y en las fotografías se lee-
rán sus malditas siglas, como siempre.

Por todo esto, Elena está inquieta, como desa-
zonada. Por esto y también por su propio comportamiento. Se sabe agresiva y en las ocasiones de tensión
siempre teme desbordarse, perder el control de su furia, convertirse en un personaje poco grato, en una
mujer al borde de la histeria que escupe las palabras
entre espumarajos, ahogada en su misma rabia.
Como las barbaridades que le dijo esta tarde a aquel
vejete de mirada callosa, «marchaos atrás con las pancartas», berreaba ella, y el hombre la observaba con
rostro impenetrable sin hacer el menor caso. Por lo
demás, la manifestación no tuvo apenas incidentes,
sólo cuando aparecieron los dos fachas, dos muchachos de veinte años escasos que en mitad del gentío
estiraron el brazo y arremetieron a insultos, qué locos, algunos les querían pegar, fue precisamente un
grupo de obreros de Comisiones los que les protegie-
ron y les sacaron del peligro, podrían haber sido lin-
chados estúpidamente.

Peligro. Recuerda Elena ahora aquellos años ya
lejanos, ella estudiaba comunes en la facultad madri-

leña, Lengua, Árabe, Latín, los grises cargaban cada día, de las narices de sus caballos salían chorritos de vapor, Filosofía, Historia del Arte, Geografía, asambleas, encierros, sentadas, autobuses ardiendo, Elena pasaba mucho miedo. Cuando la patearon aquel día en la cafetería «Zulia» (ella estaba en el suelo, con las manos se clavaba la sucia alfombra de cáscaras de gambas, los manifestantes habían roto con gran estrépito las puertas de cristal del bar y ahora la batahola de porras, cascos, carreras y gritos estaba dentro) tomó la decisión de entrar en el PCE, para saber por qué corría ante los grises, para contrarrestar el miedo con el conocimiento de su lucha, fue por entonces el estado de excepción.

En aquella época pasaron muchas cosas. Abandonó definitivamente el hogar (tenía diecinueve años y no fue difícil, Candela abrió camino antes y ella misma nunca estuvo muy conectada con sus padres) para instalarse provisionalmente en casa de su hermana. Fue entonces cuando escogió la filosofía pura. Y cuando llegó a la decisión de dejar de ser virgen. Una tarde de invierno, fría y húmeda, Elena entró en la cafetería «Tobi» sacudiéndose el pelo llovido de diciembre.

—Qué día horrible...

Las navidades están cerca y en el plastificado bar hay un árbol raquítico y desalentador con pegotes de algodón amarillento.

—Oye, se me ha ocurrido una idea: ¿por qué no nos vamos a la casa que mis padres tienen en Navacerrada? Me han dado las llaves y podríamos encender un fuego maravilloso y todo eso...

Elena siente que el estómago se le endurece de emoción y miedo: hoy va a ser el día. Conoce a Miguel Ángel desde hace tiempo, de la facultad, pero hace sólo una semana que habló con él en serio, que le gusta. Antes Miguel Ángel le caía mal, joven delfín de ricos padres, lujosamente rubio, tan orgulloso en sus perfiles, convencido de su encanto. Pero un día hablaron mucho (¿cuál fue el motivo, unos apuntes, un amigo común?), se entendieron bien, se rieron tanto. Por la tarde se fueron al cine, al día siguiente tomaron copas e intercambiaron besos, al otro fueron a bailar y se metieron mano furiosamente con entusiasmo veinteañero. Pese a su ingenuo aire de gran mundo Miguel Ángel apenas la sobrepasa en dos años. Son jóvenes, hermosos y sanos, y Elena se alegra de quererle mucho, y se dice que Miguel Ángel ha llegado en el momento oportuno: hoy, tras un largo camino —era tan estrecha antes, el primer beso lo dio a los diecisiete y sintió asco, fue educada como tantas otras en el desconocimiento y la repugnancia del sexo— se siente preparada para perder el virgo. Ha adquirido ya cierta naturalidad corporal que le ha permitido besarle y desearle. Y sabe que esta tarde dejará de ser virgen en el chalet de la cercana sierra.

—Es una idea estupenda, vámonos.

Miguel Ángel conduce por la oscura carretera: apenas son las cinco de la tarde, pero cerradas nubes han decapitado precozmente el día. Él está contento, ¿o quizá nervioso? y habla mucho, hace bromas, disfruta sintiéndose brillante. Elena calla mientras sonríe con un gesto entre feliz y bobo que está empezando a descubrir en sí misma cuando se cree enamorada. Y en el fondo tiene algo de miedo, ¿será cierto ese dolor físico del acto? ¿Ese penoso desgarro del desvirgue, las sangres culpables que han de manchar el cuerpo y la cama, según oscuras referencias de la infancia? Bah. Tonterías. Elena se siente espléndidamente a punto para dar este paso. Ni siquiera tiene miedo a posibles fijaciones. Miguel Ángel no será el último, de eso está segura, aunque sea el primero.

—Ya hemos llegado. Mira, es esa de la esquina.

La casa tiene todos los ingredientes del chalet familiar de fin de semana: muebles baratos y funcionales, varios objetos decorativos de segundo orden, justamente esos cacharros que uno no quiere tener en la casa de Madrid, y arriba, al otro lado de las escaleras, muchos dormitorios con apariencia de habitación de hotel, impersonales y comunes. «La casa está helada», dice Miguel Ángel, «vamos a encender un fuego», y pronto aparece en la sala con una brazada de leña, y al poco están los dos tumbados frente al hogar, sobre la alfombra, con una copa de coñac mimosamente compartida.

—¿Vamos arriba?

Han estado abrazados, besándose, han rodado por el suelo, y la respiración de Elena se ha hecho un punto jadeante, mientras le arde la cara con el reflejo de los troncos.

—Sí, vamos... Pero te quiero advertir que soy virgen y que no tomo nada.

Miguel Ángel se separa de ella, semiincorporado sobre el codo, «¿tú virgen?», se ha puesto repentinamente serio y en su voz hay desconfianza.

—Sí, sí.

Él duda, ensaya varios gestos —sonríe, se pone serio, abre la boca, la cierra, parpadea— sin decidirse por ninguno, está desorientado, «no es posible», dice al fin, «¿por qué me engañas?». Elena está sorprendida: no había imaginado una reacción así. Presiente angustiada que algo se está rompiendo, pero no, no puede ser, es ridículo.

—No seas absurdo, Miguel Ángel, ¿por qué te iba a engañar? Soy virgen, y te aseguro que casi me da vergüenza decirlo, o sea, que yo no creo que ser virgen sea ningún mérito, yo quiero hacer el amor contigo, simplemente te he querido avisar.

Miguel Ángel está rígido, la mira fijamente. Elena se inclina hacia él, «pero ¿qué pasa, hombre?», dice en tono festivo, le da un ligero beso en los labios, no es posible que el encanto anterior —el fuego, las risas, las caricias— se haya roto por tan poca cosa.

Suben la escalera copa en mano, sin decir palabra, mientras Elena sonríe cohibida hacia el silencio. En la habitación de los padres —es la única que tiene cama ancha— se desnudan calladamente. Es la primera vez que Elena ve a un hombre desnudo y en el enrarecido ambiente se encuentra muy turbada, evita cuidadosamente contemplar su sexo. «Metámonos en la cama, hace mucho frío», dice Miguel Ángel. Durante un rato, hundidos entre mantas, se observan desde lejos, sin tocarse. Después él comienza a abrazarla, a darle besos. Pero son unos movimientos que Elena adivina torpes, hay algo que no funciona y en su inexperiencia piensa que es culpa de ella. Se refrotan frustrantemente, ella no se atreve a tocarle y el aire entre ellos se va haciendo más y más helado. Al fin, Miguel Ángel se separa, «no quiero hacer el amor contigo, entonces», dice. «Pero ¿por qué?», pregunta ella, avergonzada de ser virgen, sintiéndose rechazada, es una situación humillante.

—Porque si eres virgen es mejor que encuentres a alguien que te merezca más.

—¿Cómo que me merezca más? Pero... Pero eso es una tontería, ¿de qué hablas?, eres tú el que me gustas, no te entiendo.

—Yo no te merezco, no te merezco.

—Pero escucha —dice Elena intentando descubrir la razón de este delirio—. Estás dándole más importancia a mi virginidad de la que le doy yo, para mí es un accidente, ¿de qué tienes miedo?

Calla un momento mientras desenmaraña la confusa nube de vergüenza y estupor que bloquea su cabeza, ¿habrá algo que no sé, algo que ignoro, será una reacción normal? Se siente tan perdida, tan ignorante en estas cuestiones del sexo. Al fin cree haber encontrado una razón, se medio incorpora, le acaricia el pelo, él permanece tenso y extraño.

—Ya sé, tienes miedo de que por ser virgen me vaya a colgar de tu chepa y no sepas qué hacer conmigo —dice intentando bromear. Pero Miguel Ángel calla y la mira desde el parapeto del subido embozo.

—Pero no seas tonto, te digo que yo no tengo la culpa de ser virgen, nacemos así, alguna vez tiene que ser la primera, esto es un accidente, vaya, y no pienso por ello perseguirte...

Pero él no parece oírla, recluido en una esquina de la cama repite para sí un susurrante «no soy digno» y la observa con ojos desconfiados. Al fin, tras unos minutos de silencio, recoge el reloj que dejó en la mesilla, «es mejor que nos vayamos». Se levantan, comienzan a vestirse. Elena tiene ganas de llorar, pero se aguanta. Bajan a la sala, rematan un fuego que languidece. Es noche cerrada, y cuando salen al exterior hace tanto frío que Elena piensa que aunque consiga articular palabra los sonidos serán incapaces de abrirse paso a través del aire congelado. Circulan en silencio durante kilómetros por una carretera interminable y vacía. Elena se siente bloqueada, incapaz de un gesto o un sonido. Repentinamente Miguel Ángel tuerce el volante, se mete en un oscuro campo de rastrojos quemados por el hielo, para el coche.

—¿Qué haces?

Sin contestar se vuelve hacia ella, le acaricia el pelo levemente, pone un ligero beso en su mejilla, ahora sí que Elena está a punto de llorar, se sentía tan sola antes y tan lejos, se creía desdeñada sin saber por qué —era la incomprensión lo que hacía todo más doloroso— y ese beso vuelve a poner las cosas en su orden. Todo está bien, pues, ahora se explicará el absurdo. Quiere recostarse en su hombro, sentirse querida y abrazada, pero Miguel Ángel la detiene suavemente:

—Por favor... —su voz es implorante, tenue—. Por favor... acaríciame.

Se desabrocha la bragueta, está empalmado, duro, es la primera vez que Elena se atreve a mirar el sexo de un hombre.

—Tócame, por favor, tócame...

Elena no sabe qué hacer, está angustiada. Él coge su mano, la dirige despacio hacia su sexo, la coloca encima, es una carne suave y muy cálida. Ella no está excitada en absoluto, se encuentra a sí misma vacía, abandonada y sin respuestas. Le toca inhábilmente, con reparo y algo de repugnancia, «chúpamela», dice él muy quedo, en un murmullo, «chúpamela», insiste, Elena duda, le da asco, Miguel Ángel empuja suave pero con firmeza su cabeza, ella opone al principio alguna resistencia pero al fin consiente, se encuentra tan torpe, tan culpable por no saber, desea que Miguel Ángel vuelva a ser de nuevo cariñoso y no entiende muy bien qué es lo que espera de ella. Al fin abre la boca, le chupa, su sexo está caliente y sabe algo salado, intenta no pensar en ello, entre las piernas de él ve el freno, el acelerador, los pedales del coche, irrealmente iluminados con la escasa luz de la lámpara interior, se concentra en esas formas y mantiene la mente en blanco, de repente siente algo cálido y viscoso que le quema la garganta, se sorprende: en su estupor de inexperta no había pensado tan siquiera que él eyaculase, es eso, pues, ha eyaculado en su boca, siente unas náuseas violentas, se incorpora, abre la ventanilla empañada, el frío la golpea en las mejillas y resbala por su cuello, Elena escupe furiosamente una y otra vez a la tierra reseca, se frota los labios y la lengua con el dorso de la mano, él la mira como desde muy lejos, musita un «perdón» muy bajito, saca un pañuelo, se limpia, cierra la bragueta, pone en marcha el coche.

Ha empezado a nevar y los copos dan dimensiones fantásticas al trozo de la noche que se extiende ante ellos, limitado por la luz de los faros. Durante cuarenta kilómetros no se hablan, pero el silencio de ahora no es molesto. Elena no quiere decir nada, ni tan siquiera tiene ganas de llorar, sólo descubre en sí misma asco y rabia, y el deseo de llegar muy pronto, de abandonar el coche, de no volver a verle. Y mientras avanzan lentamente hacia Madrid observando la danza obsesiva de la nieve, Elena piensa en la educación que ha recibido, en todas esas madres, tías, abuelas que le han enseñado que el hombre es un vicioso cuyo único objetivo es acostarse contigo. Si supieran ellas, se dice, lo difícil que es que alguien te desvirgue, y el pensamiento es lo suficientemente absurdo como para desatar su risa, una loca carcajada sin explicaciones que Miguel Ángel observa por el rabillo del ojo con espantado silencio.

(Aquella experiencia se concretó para Elena en la imposibilidad posterior de volver a besar el sexo de un hombre, taponada por el asco durante años hasta que Javier y la convivencia deshicieron los últimos residuos de la angustia. Tras aquel suceso Elena decidió atacar de frente la cuestión y sobreponerse al trauma, y con ojo atento y exigente buscó en su entorno alguien idóneo que pudiera desvirgarla, eligiendo al fin con frío cálculo a un amigo profesor, un hombre de cuarenta años, cariñoso y amable, un hombre experto que supo hacerlo con dulzura pocas semanas después en un motel de carretera a la salida de Madrid, un lugar famoso porque en aquella época de estrechez moral hacía la vista gorda a parejas irregulares y carnés inexistentes. Y ahora, siempre que Elena pasa por la carretera manchada de industrias y poluciones, y ve a lo lejos la silueta del motel, recuerda que allí perdió el virgo, nueve años atrás, y se siente cada día un poco más vieja.)

Es temprano todavía para que el *drugstore* adquiera su siniestra atmósfera de descarriados y solitarios nocturnos, pero aun así la barra está ya tomada por los madrugadores, hombres solos al acecho de carne fresca, viejas carrozas de fulares al cuello y cabellos pintados, y sus tripitas algo fláccidas se estremecen intentando pasar desapercibidas. Elena se acerca directamente al mostrador de comidas, pide leche, quizá convenga también comprar algo de comer, jamón, queso, embutido, pan, algo frío y de rápida preparación, que en casa no hay nada y tengo hambre, y puede que Javier venga con deseos de cenar, quién sabe. Piensa con melancolía que ella es un desastre como ama de casa, más aún un desastre como compañera, quizá para lo único que sirvo es para amante. Han sido muchos años de vivir sola, demasiados, y en ellos han crecido los pequeños vicios cotidianos, se han consolidado las manías, has conformado el entorno a la medida de ti misma, aprendiendo a convivir con tu desorden. Cree Elena que en esta fallida experiencia con Javier ha debido influir su propia incapacidad de vivir a dos: le ha sentido como un intruso que irrumpió en su casa robándole el espacio, espacio en los armarios, en la mesa de trabajo, espacio en su existencia. Sus costumbres de solitaria están tan arraigadas que vive cualquier alteración en ellas como un ataque personal, como una claudicación de independencia, y así, poco a poco, en tontas escaramuzas, creció la agresividad que ha envenenado los días, la relación, el cariño.

Ha vivido un año con Javier. La convivencia arrasó la magia y llenó el aire de palabras dañinas e inútiles. Mientras la relación se derrumbaba, el sexo se iba convirtiendo en un automatismo doloroso para ella. ¿Para Javier? No, para Javier seguramente no. Era él quien se acercaba cada noche a la calidez de sus muslos, como siempre, sin tener en cuenta la discusión de la tarde, los mutuos reproches de todo el día, el rencor. Como si se pudiera separar el sexo de ese desayuno que ha pedido con impaciencia por la mañana —es Javier un hombre acostumbrado a ser servido por mujeres, con una larga biografía personal de

63

madres, hermanas, esposas solícitas— y que hoy, no sé por qué precisamente hoy y no otras veces, Elena ha vivido como un ataque a su libertad. Son las miserables batallas de la convivencia, con tazones de café con leche como centro.

Solían encontrarse por los pasillos de la facultad, a primeros de curso, Elena era PNN, Javier catedrático, un catedrático brillante y joven. Le hizo gracia desde el primer día, le gustó su aire calamitoso, sus chaquetas arrugadas que se deshilachaban en los codos. Su cara de niño, con una sonrisa permanente e ingenua, y esos pelánganos rubiatos, largos y alborotados que flotaban siempre tras de él. Tenía fama de despistado y de tímido, y lo cierto es que solía dejarse algo olvidado cada día —un bolígrafo, un cuadro de notas, una agenda, una carpeta con ejercicios, la bufanda, el paraguas, la billetera en la barra del bar, el reloj junto al lavabo— y que enrojecía con frecuencia, cosa que enterneció a Elena. Porque, al igual que Ana, Elena había llegado a la conclusión de que sólo los hombres capaces de ruborizarse son merecedores de ser amados. Era Javier un hombre alto y delgado que, sin embargo, pertenecía a ese género de personas que se van espesando cintura abajo, con piernas grandes y densas que no parecen hechas para correr. Y, en efecto, Javier caminaba con lento bamboleo, algo naval, algo beodo, y esto, curiosamente, contribuía a su estrafalario encanto.

Habían hablado muy poco, se habían visto escasamente cuando Elena decidió un día invitarle a comer con un pretexto banal. En el viejo restaurante Javier hablaba y hablaba, disperso, incoherente y algo loco, sin apenas probar bocado, mientras ella esperaba pacientemente su oportunidad, que Elena era una mujer acostumbrada a gustar y a tomar la iniciativa. Yo creo, decía él con expresión inocente, yo creo que todas las personas mínimamente inteligentes son monógamas, monógamas sucesivas, claro está, yo lo soy, desde luego, yo lo soy. Y Elena recordaba la silueta rubia de la mujer de Javier, entrevista un día por los pasillos de la facultad: llevaban siete años viviendo juntos, tenían un hijo. Yo soy monógamo, insistía él, y no creo en la viabilidad de otro tipo de relaciones; mientras tanto, Elena tragaba con dificultad un cocido casero y se preguntaba qué demonios estoy haciendo aquí, en este caso. «Pero, Javier», contestó, «yo también creo ser monógama, pero las circunstancias no me han dejado demostrarlo», ¿por qué?, preguntaba él, «porque casi siempre o siempre me ha tocado jugar el papel de la tercera, me he enamorado de hombres que ya estaban casados o vivían con mujeres». Ah, respondía entonces Javier con expresión decidida, es que eso no interesa nada, no trae cuenta, es una frivolidad y un absurdo, y Elena se sentía ridícula en ese forcejeo, pues sí que tengo una carrera brillante por delante con este hombre, pensaba, me he equivocado contigo. Tras los postres, no obstante, le propuso ir a tomar café a su casa, «está aquí cerca», y él aceptó de inmediato. Sentado en el mullido sofá de la sala, Javier hablaba, imparable, contando cosas de su cátedra o explicando sus teorías sobre el monismo científico, con tono distante y como profesoral. A la media hora de escucharle Elena decidió jugarse el todo por el todo, se inclinó sobre él, interrumpió su disertación con un leve beso en la boca, «después de todo lo que me has dicho durante la comida no sé por qué hago esto, pero bueno...», rió nerviosa. Pero Javier continuó imperturbable explicando los nexos dialécticos de lo que llamamos realidad, y durante veinte minutos prosiguió su disertación sin mover un solo músculo, sin darse por aludido ante ese breve beso que no fue ni inocente ni casual («¿será posible que no diga nada, que ni tan siquiera reaccione?», se preguntaba Elena perdiendo minuto a minuto las esperanzas) y de pronto Javier estiró su brazo interminable y sujetó su nuca atrayéndola hacia él, «dame un beso», dijo, se amaron sobre los cojines de la sala. Al mes dejó a su mujer y se trasladó a casa de Elena: cuando le vio aparecer en la puerta sujetando con mano nerviosa sus maletas ella sintió alegría y mucho miedo. Por entonces Elena le quería muchísimo, Javier era tierno, ingenuo y afectivo, y cuando hacía el amor, al tener el orgasmo, ponía cara de estupefacta sorpresa, «será que me lo paso tan bien que no me lo creo», decía él después con rubor adolescente.

La casa está aún vacía, son las once de la noche y Javier no está, en realidad es preferible. A sus veintiocho años Elena se siente en ocasiones avejentada y un punto consumida, como si hubiera perdido por el camino lo más fresco, lo más tierno de sí misma. Incluso el derrumbamiento de su relación con Javier —tan rápido, tan sin excusas— la sorprende por su falta de dolor. Elena vive el desamor con melancolía y sin lágrimas, sólo con agobiante cansancio, con el convencimiento de lo irreversible, de la pérdida definitiva: el mismo agotamiento de cuando abandonó el PCE. «*Les suivants sont toujours plus volontaires*», dijo un poeta, y Elena que sí, que es cierto, que los siguientes son siempre más voluntarios, los siguientes amores tras el primero, las siguientes ilusiones, las esperanzas y la fe. Cuando eres verdaderamente joven, el amor y la ilusión llegan de improviso, te sorprenden, te alienan y arrebatan sin que tú seas capaz de defenderte, sin que sepas tan siquiera de dónde han surgido. Luego, poco a poco, año tras año, has de ir empeñando más voluntarismo en los afectos, has de luchar para seguir queriendo, has de forzarte a sentir, a enamorarte de un hombre o una idea. Los siguientes. Ahora, Elena está viviendo los siguientes de los siguientes, los subsiguientes, y se encuentra cansada del esfuerzo.

—Hola.

Ha entrado Javier, la carpeta bajo el brazo, desgreñado y lacónico, el rostro ensombrecido. La habitación parece llenarse de la discusión de esta mañana, una maraña invisible de odios diminutos. Él deambula por la sala con cortedad, carraspea, rebusca algo en el bolsillo de la trenca. Al fin se acerca a Elena, y sin palabras, con gesto desmañado y tímido, pone sobre la mesa un triangulito de cartón inocente, un envase de leche que sabrá seguramente a lágrimas.

4

Está Ana desayunando en casa de la vecina,
como acostumbra a hacer los fines de semana, que
hay más tiempo. Ana María es una mujer tímida
que ronda los cuarenta, una sonrisa introvertida apo-
yada en unas gafas redonditas. Esconde su dulce cara
tras unas ropas siempre oscuras, pantalones de pana
negros o marrones, jerséis varoniles sombríos y am-
plios, como si tuviera miedo de que alguien adivinase
bajo el informe contorno de lana sus suaves curvas de
mujer. Ponen música, se hacen tostadas: estos desayu-
nos tienen algo de ritual, de alternativa a la tradición
doméstica.

—Eh, y eso ¿qué es?

Sobre la mesa hay un tarro de Nescafé convertido en urgente florero. Dentro, una docena de rosas
marchitas muestran sus alicaídos capullos, casi mu-
ñones negros, cadáveres bamboleantes al extremo de
los largos tallos, Ana María enrojece, «es...», dice titubeante, «es un regalo de la bestia, es que, bueno, el
otro día me dio un plantón horrible, habíamos quedado en un restaurante y no llegó, y a la mañana siguiente me mandó esas flores, ¿sabes?, y una tarjeta
que decía, perdona no he podido ir, el lunes te llamo,
esas cosas». Ana pone un gesto de divertida sorpresa,
«qué cumplido, el chico», comenta con ironía, «sí...
lo que pasa», dice Ana María, con gesto avergonzado,
«lo que pasa es que el lunes no llamó, claro, ni el mar-

tes, ni el miércoles... bueno, qué te voy a contar, es una bestia parda».

Ana María es médico. Se conocieron hace meses, cuando tuvieron que intercambiarse el correo que llegaba equivocado, confundido por la coincidencia de nombre, por el mismo piso. A partir de entonces han mantenido una relación que tiene mucho de fraternal y que remeda a la familia. Fue Ana María quien la ayudó a sobrellevar la congoja infinita de aquella mañana, cuando el Curro se despertó ahogado en fiebres, inmóvil y delirante, cuando Ana creyó que tenía meningitis y se sintió morir de dolor, con una pena y un miedo desconocidos hasta entonces. Fue Ana María la que cogió al niño, la que le llevó a su hospital, la que consiguió los análisis urgentes y la curación del chico. Desde entonces, Ana se siente en deuda hacia ella.

—Eran... —está diciendo Ana María con su indecisa voz— eran unas rosas muy bonitas, ¿sabes? —y parece estar pidiendo perdón por las palabras que acaba de pronunciar—. Buf, como ves no tengo remedio, soy idiota... Lo que pasa es que me da pena tirarlas.

—Pero algún día tendrás que hacerlo, mujer. Están hechas un asco, es como tener una docena de momias sobre la mesa.

—Sí, sí, claro. Pero es que a mí nunca me había mandado flores nadie.

—A mí tampoco.

Ana María está extendiendo mantequilla en una tostada. Moja la punta del cuchillo en la barra y unta la crema en la superficie del pan con meticulosidad, repasando los bordes y las irregularidades con delicado toque, extendiendo la mantequilla como si estuviera untando con ella la tostada y en hacerlo sin un fallo le fuera la vida. «Es que nosotras», comenta mientras tanto, «pertenecemos a ese grupo de mujeres que siempre hemos pensado que es una tontería, lo de las flores, digo, y nos hemos movido con hombres que opinaban lo mismo». Y Ana añade, «sí, por eso que te regalen rosas tan de mayor te puede ilusionar, a mí me gustaría». Recuerda Ana de repente que sí, que a ella le regalaron una vez un hermoso gladiolo, ella tenía diecisiete años o así, el chico era medianamente tonto y amante de ortodoxias y formalidades, para colmo de mal gusto cuando le regaló la flor le dijo que se mantendría mucho tiempo bien si la metía en la nevera, qué absurdo, recomendaba incrustarla entre el pollo, los huevos, el pescado, y abrir el refrigerador para ojear el gladiolo cada vez que quisieras gozar de él, y las dos ríen ante la idea mientras el Curro se mancha el pijama de Nesquik, que siempre se lo toma demasiado de prisa y le boquea barbilla abajo.

—Hablando de bestias pardas —dice Ana con animación—, ¿sabes quién me ha llamado otra vez?

—¿Quién?

—Pues José María. Ya sabes, el de siempre. Desde que ha dejado de gustarme no hace más que llamar, es increíble, ni que lo hiciera adrede. Parece estar ahora más interesado en mí que nunca. Y yo no le he dicho nada, ¿sabes? Debe de ser algo que se intuye, lo de mi desinterés, digo... qué asco.

Ana conoció a José María cuando contaba apenas veinte años y él rozaba los treinta. Era un hombre cáustico y seguro de sí, una mente brillante e irónica que la desconcertó, que le hacía temblar las piernas.

En aquella época ella era aún virgen y niña, y José María vivía con una mujer a la que se mantenía más o menos fiel. Así es que Ana le admiró en silencio. Más tarde él desapareció de Madrid y en ese tiempo Ana perdió el virgo de forma poco brillante, con un amigo al que no dijo nada y que estaba demasiado borracho como para darse cuenta de ello. Cuando reencontró a José María le amó mucho: arrastraron durante años una relación lánguida y difícil, los tres, José María, su mujer y ella, conociéndose mutuamente y aparentando ser civilizados. Se estipuló sin palabras que sería él quien marcase el ritmo de sus encuentros. Ana se plegaba a su tiempo, a sus necesidades, tan diferentes a las suyas propias que todo resultó demasiado agotador, y al fin rompió con él por supervivencia y aburrimiento. Intentó mantener con José María una relación de amiga y amó a otros, pero durante mucho tiempo se descubrió buscando en los demás los rasgos del primero. Ha sido ahora y sólo ahora, casi diez años después, cuando Ana se ha sentido realmente liberada: despertó una mañana aparentemente igual a todas y supo con sorpresa que José María había dejado de dolerle. Y a partir de entonces él menudeó en sus llamadas y su voz fue adquiriendo tonos plañideros.

—¡No, no, no, por favor, no, no!

La tostada a medio untar queda olvidada en el plato, Ana sale bruscamente de sus recuerdos, el Curro levanta la cara y pregunta con susto, «¿qué es eso?», mientras Ana María se lleva un dedo a los labios pidiéndole silencio. Durante un rato escuchan los gritos de abajo que han comenzado de nuevo, es la primera vez que Ana es capaz de distinguir palabras en la amalgama de gemidos, «claro», comenta Ana María en un murmullo, «es que mi casa está justamente sobre la de ellos», y así, los tres, callados y medrosos, se concentran en descifrar los quejidos y lamentos de dolor de los vecinos. «Es una mujer», comenta Ana al fin. «Sí, es ella», contesta Ana María, «¿ella?», pero si son dos chicas, abajo viven dos chicas, digo, ¿no?, dice Ana, «dos chicas y el anormal del tío ese, yo no sé qué hacen, pero parece que se están matando». Cinco minutos, diez, quince. La supuesta paliza prosigue y adquiere ribetes en ocasiones siniestros, hay momentos en los que todo permanece en silencio y al fin se oye un gemido largo y como retenido, un torturante gemido de tortura, hay otros momentos en que el suelo parece hervir de golpes y carreras, Ana y Ana María se levantan, persiguen por la superficie de su piso la pista del posible asesinato, como se dicen entre nerviosas risas, rastrean los gritos de una en otra habitación, ahora se dirigen a la sala, ahora se hacen fuertes en el baño, ahora permanecen en el rincón oscuro del pasillo, justo debajo de ellas, es una batalla insensata e incomprensible la que se desarrolla en el vecino apartamento. Al fin la batahola languidece y el aire queda retemblando de silencio, «buf», suspira Ana María, «es terrible, yo no sé qué demonios hacen los malditos, pero hay veces que empiezan así a las tres de la mañana», «al principio», comenta Ana, «yo creí que estaban haciendo el amor, ya sabes, gritos de gustirrinín y todo eso, pero es que se pasan muchísimo, si es que hacen el amor así es que son más bien rarillos», «qué amor ni qué puñetas, es que se pegan, ya has oído cómo corren por la casa», concluye Ana María, exasperada. Desde que llegaron los nuevos vecinos, un hombre y dos mujeres rondando la treintena, los días y las noches se han ido poblando del fantasma de esos aullidos crispados e inconcretos. Él es barbilampiño, con cara aniñada e inocente, largo pelo rubio y desmadejadas piernas embutidas en vaqueros. Ellas son calladas y sonrientes, una morenita con el pelo afro y las puntas churruscadas de permanente, otra alta y angulosa de ojos pálidos y transparentes como agua. Desde que llegaron los nuevos vecinos y comenzaron los llantos, Ana ha ido imaginando posibles explicaciones del asunto, explicaciones primero lógicas y tranquilizadoras y después, poco a poco, progresivamente barrocas y dementes. Estarán haciendo el amor, se dijo. Y después, estarán jugando. Y luego, será que se están peleando. Y más tarde, al oír los gritos de mujer, es él quien pega a una —¿a la chica morenita, pequeña e indefensa?, ¿o a la alta que tiene cara de sufrir mucho con esos ojos aguados?— o quizá es a las dos a las que pega. Y por último, y dada la saña y la minucia con que parecen producirse estas palizas periódicas, dada la duración cada día mayor de los gemidos, dada toda esa morosidad litúrgica —«¿te has dado cuenta además de que no hay discusiones?», dijo Ana María, «¿que sólo se oye a la chica lamentarse, y los golpes, y el arrastre, y que no se oye una palabra del otro?»— Ana ha llegado incluso a imaginar que, riiiing, y en este momento suena el timbre, y Ana y Ana María quedan en suspenso, al fin esta última se levanta, abre la puerta, el vecino que sonríe con ojos color miel, ingenuo y delicado, perdonadme, ¿podría utilizar vuestro teléfono? es sólo un momento, una llamada importante, Ana María se retira del quicio sin decir absolutamente nada y el otro pasa con expresión risueña, marca un número, «hola, sí, soy yo, sí, sí, era para que me dieras la dirección del señor ese, sí... a ver... repite el número, por favor... muy bien. De siete a nueve, ¿no? Vale, gracias», y cuando cuelga se vuelve hacia ellas, «es que estoy sin trabajo y un amigo me ha ofrecido un curro, ¿sabéis?, de técnico de sonido en un estudio de grabación, bueno, que tengo que ir a hablar con el tipo esta tarde», y el chico se queda parado así en mitad de la sala contemplándolas con una espléndida sonrisa, mientras Ana y Ana María e incluso el Curro le observan en congelado gesto, intentando atisbar en los bordes de sus deshilachadas mangas una mancha de sangre, algún desgarro, yo qué sé, una prueba definitiva de sus sustos y sospechas. Pero él ya se marcha tras ofrecer sus más rendidas gratitudes, y ellas quedan absortas y como paralizadas, «¿sabes?», dice Ana al fin, «yo creo que éste está compinchado con una de ellas y que los dos se dedican a torturar a la tercera», y el pensamiento es tan delirante que rompen las dos en risas, «¿tú cuál crees que es la víctima?», dice Ana María, «a mí me cae mejor la de la permanente», «no te creas», contesta Ana María, «tiene expresión fogosa, yo creo que la otra, con todo el aire seco y anguloso que tiene, es la víctima de estos dos enloquecidos», y entre carcajadas se disponen a llevar a la cocina el café que ha quedado ya definitivamente frío.

Pero es muy tarde y pese a que hoy es sábado Ana ha de acercarse a la revista. Como el Curro no tiene guardería tiene que llevárselo consigo, será la misma batahola de siempre, el niño correteando entre las mesas, pellizcando a los compañeros y chupando el teclado de las máquinas. Se observa en un espejo: tiene el pelo sucio, no hay tiempo de lavarlo, se encuentra fea y le da rabia. Es una actitud ingenua, sí, ingenua e insegura, pero Ana procura arreglarse con esmero para ir a la revista desde que le gusta Soto Amón, aun teniendo la certidumbre de que éste no se fija en ella: es la misma necesidad de acicalarse que siente la colegiala enamorada de su profesor, aunque se sospeche lamentablemente perdida para los ojos del amado entre otras cuarenta niñas de uniforme. Piensa Ana en ese Soto Amón con el que no ha intercambiado aún una palabra. Todo empezó siendo casi un juego, y, mes tras mes, ha ido convirtiéndose en algo obsesivo: le imagina, le inventa, le recrea. Quiere ver en él al hombre inexistente. Colecciona revistas, periódicos, recortes en los que él aparece, hasta las crónicas parlamentarias que recogen sus densas exposiciones del Senado. Sabe el año en que nació, cuántos hijos tiene, la fecha de su boda, cuándo sacó las oposiciones de Derecho y en qué puesto, cuándo puso su primer negocio editorial. Aplica Ana con atención un oído sediento y disfrazado de indiferencia cuando alguien habla de él: los hombres públicos tienen un fuerte reflejo y siempre hay gente que dice conocerles, alardean de cotidianeidad con el famoso y cuentan a veces cosas demasiado íntimas, demasiado impúdicas.

—Pues cuando yo era corresponsal en Oslo y Soto Amón fue allí para la Conferencia Internacional de Nuevos Empresarios, lo primero que hizo fue pedirme que le proporcionara una buena chiquita, una *call-girl* nórdica y de lujo.

Y así, Ana sabe de él detalles insólitos recolec-
cionados con paciencia, detalles absurdos e inconexos, que lleva una moneda marroquí perennemente
en el bolsillo creyéndola buen amuleto, que es aficio-
nado a putas caras, que es alérgico a las flores, que de
adolescente fue monárquico, que ahora fuma de vez
en cuando porros. ¿Cómo será realmente este Soto
Amón en quien convergen los amores y los odios?
Y Ana prefiere imaginarle tierno y conflictivo. Los
hombres que ella conoce, modernos de media noche,
progresistas de bolsillo, esconden bajo su largo pelo
frustrantes frialdades, contradicciones, miedo al compromiso. Quizá Soto Amón, espantable en su poder
y su ortodoxia, esconda, en cambio, un talante afec-
tuoso, sensible, delicadamente tímido. Ella sabe que
este amor es sólo una invención, ¿y qué importa? ¿No
son todos los amores —a excepción quizá de los primeros— una simple construcción imaginaria? Es posible que tras los pequeños desencantos cotidianos
me sienta necesitada de inventar un cándido roman-
ce, recuperar el fulgor de los amores al maestro, creer-
me todavía joven, algodonar la monótona existencia
olvidando que ya tengo treinta años, que la vida se
escapa, rápida y banal, hacia la muerte que llevamos
dentro.

(Cuando murió la abuela, por ejemplo. La
abuela Concha, la paterna, era una mujer rotunda y
gruesa, muy estricta y religiosa. Al quedar Ana embarazada la abuela la repudió, la desprendió de la familia, decidió tachar su existencia con indignada mano
de anciana moralista. Pocos años más tarde le descu-
brieron el cáncer de hígado. Fue un cáncer voraz, un
cáncer penoso y asesino. En su habitación de la Paz,

la abuela bramaba sus torturantes dolores en un atardecer continuo del que se habían borrado ya las noches y los días. Era una mujer fuerte y le costó mucho morir. La abuela se consumía lentamente, lentamente se le llagaban los talones, los codos, las caderas, la carne se descomponía y por las úlceras se podían ver los huesos. Gemía y cada gemido era una derrota, un poco de aliento que perdía. En su rostro, amarillo y consumido, ganaban refreno palpablemente los rasgos invasores de su propio cadáver. Sus hijos le rogaban que pensara en Dios, que fuera fuerte, y la abuela Concha negaba con la cabeza, miraba implorante con sus ojos anegados de muerte, musitaba «tengo miedo» y otras veces maldecía. La familia estaba consternada, no era una muerte edificante, era la muerte de un impío; era la muerte, simplemente, pensó Ana, e intentó bucear en su futuro, desentrañar qué tipo de agonía le estaba reservada a ella misma.)

Cecilio suele decir: lo peor será cuando estemos viejos, nosotros, que vivimos solos, que envejeceremos separados, que con los años iremos perdiendo poco a poco la capacidad de salir y de movernos, la posibilidad física de ayudarnos y encontrarnos, que poco a poco, al compás de las arrugas y los primeros dolores artríticos o reumáticos, nos iremos encerrando en nuestras cuatro paredes, cada día más irreversiblemente consumidos. Ana a veces le contradecía, intentaba discutirle con optimismo forzado, no, hombre, Cecilio, lo que tenemos que hacer es buscar una alternativa a la familia tradicional, lograr crear un clan de apoyo y cobijo entre amigos, y él añadía, no sueñes, Ana, querida, nuestras piernas no nos responderán, con la senilidad se nos olvidarán nuestros respectivos números de teléfono, nuestra muerte vendrá en los periódicos, encontrado el cadáver de un anciano, llevaba varios días muerto, el portero advirtió su ausencia, ya sabes, esas cosas.

El autobús que ha de llevarles a la revista tarda, como siempre, y en la espera, Ana y el Curro se entretienen observando el trasiego ciudadano.

Como la primavera ya está entrada y los soles de este mes de mayo aprietan con pretensiones de verano, el escuálido banco de la esquina, junto a la casa de Ana, se ha vuelto a ocupar por los ancianos de siempre, que siempre son distintos y parecen los mismos, las mismas arrugas, los mismos ojos opacos y medrosos. Centro de Madrid, contaminación, ruidos, coches, alquitranes flotantes, polvo pegajoso y espeso. Allí están, sin embargo, en ese banco ridículo que se inclina sobre el asfalto, tomando un baño de sol urbano y ponzoñoso, mientras la ciudad vibra a su alrededor con el ronquido de los autobuses. Allí permanecen horas y horas sin hablarse entre sí, contentos de sentirse juntos, satisfechos de haberse reencontrado, esperando que al día siguiente no falte nadie en esta cita sin palabras. Porque en la contemplación de los demás sacan las fuerzas necesarias para convencerse de que aún están viviendo. Estos ancianos del banco son viejecitos pulcros, con camisas bastas de cuellos deshilachados a fuerza de lavarse, en los que se adivina la mano hacendosa de una hija. Pero hay otros. Hay otras clases de viejos y de viejas. Están los solitarios, los beodos, los miserables, esos guiñapos que se acurrucan en las escaleras del metro, que se envuelven en papeles, que extienden una mano amoratada y verrugosa pidiendo quién sabe qué además de dinero, ancianos impresentables que la ciudad ignora, habituales de una esquina hasta que una madrugada particularmente helada y húmeda les hace desaparecer para siempre. Y hay otros aún, están también los viejos caros, que difícilmente se resignan. Visten buenos trajes y presiden consejos de administración hasta que el yerno les echa o el hijo les releva con más o menos diplomacia. Entonces se dedican a pasear por las aceras vecinas al Retiro apuntalados en un bastón de estilo, intentando mantener una dignidad ruinosa; suelen dibujar en sus rostros expresiones absortas, para dar a entender que su tiempo sigue valiendo oro y que aún han de pensar en muchas cosas importantes, y cuando se cruzan con una quinceañera de apretadas carnes, vuelven la vista, los ojos lacrimosos —los viejos son propensos al llanto y otras humedades— y adquieren una expresión algo aniñada que en contraste con su rostro destruido semeja mueca monstruosa. Y ellas. Las viejas ricas se tiñen el pelo y se encorsetan con esfuerzo vano. Pueden vestir negras prendas e ir a las iglesias, buscando tambaleantes apoyaturas frente al miedo, o pueden abrigarse en costosas pieles y arrastrar unas piernas ya hinchadas por las calles comerciales, con algunas amigas tan ruinosas como ellas, comprando inútiles pañuelos de rebajas para los nietos, bebiendo té en la cafetería de los grandes almacenes, hablando de sus dolores de espalda y las neuralgias, sobre todo las neuralgias. Hay también los viejos locos. Los que van hablando por las calles, dedicando gestos al vacío. Los que salen a comprar tabaco o a la iglesia y a pocos pasos del portal pierden el rumbo, ignorantes de su destino y procedencia. Son las viejas que visten ropas infantiles, calcetines, gorros de lana en pleno verano, que cuelgan bolsas vacías de la compra de sus manos, que pintan sus labios con un *rouge* que la mala vista y el pulso tembloroso ha distribuido generosamente a través de las fláccidas mejillas. Son los viejos que van dando saltitos por la acera, sin pisar raya, que trae mala suerte, o aquellos que temen doblar esquinas con pavores rescatados de la infancia. Luego están los «carrozas», los homosexuales derruidos, de carnes blandas y como apolilladas, son viejos que huelen a polvos de talco y que miran húmedamente por la comisura de los ojos, con mansedumbre especial. Y están también los viejos que se caen, gruesas ancianas que se desploman con sonido opaco y que quedan espatarradas en el suelo, gimiendo quedamente, hasta que consiguen reunir en torno suyo suficientes peatones como para poder levantarlas, o esos viejos sopladitos y delgados que caen al suelo con gran entrechocar de huesos. Y hay, en fin, otros aún, los viejos y viejas que llevan la muerte entre los párpados, la piel amarillenta deja traslucir la enfermedad que les está comiendo, tienen ojos vacíos y la boca siempre les tiembla ligeramente, como temerosa de traicionar su próxima partida: se mueven en el mundo de los vivos como si aún pertenecieran a él, pero llevan la sentencia impresa en el rostro a veces con precisión notable —a ése le quedan un par de meses, éste no verá la primavera, aquél morirá en dos semanas— y desprenden un tufillo cálido y picante, un olor de orines y sepulcro.

Cecilio suele decir, moriremos un día tontamente, saliendo de la ducha, resbalando y golpeándonos contra el suelo, agonizaremos durante horas sin que nadie esté acostumbrado a visitarnos, nuestra débil voz no será oída por nadie: y saldremos en la prensa, se ha descubierto el cadáver de un viejo. Cecilio, de todas formas, tiene cierta tendencia a la tragicomedia, al melodrama. Al histrionismo. Quizá su soledad sea más sola, tan rodeada como está de muchachos inalcanzables. Está rozando los cuarenta años, la madurez empieza a descolgarle las carnes con blanduras delatoras, y sus ansias de amor, en las que ya no cree, se le escapan de las manos: adolescentes inquietantes que desaparecen sin dejar apenas huella.

—¿Te das cuenta? El mundo se ha llenado de personas que vivimos solos. Cada día somos más. Es una tristeza, ¿no?

Esto solía decir Cecilio. Esto dijo la última vez que se vieron, el martes... no, el miércoles. Bueno, hace dos o tres días. Un cine nocturno aprovechando que el Curro dormía en casa de sus abuelos, un café después en algún local del centro, moderno y monstruoso. «Además», contestaba Ana, «vivir solo es peligroso, terminas lleno de manías». Y Cecilio, «tú por lo menos tienes al Curro», como si eso fuera una diferencia, se decía Ana, «para lo que va a durar, Curro se irá, afortunadamente para él». Pero Cecilio insistía, «de todas formas consuela un poco esa sensación de soledad. Porque yo me imagino mi vejez, seré un ancianito excéntrico y miedoso, babeando de imposibilidad ante los muchachos del futuro. ¿Te das cuenta? Seguramente en mi vejez lloraré de ansias ante la indiferencia de un adolescente que todavía no ha nacido...».

Al oírle aquella noche, tras el cine, entristecida por sus palabras y queriéndole mucho, Ana repitió una broma privada:

—Bueno, cuando seamos ancianitos y no podamos valernos por nosotros mismos nos casamos, ¿te parece?

—Perfecto —respondió Cecilio, retomando su obsesión—. La noticia del periódico dirá, encontrados dos cadáveres de ancianos, los cuerpos presentaban señales de descomposición.

—Calla, calla.

El martes o el miércoles por la noche, cuando estaban tomando el último café, se acercó a atenderles un chavalín, el largo y tímido pelo sujeto tras las orejas, el cuerpo escaso enfundado en una chaquetilla de uniforme inmensa, roja y prestada. Y la mirada de Cecilio fue tan poco casual, tan de minucioso detenimiento, un papel secante que se impregna de contornos, suavidades y formas, que Ana supo de inmediato que ese café improvisado se iba a alargar indefinidamente. «Vaya», exclamó Cecilio, «he tirado el agua, lo siento». El muchacho revoloteaba junto a la barra, traía una bayeta, sonreía confuso y seguro de sí al mismo tiempo, «no tiene importancia, señor, no se preocupe», y Cecilio insistía, deja, si quieres te ayudo, y el chico, ruboroso, corroboraba sus negaciones con movimientos de cabeza, de verdad, señor, no se moleste. «¿A qué hora cerráis?», preguntó Cecilio, «salimos a las dos», contestó el camarero, «bueno, cerramos a la una y media, pero entre que se limpia y eso...». Mientras se alejaba de nuevo de la barra con la chaqueta flotando sobre los tiernos hombros, Cecilio se volvió hacia Ana y comentó con entonación gozosa:

—Ésa ha sido una cita clarísima.

—¿Tú crees?

—Claro, yo sólo le he preguntado a qué hora cerraban y él me ha contestado la hora en que salían...

Eran las doce y media, los cafés estaban consumidos, los posos fríos, el plato manchado por colillas, todo tenía aspecto de decorado de función ya acabada, «y ahora, ¿qué hay que hacer?», dijo Ana, «pues esperar... qué preguntas haces... ¿es que no has ligado nunca?». Y Ana se detuvo un momento a pensar en ello, pues es verdad, hace tanto tiempo desde la última vez que lo ha olvidado, es que el ligue tradicional, el de mujer y hombre, suele ser aburridísimo, y Cecilio añadía con ficticia voz de juego, «pero el ligue homosexual tiene siempre su peligro, su morbo, es divertido».

El coqueteo duró aún largo tiempo, pidieron nuevos cafés, un sobre de azúcar, vasos de agua, y por encima del mostrador los dos se entrecruzaban miradas cómplices, sonrisas filosas, desafíos. Después las luces comenzaron a parpadear en aviso de cierre, un camarero de edad se puso a limpiar el archipiélago de manchas secas de la barra y el chico se despojó de la chaqueta, remangando la holgada camisa sobre unos brazos morenitos y cubiertos de suave vello («¿y eso de desnudarse así, de repente, ante el público?», «es que tengo que limpiar la cafetera, señor»), y la mirada de Cecilio se detenía morosa y acariciante en la dulce pelusa adolescente, en las muñecas ya duras y hombrunas del muchacho, en el cálido nacimiento del cuello, deslumbrante y semioculto tras la camisa. Les echaron al fin de la cafetería en un momento en que el chico no estaba a la vista, perdido quizá en las cocinas. Se metieron en el coche de Cecilio y estacionaron en la esquina, las luces apagadas y el motor prendido, «por si tenemos que salir corriendo». La calle estaba desierta, era una madrugada primaveral y aún fría. Endulzaron la espera con unos cigarrillos tardíos y charlas inconexas y banales, pero en un momento Cecilio cambió de voz y su tono se hizo íntimo, «no sé cómo explicártelo», dijo, «pero a veces siento una melancolía que... salgo a la calle, veo a un muchacho que me gusta, que pasa junto a mí, ajeno a todo, ignorando mi presencia, hablando con sus amigos con esa rudimentaria actitud adulta y varonil que estos chavales adoptan... Veo un muchacho así que pasa junto a mí y que se pierde a mis espaldas y siento como un pellizco, una morbosa tristeza. Porque no podré detenerle, porque le pierdo, porque no podré verle nunca más ni decirle que me gusta... No estoy hablando de follar con él, Anita, no es eso, no sé si me explico, es un sentimiento sensual, afectivo y turbador, no es la idea de hacer el amor con él lo que me excita...».

De repente salieron. Todos juntos. La cocinera, el camarero de edad, el encargado, el muchacho, la cajera. Ante la puerta hicieron un amago de despedida y se desgajaron en grupos. Calle arriba, acompañado por dos hombres, el chaval perdía sus contornos en la noche, un pantalón vaquero deslucido sobre la apretada nalga, una cazadora de cuero breve y golfa. Cecilio arrancó y le siguieron, destrozando en un minuto cualquier conveniencia urbana. Saltó semáforos, torció en prohibido, asaltó en una calle peatonal amparado por la noche. Les vieron entrar en una calle de dirección contraria, «vamos por la paralela», dijo Cecilio, «procuraré cogerles por detrás, que no nos vean, avanzaré despacito». Y fue entonces, en la primera bocacalle, cuando se dieron de bruces con ellos: sus pasos coincidieron milagrosamente con las ruedas. El coche iba tan lento, la calle era tan estrecha que, más que estar a punto de atropellarles, la conjunción en la oscura esquina fue como un encuentro establecido, un saludo. Y mientras Cecilio enmudecía, Ana pudo ver al otro lado del cristal el rostro fresco y malicioso del muchacho, una sonrisa apenas esbozada que rubricaba su expresión de triunfo. Fue imposible reencontrarle. La noche se tragó sus pantalones vaqueros en el pliegue de esta o aquella esquina. No hablaron apenas nada más hasta que Cecilio la dejó en su casa, y hoy sabe Ana que jamás volverán a comentar la suave, bosquejada tibieza de aquel muchacho.

Está el Curro enfadado con Ana porque no le ha dejado ponerse su chaquetilla diminuta, esa chaqueta de cuero con cremalleras a lo punk con la que se siente guapo. Pero Ana temió que aún hiciera frío y con fervor maternal le ha colocado el anorak rojo y azul que el niño odia. De modo que ahora está rabiando, tiene uno de esos enfados colosales que sabe almacenar en su menudo cuerpo y desde que han bajado del autobús camina con aire orgulloso tres pasos detrás de ella, como si fuera solo por la calle, poniendo cara de «no-conocer-a-esa-estúpida». Al doblar la esquina, sin embargo, suceden dos acontecimientos. Uno, que aparece un perro enorme, un animalote de cabeza peluda y cuadrada que se acerca a olisquear al Curro con intenciones evidentemente amables, que el niño, sin embargo, malinterpreta desde la perspectiva perdedora de su estatura, de modo que, olvidando sus dignidades, pega una carrerita para agarrarse ávido y desvalido a la mano materna. Y dos, que allí a lo lejos, frente al edificio de *Noticias,* se ve una masa de gente, coches policiales, luces parpadeantes y silenciosas, grises con casco que hacen gestos expeditivos. Y así, no se sabe quién agarra a quién con más susto y desolación, si Curro a su madre o Ana al niño, y apresuran el paso, y alcanzan los primeros grupos, la gente está de pie en la calle, unos tienen cara de preocupación y otros hacen bromas. Romero, el dibujante, recibe a Ana con amplia sonrisa, nada, tía, que nos han puesto una bomba, lo de siempre, nos han echado a todos y ahora están investigando, una delicia, y Ana se angustia un poco, vaya un día que he escogido para traer al niño. Curro se mantiene extrañamente callado y formal, bien agarrado a su mano, intuyendo quizá lo extraordinario del ambiente. Marina, que trabaja en el periódico, retira su melena de la cara con gesto coqueto, se inclina, huy, qué niño más rico, ¿es tu hijo?, y cuando se incorpora aprovecha el movimiento para disimular —mal, por cierto— una mirada ávida que recorre a Ana de arriba abajo: Marina pertenece a ese tipo de mujeres que lo primero que hacen es escudriñar y anotar mentalmente lo que las demás llevan puesto, es un tic que Ana no soporta. «A ver si acaban pronto, qué coñazo», comenta Ana por decir algo, y a lo lejos ve la mano de Mateo, saludando, «¿traes el reportaje?», «sí, sí», «bueno, a ver si terminan éstos y nos ponemos a trabajar», contesta el otro con voz aguda. El ambiente está a medio camino del velatorio y la verbena: es ya la tercera vez que han desalojado el edificio de *Noticias* y la gente lo toma casi a broma, pero en el recuerdo de todos flota aún la nota trágica y sangrienta de los dos compañeros que murieron hace poco, cuando estalló una bomba en una revista de la competencia, y en los corrillos se oye preguntar, «¿cuándo fue lo de *Actual*?», «hace tres meses, no, cuatro», «qué hijos de la gran puta...», y aunque nadie añade más todos rememoran los detalles del suceso, fotos en primera página de los cuerpos destrozados, manos arrancadas, vientres reventados, las paredes manchadas de jirones de carne. Buf. Allí, unos metros a la derecha, está el grupo de los importantes, está Domingo, y el gerente, y Luis Barbastro, el director del periódico, y Soto Amón. Ahora Marina está contando un cotilleo de la casa con voz golosa y confidente, ¿sabéis la noticia?, dice, que nos han puesto una bomba, contesta el dibujante, no seas tonto, insiste ella, lo estoy diciendo en serio, bueno, ¿qué es?, interviene Ana fastidiada por el ritual secreto, pues nada, y Marina sonríe satisfecha con la primicia, que Sánchez Mora se ha separado de su mujer y se ha ido a vivir con Pili, ya sabéis, la chica esa de administración, y Ana se encoge de hombros, por mí puede hacer lo que le venga en gana. Pero ha salido un oficial de policía, está hablando con los directivos de la casa, y ahora hacen signos de que se puede entrar en el edificio, bueno, vamos allá, pues, y esperemos que hayan mirado bien en todas partes.

Mientras Curro mastica las grapas de la mesa y simula escribir en la máquina vecina, Ana corrige el original:

«... la crisis de los hombres de cuarenta años, de aquellos que no vivieron nuestra guerra y que, sin embargo, fueron educados en la grandilocuencia de la triunfante cruzada, una generación tópicamente perdida que ocupa puestos directivos, una generación brillante que gobierna España y que empieza a encontrarse desprovista de suelo, quizá todo en lo que creyó fue mentira, posiblemente todo lo que vivió fue falso. Han luchado por valores que hoy se tambalean y quizá empiezan a sentir que algo les ha sido robado, oculto bajo el corte perfecto de un chaleco a juego o bajo una corbata de seda italiana, y los directores, los ejecutivos, los presidentes, los empresarios de nuestros destinos nacionales comienzan a fumar sus primeros porros cuarentones y con el humo del hash intuyen un mundo nuevo...»

Sánchez Mora. Ha entrado Sánchez Mora en la redacción mientras Ana puntúa el escrito, y piensa ella que su imagen no puede ser más representativa del párrafo recién leído de su reportaje. Ahí está al otro lado de la sala, barrigón como un buda, cuarentón, encorbatado, la redonda y mofletuda cara brillante y con sudores de felicidad y de locura. Porque ha de sentirse aventurero, feliz y loco para haberse atrevido a dar un paso semejante. Porque Sánchez Mora es un hombre pulcro y minucioso, un ejecutivo de pro, un silencioso obediente, un infeliz a caballo de la autoridad y la disciplina. Se casó muy joven y tiene familia numerosa. Era del Opus, dicen las malas lenguas, y ahora, hace unos meses, se apuntó en la UGT. Sánchez Mora y Pili, esa rolliza secretaria vallecana, jovencita y suburbial, de carnes abundantes. Este párrafo se ajusta a la perfección a la trayectoria del adúltero administrativo de *Noticias,* sí, piensa Ana: pero ella lo ha escrito para otro, para un Soto Amón desconocido. Incapacitada para abordarle directamente, siendo como es el último mono de la casa, Ana se ha acostumbrado a lanzarle mensajes delicados, le hace ofrendas, escribe SOS íntimamente dirigidos a él, en la ilusión de que recoja sus palabras, sus segundas intenciones, en la ingenua ambición de que Soto Amón reciba estos mensajes y la comprenda, la conozca y la sepa. Y así, Ana se siente como una niña que llena sus cuadernos de deberes con esforzadas florecitas, con dibujos amorosos que dedica al profesor que la corrige.

«... el poder trae consigo la castración, es un binomio inseparable. No fue casual la represión sexual del franquismo: significaba la sublimación hacia una mayor productividad, hacia una mayor obediencia. La sublimación sexual de todo un pueblo como soporte de un poder personalista, traslación de la castración gubernativa. La llamada revolución sexual ha de herir por lo tanto en primer lugar a aquellos que fueron principales víctimas de esta estructura de poder: a los españoles de posguerra, a los españoles de cuarenta años hoy, principalmente hombres —porque la mujer es un caso aparte: no se le ofreció poder a cambio de su represión, sino que ésta fue utilizada en función del poder del hombre— que ahora se descubren casados con mujeres a las que nunca quisieron como compañeras, con hijos mayores a los que desconocen, en fin, esos desolados cuarentones que han de admitir hoy que fueron cómplices de su propia castración sentimental, aunque a cambio de ello hayan conquistado un imperio: un imperio de papel...»

Un imperio de papel como el de Soto Amón. Y así semana tras semana, mes tras mes, Ana va esforzándose en inventar literarias trampas, va sembrando la revista de recados íntimos que quedan impresos con aparente inocencia, juegos privados de su imaginación y su deseo, «... y en ese caso, si tomamos como individuo tipo a un hombre nacido, por ejemplo, el 29 de agosto del año 35...», al menos se sorprenderá al ver la fecha exacta de su nacimiento, se dice esperanzada.

—Ana, mujer, esto está muy bien —dice Mateo con la sonrisa amable y blanda que suele poner cuando piensa regañar o criticar a alguien—, pero es que tenéis todos una tendencia a escribir editoriales que es la hostia... Mira, guapita, ¿por qué no pones más datos, o sea, más reportaje de verdad, y dejas que las conclusiones las saque el lector?

Piensa Ana que sí, que seguramente Mateo tiene toda la razón, pero ¿cómo explicarle que ha de defender esos párrafos tan densos? ¿Que son cartas sin franqueo dirigidas a un hombre que resulta infranqueable? Y al final ha de discutirle al redactor jefe, mimarle, jurarle, pelearle milímetro a milímetro esas frases amorosamente elaboradas.

Entre unas cosas y otras, bomba incluida, Ana llega tarde como siempre a su cita con la Pulga, el Curro ha ido volando tras ella refunfuñando por las prisas, ay, mami, no corras tanto, y al fin alcanzan la puerta del mercadillo y ahí está la Pulga, fumándose un cigarrillo impaciente, tan chiquitina y andrógina como siempre, el pelo castaño, rizoso y corto, la nariz muy chata y ahogada en pecas, parece mentira que la Pulga tenga ya treinta y tres años, es como un golfillo adolescente, ay, Ana, pero qué pelma eres, hija, protesta mientras espachurra la colilla contra el suelo con enérgico movimiento de su bota de alto tacón (la Pulga tiene complejo de estatura y siempre se encarama sobre zancos imposibles), perdóname, Pulguita, es que vengo de la revista y nos han puesto una bomba, que os han puesto ¿qué? Pero dejan las explicaciones para luego y entran en el mercadillo porque la hora de cierre se echa encima y la Pulga quiere comprarse algo, cualquier cosa, lo que sea, que sus relaciones con Chamaco en particular y con la vida en general no le van demasiado bien y cada vez que se deprime le entran unas irrefrenables ansias consumistas. El laberinto de puestecillos relumbra como un belén bien iluminado, la ropa multicolor cuelga del techo y sobre las mesas se acumulan todo tipo de objetos insólitos, elefantitos acristalados de Pakistán, bolsos enanos hechos en raso, bisuterías de metales pobres, tarros de pachulí, pebeteros en madera policromada, campanitas chinas de latón. El Curro tira un perchero lleno de pañuelos tras colgarse de uno de ellos a modo de Tarzán y la Pulga dice que quiere comprarse una falda, ¿una falda tú?, sí, es que estoy harta de ir siempre con vaqueros, de repente me han entrado ganas de sentirme femenina. Así que van al fondo y la Pulga se prueba falda tras falda, una negra de florecillas blancas y menudas, otra azulada hecha a pedazos, otra también azul con volantes, al final se sienta en la silla de la vendedora y gime desesperadamente, es un asco, soy tan pequeña que nada me va bien, la verdad es que la Pulga se viste en la sección de muchachos de los grandes almacenes y es ésa la única ropa que se adapta a su cuerpo menudito sin necesidad de posteriores arreglos.

Al fin se ha comprado un jersey y un chaleco —«siempre termino vestida igual», dice ella— y ahora, con los paquetes en la mano y empezando ya a sentir culpabilidad por este gasto inútil, como siempre que se compra algo compulsivamente, la Pulga arrastra a Ana y al Curro hacia el bar de enfrente, donde ha quedado con Chamaco. El bar se llama «El inmortal» y es un local siniestro y moribundo en el que se apretujan, hostiles, diversas épocas de decoración. Están por un lado las paredes, que en un tiempo debieron de ser verdes y que ahora se desconchan y amarillean con tono de vomitona. Hay una mesa de mármol con la piedra rota, sillas descabaladas de madera y formica y el mostrador, que es evidentemente nuevo y barato, tiene la superficie de plástico. Los tubos de neón están medio fundidos, el espejo del fondo se picotea en cagadas de moscas, sobre la barra hay tres o cuarto bandejas medio llenas de solidificados alimentos, unos callos mohosos y añejos, unos menudillos de empolvada y coagulada grasa. El bar está vacío, a excepción de un viejo de chaqueta raída y limpia que mordisquea una colilla, y la mujer que está tras la barra es joven aún y contrahecha, con la cara caballuna mordida por un punto de subnormalidad. Sobre la cafetera hay un calendario de pared desde el que sonríe, algo borrosa ya, una opulenta aprendiza de Brigitte Bardot con los pelos muy cardados y unas tetas inmensas desparramadas por todas las esquinas de la foto, debajo se lee «1967», y Ana reflexiona que no hay nada más patético y angustioso que un calendario viejo, desoladoramente inútil, mostrando con tonto orgullo unas hojas inservibles que nadie se acordó de arrancar.

—Qué sitio deprimente... —comenta en voz baja la Pulga. Y después piden dos cocacolas y una fanta de naranja por el aquel de la higiene, y aun así tienen que limpiar los vasos pringosos con un klínex mientras la mujer de la barra busca las botellas y las abre con exasperante parsimonia, concentrando toda su capacidad mental en el esfuerzo.

—Hola, tías.

Ha entrado Chamaco, contoneándose alegremente subido a sus botas vaqueras de tacón alto, los pantalones muy estrechos, una cazadora de cuero con cuello de piel sintética y una camiseta negra con un tigre pintado en el pecho.

—Pero, Chamaco —exclama Ana—, qué corte de pelo te has pegado, estás irreconocible...

—Ya ves, tía, la cosa de la mili.

Y es que Chamaco tenía una úlcera de estómago que le dio inútil en su primera llamada al servicio, pero después, con los mimos culinarios y maternales de la Pulga, se le ha curado el agujero y ahora, a los veintitrés años, no le queda más remedio que incorporarse, «esta mañana ha ido a hacerse las fotos», explica la Pulga, «de modo que...».

Chamaco golpea el mostrador con un puño ensortijado, «a ver, yo quiero un whisky, pero que sea bueno», y con gesto fanfarrón saca un fajo de billetes del bolsillo, «que hoy voy a invitaros yo», añade. Y la Pulga pone ojos de susto, «¿de dónde has sacado el dinero?», le pregunta, «bah, de por ahí, ¿a ti qué te importa?», contesta el chico, evasivo, «¿cómo que qué me importa? Venga, dime, ¿de dónde lo has sacado?». Y el Chamaco se sonríe con aire superior, «mira, Pulgui, no me des la tabarra, tú siempre me andas diciendo que tengo que sacar pasta, ¿no?, pues ya la tengo, no me jodas». Y la otra, «Chamaco, no seas bestia, que te vas a meter en un follón», y al fin el chico se acerca a ellas con aire confidente y saca del bolsillo de la cazadora un paquetito cuadrado envuelto en papel de plata, «de esto, de esto he sacado el dinero y más que voy a sacar, le estoy ayudando a vender tate a un amigo y me dará un pastón, a ver, ¿qué pasa?», termina con gesto combativo, y la Pulga enmudece enfurruñada, le mira con ojos chispeantes y al fin añade, «eres un cretino, Chamaco, te van a pillar trapicheando, encima estás con lo de la mili y terminarás en la cárcel como un idiota», y el otro se encoge de hombros, «anda ya», agarra el vaso, da media vuelta y se dirige a la maquinita de *flipper* de la esquina, tra-ca-ca-tra-ca-tra-ca-tra, hace el armatoste al tragarse la moneda de cinco duros.

La Pulga se ha quedado con cara compungida, sorbe un poco de su cocacola en un silencio embarazoso, después se inclina sobre Ana, «oye, no le cuentes esto a Elena, ¿quieres?», y Ana le asegura que no, que no dirá absolutamente nada.

Y es que la Pulga le tiene miedo a Elena, en su relación con ella se ha ido creando un vínculo de supeditación, censor y paternal. La Pulga la admira porque la cree más inteligente y preparada, pero al mismo tiempo teme su ácida ironía, su tonillo superior, su actitud crítica; Elena, se dice entristecida, me ve más tonta de lo que en realidad soy. Quizá no se dé cuenta de que ella es en gran medida una mujer privilegiada. Que pudo estudiar en la Universidad, tener otras inquietudes, aprovechar su tiempo. La Pulga, bueno, hermana mediana de una familia numerosa y sin dinero, no llegó más allá de reválida de cuarto. Luego se colocó en una empresa cinematográfica de secretaria y poco a poco ha llegado a relaciones públicas de una distribuidora multinacional y poderosa. Es el suyo un empleo que puede parecer envidiable, hablar con famosos, muchos viajes, mucho contacto con la gente. Pero su trabajo ha ido impregnándola también de una apresurada frivolidad, vive el presente, el lujo ficticio, las amistades improvisadas en torno a una copa, amistades que por la noche se encienden en alcohol y que a la mañana siguiente se han disuelto en dolor de cabeza y resaca. Y así la Pulga ha vivido demasiado de prisa y torpemente.

Se casó muy joven, apenas diecinueve. Antes sólo habían existido los guateques y algún beso ligero, un achuchón furtivo. Él acababa de llegar a Madrid, por entonces era sólo un aprendiz de actor, tardó aún bastante en hacerse conocido. Se trataron poco, se gustaron, en seis meses se preparó la boda, y la Pulga llegó virgen y asustada a la ya bendecida cama del hotel. Él la violó sin palabras, dolorosa e inhábilmente, y a la mañana siguiente la Pulga despertó en una almohada mojada en lágrimas sintiendo tirantez y escozor entre las piernas. Es una vaginitis, dijo el médico. Y más tarde, tras las pruebas, tras los análisis, añadió, es una vaginitis psicológica. No volvieron a hacer el amor y jamás hablaron de la primera noche. Durante tres años compartieron la casa con tensa tregua de enemigos, más tarde se separaron legalmente y mucho más tarde aún, a los veintisiete, pudo la Pulga volver a intentar el sexo con otros hombres, venciendo los pavores.

Chamaco sigue jugando al *flipper*, el Curro pinta, con un dedo mojado en trinaranjus, dibujos invisibles sobre el mármol roto de la mesa, Ana está comentando no sé qué sobre José-María-el-de-siempre, como ella dice, todo de un tirón, y a la Pulga se le hace difícil atender a las palabras de su amiga, «fíjate, me llamó otra vez por teléfono a estas alturas, ahora está implorante», y la Pulga escucha sin oír, recordando su propia situación, revisando mentalmente a los extraños compañeros que ha escogido en estos últimos cinco años, asombrándose de sí misma por estar unida ahora al Chamaco, ese muchacho ajeno y más bien cheli que muestra las chaparras espaldas mientras se enfrasca en su juego. El viejo de la colilla en la boca está contándole a la chica contrahecha una enrevesada historia que ella escucha impasible y con todo el vacío del mundo en sus ojos levemente achinados por la tara, «pues este año nos tocó ir a la Costa del Sol, Málaga, Torremolinos, todo eso, nos lo pasamos chipén», dice el tipo, y la Pulga piensa que primero fue Esteban, un estudiante de arquitectura al que ella sacó de un piso compartido con amigos para instalarle en su casa y mantenerle durante todo un año, y luego vino Francisco, quería ser actor con sus veintipocos años y ella le ayudó, promocionó su narcisismo y vivió con él veinte meses, «de modo que en cuanto que me sueltan en el ministerio, hala, me agarro a la parienta y al seiscientos y ese mismo día nos piramos, y ya se sabe, primero es echar una moneda al aire para ver por qué carretera salimos, y después vamos sacando a cara o cruz el resto del trayecto, y así cada año pasamos las vacaciones en un sitio diferente», se oye al viejo. Y ahora está Chamaco —ding, ding, chilla su máquina, a la que el muchacho empuja con estudiado golpe de cadera—, este Chamaco suburbial que es batería de un conjunto rock y arrabalero entre otras sorprendentes aptitudes, como la de jugar al *flipper* con toque de maestro, ding, ding, «desde que la parienta y yo decidimos salir así, en plan aventura, nos pasamos unos veraneos como los mismos reyes», y lo cierto es que la Pulga ha ido escogiendo muchachos cada vez más jóvenes, cada vez más inexpertos, chicos predestinados a la fascinación y a los que ella puede dominar fácilmente con dulce tiranía, y a veces, cuando se para a pensar en esa su afición por los adolescentes moldeables, la Pulga intuye que algo marcha bastante mal en todo esto, ding, ding, pak, «he sacado una partida», dice el Chamaco volviendo una sonrisa de triunfo hacia ellas.

Y cuando Ana llegó a casa por la noche, arrastrando a un Curro protestón y muy cansado, apenas si supo reconocer a la débil luz del descansillo los contornos sanguíneos y alicaídos de las rosas de Ana María la vecina, esas rosas mortales y resecas que asomaban, bamboleantes, por encima del cubo de basura.

5

Se ha retrasado Ana por fútiles motivos, como es habitual en ella (a veces se espanta de su propia impuntualidad y, en un arrebato de melancolía metafórica, se dice: «Llego siempre tarde y seguiré llegando tarde también a la vida y a la confianza en mí misma») y cuando toca el timbre de la casa de Julita ya son las ocho, maldita sea, y eso que había prometido venir con tiempo para ayudarle en la preparación de su fiesta de cumpleaños: venir con tiempo, en realidad, para escuchar sus lamentos y consolar sus lágrimas. Julita abre la puerta y sale envuelta en un cálido olor a azúcar quemada. Se está secando las manos en el delantal, tiene el pelo recogido en la nuca y su cara redonda, prematuramente envejecida, muestra esa expresión de desconsuelo y aniñada tristeza que últimamente es tan común en ella, ay, Ana, creía que ya no venías, qué gusto me da verte. Pasan un momento a la cocina, Julita da unos toques maestros al pastel, termina de llenar la bandeja de los emparedados, recibe las alabanzas por la buena pinta que tiene todo con expresión ausente: se mueve con prisa, se ve que desea terminar pronto y sentarse en la pequeña sala abarrotada para poder hablar y hablar allí, antes de que lleguen los demás. Tiene Julita ojos ingenuos, tristes y jóvenes, es lo más bonito de ella, esos ojos sin malicia, perpetuamente perplejos, que parecen estar siempre preguntando algo. Hoy se ha arreglado con mayor mimo que en otras ocasiones, la falda india rodea sus caderas redonditas: Julita es más bien baja y tendente a la curva y la abundancia, es una mujer gordita de carnes inocentes. Y ahora, ya sentadas en la sala, Julita contrae su blanca y redonda cara en un puchero, «me siento, no sé», dice, sorbiendo las lágrimas con vergüenza, «me siento como perdida, como si todo se hundiera, llena de miedo, ay, ay, Ana», gime derrotada, deshaciendo su temblorosa sonrisa de defensa, «qué mal estoy, Anita, cómo duele esto».

Hoy ha venido Antonio a ver a los niños y el precario equilibrio de ayer se ha roto en lágrimas. Claro que debe ser difícil, muy difícil, terminar con un hombre con el que has convivido quince años, con el que te casaste virgen, tu marido. Y que haya tres niños ya crecidos. Y que la casa esté llena de él. Y que tú no tengas otra vida que la de ser su esposa. Comprende Ana el dolor de Julita, sí, pero está cansada de sus lágrimas. Hace casi seis meses que se separaron, hace casi seis meses que Julita gime ante idénticas ausencias, se debate en una única trampa. Hace casi seis meses que Ana le escucha decir y llorar lo mismo, y ante esta repetición experimenta un sentimiento ambiguo, en parte de impotencia, en parte de distanciado aburrimiento.

—Qué palizas te estoy dando, Ana, qué horror —añade Julita esforzándose en retener las lágrimas.

—No, no, mujer, no te preocupes, no seas tonta —se escucha decir Ana, avergonzándose de inmediato ante su hipocresía. Se sabe tímida Ana y sobre todo demasiado amable. Una amabilidad nacida de la inseguridad, de la necesidad adolescente de ser querida por todos. Como decía Candela, una de las cosas más difíciles de aprender en esta vida es cómo sobrellevar la enemistad o el odio de los demás: cuando niños queremos que todos nos amen porque nos sabemos débiles, un signo de madurez es aceptar con serenidad que eso es imposible y que existen las antipatías y los enemigos. Y Ana en esto se encuentra aún tan inmadura que finge prestar una atención que en realidad no siente. «Es normal que ahora te encuentres angustiada», le dice, «eso es al principio, pero ya verás, el tiempo pasará y te darás cuenta de que esta separación ha sido estupenda, a tus... ¿cuántos años tienes?» —«treinta y siete»—. «Bueno, pues a tus treinta y siete años, con tres hijos ya mayores, vas a poder vivir como antes no has podido.» Y se da cuenta de que sus palabras suenan sólo a tópico.

—Hiiiiiiii —Julita llora bajito, con pudor, y el rímel que se ha dado hoy en forzada coquetería de cumpleaños le resbala churretoso a través de las mejillas. Ana calla, indecisa. Atardece y apenas se distingue en la apretujada librería, unos metros más allá, el reflejo de esa foto de pareja, Antonio y Julita diez años más jóvenes, sonrientes, él rasurado y con corbata, ella con el pelo cardado y reposando con confianza en el hombro masculino su absurda cabeza de cabello a la moda. Hoy Antonio parece más joven, está más guapo con sus largas barbas, sus jerséis lanudos. Comenzó a fumar porros hace cuatro años, dejó el partido comunista hace cuatro meses. Cuando rompió con su mujer rompió también esa larga, ilegal, sufrida historia militante («ése es de los huérfanos», decía Elena, «yo tuve la suerte de estar poco en el partido, al menos relativamente poco, tuve la suerte de pertenecer a una nueva generación y militar en unas circunstancias diferentes, pero esos pobres hombres que han pasado quince, veinte años creyéndose todas y cada una de las mayúsculas del marxismo están hoy descolgados, perplejos, rotos»). Ahora Antonio vaga por el mundo un poco loco, decididamente estupefacto, ansioso de vivir y de ser joven, permitiéndose hablar mal de Carrillo, pero sólo con los antiguos compañeros, manteniendo aún un callado y furioso orgullo cuando las críticas están formuladas por gente de fuera, por los que ni son ni han sido militantes. Es decir, que discute con todo el mundo y pasea su insatisfacción por solitarios rincones. Cree Antonio estar ahora enamorado de una chica («ni siquiera es guapa», dice Julita, «no podía permitirse la frivolidad de marcharse con una mujer más guapa que yo») y la ama precisamente porque es joven, porque es libre e independiente. Ama en ella todo lo que él ayudó a anular en Julita. «Pero trabaja, si es eso lo que quieres», solía decir Antonio años atrás, «pero trabaja, Julita, si ya sabes que yo estaría encantado de que lo hicieras. Pero es que tú eres de las de mucho hablar y poco hacer, estoy seguro de que después de dar tanto la lata no trabajarás nunca, nunca...».

—Escucha —dice Ana—, esto no te ha pillado de sorpresa, ¿no?, la relación iba mal desde hace años, ¿no?

—No sé... sí.

—Bueno, pues esto es lo mejor que podía haber pasado. Las cosas tienen su vitalidad, las relaciones se mueren, y lo jodido es empeñarse en continuarlas cuando todo se ha acabado, seguir con la rutina, eso sí que es catastrófico.

(Sí, sí. Debes tener razón, Ana, es necesario que la tengas. Y, sin embargo, es tan difícil... Hoy se ha presentado Antonio con una cazadora nueva. Parece mentira lo que puede llegar a doler un pedazo de cuero. Durante años conoces sus ropas, sus calcetines, sus calzoncillos. Y, de repente, comprendes su ausencia en esos pantalones desconocidos, en una camisa distinta, en un color de jersey que antes no usaba. Era tan ortodoxo, Antonio, tan sobrio y tan serio. Y ahora viste amarillos, rojos, azules eléctricos antes imposibles. Es un extraño embutido en su jersey de color chillón. ¿Qué tal estás?, me dijo, deberías buscarte un novio. Pero no quiero otros brazos y tampoco sé si puedo conseguirlos, me siento virgen y asustada, han pasado demasiados años, soy mujer de un solo hombre y no estoy de moda. La cama está tan sola que por la noche caben en ella muchas pesadillas. Malos sueños de vejez, de años perdidos, de sentirme fea, incapaz, fuera del mundo. ¿Podré gustar de nuevo a alguien? A Antonio no le gusto, es como un insulto, un fracaso, algo vergonzoso. ¿Cómo amará Antonio a esa chica? ¿Será también un extraño que amará distinto a como me amó a mí? Quizá ahora mismo esté ansioso, diferente, jadeando dentro de ella. Y a los pies de la cama habrá dejado su cazadora nueva.)

—Pero bueno, ¿qué hacéis con las luces apagadas? Parece un velatorio...

Fue Ana quien abrió la puerta, y la entrada de Elena ha sorprendido a Julita. Se encienden las luces y ella parpadea, deslumbrada, dolorosamente consciente de sus ojos llorosos y sus mejillas manchadas de rímel, «pero, Julita, mujer, ¿qué pasa?», dice Elena mientras la besa, «nada, nada, que soy tonta», sonríe ella con frágil gesto, «voy a arreglarme un poco», y huye de la habitación con el regalo en la mano. Elena mira a Ana, hace un ademán de complicidad y se señala las mejillas con la mano, pero la otra se encoge de hombros con aire ambiguo y parece enfrascarse en la tarea de seleccionar un disco. Es increíble, se dice Elena con envidia, la capacidad que tiene Ana para escuchar a los demás, ella misma tiene tan poco aguante. Sabe Elena que la situación de Julita es muy difícil, y comprende su angustia racionalmente. Pero ella no ha sido nunca esposa, nunca ha perdido su propia identidad, nunca se ha dejado anular en relación con un hombre. Y ante los churretes de lágrimas se siente incómoda, como si el femenino dolor de Julita le produjera una repugnancia culpable, como si entre ambas mediara un abismo de vivencias demasiado diferentes, que Julita es dolorosamente tópica en su papel de madre y esposa desolada, y hasta padece un nombre absurdo por su diminutivo denigrante, un nombre de ama de casa que lava con Persil y que lo recomienda a las amigas.

Pero el timbre de la puerta comienza a sonar casi ininterrumpidamente. Es Cecilio y su muchacho de turno, un chaval chato con gesto suficiente, y después llegan Candela y la Pulga, y luego una chica delgada de hombros nerviosos e inestables, pálida y callada, «es Marisa», dice Julita, que ha surgido milagrosamente de los interiores de la casa con un maquillaje casi perfectamente restaurado, «es una amiga nuestra de hace muchos años... bueno, quiero decir, es amiga mía y también de Antonio». Durante unos momentos se forma un gorjeante barullo, todo son besos, saludos y revoloteos de paquetitos y papeles de colores, «oh, qué bonito, muchas gracias», repite Julita con expresión de mareo, tintinean los hielos recién traídos de la nevera y el tocadiscos hace tiempo que se paró, olvidado.

—A ver —grita Cecilio en una de ésas—. Yo quiero un whisky rápidamente porque estoy siniestro.

Y se desploma suspirando sobre un sillón. «¿Qué te pasa?», le pregunta Julita, y él responde con un vago gesto de la mano. «Mal de amores», apunta Ana con malicia, «huy, pues qué me vas a contar a mí», dice Julita componiendo una sonrisa desdichada, vecina en lágrimas.

—¿Mal de amores tú? —interviene Elena con sorna—. Venga ya, Cecilio, no me lo creo, los tíos no sufrís nunca de mal de amores.

—No digas bobadas, Elena —corta él—. Generalizando así sólo puedes decir tonterías.

Elena se revuelve, ella ha soltado la frase a modo de broma, pero es incapaz de resistir un reto sin empeñarse en él, «vale, de acuerdo, generalizar es estúpido, y además tú eres un tío especialmente poco machista, pero lo cierto es que, por educación o lo que sea, los hombres tenéis tendencia a vivir las relaciones de una forma muy distinta a como las vivimos nosotras», y Cecilio protesta, niega y reniega casi furibundo, «eso es un tópico, estoy harto de oír hablar de machismo y feminismo, se han convertido en unas palabras absolutamente huecas, tú eres demasiado inteligente, Elena, para caer en una estupidez así», «pero escucha», añade ella, «los hombres estáis o están acostumbrados a instrumentalizar la relación con los demás: con los amigos, que apenas tienen, ¿os habéis fijado que los hombres tienen muy pocos amigos, en general?, y no digamos ya con las mujeres, quiero decir que los hombres usan la relación para sus fines, mientras que las mujeres se diluyen en ella», y Cecilio de nuevo, «eso es mentira, lo que sucede es que todas las parejas están desdichadamente cojas, y siempre hay uno que sirve y otro que se aprovecha, lo que no quiere decir que sea siempre la mujer la mártir y el hombre el tirano, los papeles son intercambiables», y Elena insiste, acalorada, «pero da la casualidad de que por una cuestión educacional en el noventa por ciento de las parejas la que ha de joderse es ella, la que lo pone todo, la que prescinde de su vida y la supedita al hombre, mientras que él se aprovecha de la situación y no entrega nada», y Ana interviene, «la verdad es que hemos tenido una educación repugnante al respecto, ¿os acordáis de esos libros lamentables que leíamos en nuestra adolescencia, eso del Diario de Ana María y de Daniel? Bueno, pues Ana María llevaba por subtítulo la palabra Dar, y el libro de Daniel llevaba la palabra Amor, que vete tú a saber qué cojones querían decir con eso», y Elena otra vez, «exacto, Ana, exacto, con esa mierda de diarios nos querían ir educando ya en nuestro papel correspondiente, las mujeres a Dar, o sea, a ceder, y los hombres a Amar, o sea, a perdonar, a dirigir con suave, es un decir, con suave mano paternal, a brillar como centro de la Creación», y Cecilio está riéndose por lo bajinis como en sordina, «qué barbaridad, qué barbaridad», comenta para sí, «cuando os ponéis así no hay manera de llevar adelante una conversación mínimamente lúcida».

—Yo estoy casi de acuerdo con Cecilio —interviene Candela, que ha estado callada todo el tiempo—. Supongo que en muchos casos nos pasa lo mismo a todos, y lo terrible es que lo desconocemos, que hay una distancia infinita entre hombres y mujeres, lo terrible es que nos creemos más a nuestros personajes que a nosotros mismos... Bueno, Elena, además resulta ridículo que sea yo quien diga esto, en realidad son tus palabras.

Elena sonríe, se encoge de hombros, «sí, sí, claro, supongo que ha de ser así, es verdad, y mi trabajo trata de eso precisamente... Pero es que soy capaz de comprender todo esto racionalmente, pero en lo emocional siento que no es así, en lo emocional estoy llena de rencor hacia los hombres».

(Y piensa Elena en «Pares e impares», el pequeño ensayo que está escribiendo, un trabajo sobre los roles sociales, sobre un mundo hecho de estereotipos, de casilleros contrapuestos. Sobre la dificultad de ser impar y diferente, de escapar al papel tradicional o al par opuesto. Y piensa que el ensayo está muy atrasado, «me lo tienes que dar en un par de meses como mucho», le ha dicho esta tarde el editor, y Elena sabe que terminará entregándolo poco trabajado, chapuceramente hecho, y esto la llena de rabia ante sí misma y su reciente protagonismo. Su brillante participación en el congreso de jóvenes filósofos de Burgos y su condición de mujer joven la están convirtiendo en una niña mimada del momento, su nombre suena en los círculos de enterados, se le piden colaboraciones en revistas de opinión, le hacen intervenir en coloquios y conferencias, y hay algo en su repentino éxito que a Elena le parece falso y desmedido, como si al ser mujer competitiva en un mundo de hombres se la hubiera seleccionado de mascota, más allá de la crítica y la exigencia, luciéndola como precoz abanderada. Y esto la irrita profundamente y al mismo tiempo la halaga, de ahí el peligro.)

Se está jugando a las charadas y Marisa, la chica pálida que nadie conocía, salta sobre el suelo puesta en cuclillas, dice «co, co, co» mientras mueve sus brazos delgados como alambres, sus mejillas están enrojecidas por la excitación en unos redondeles que parecen fiebre y su expresión es risueña y entusiasta, «¡gallina!», grita Julita, sí, sí, sí, «¡más puta que las gallinas!», añade triunfante Cecilio, todos ríen y aplauden el éxito. Cecilio mete mano al muchacho de narices remangadas diluido en el barullo, Julita tapa su sonrisa con una mano gordezuela y sus ojos son tan tristes que por un momento no se sabe si ríe o llora, y la Pulga calla, cosa extraña en ella, mientras sorbe un cubalibre. «¿Qué te pasa?», le pregunta Elena, «nada», contesta ella, y Elena de nuevo, «¿y el batería, dónde le has dejado?», la Pulga se ruboriza y se hace más pequeña aún, «ya sabes que ahora casi no nos vemos», «qué cosas», insiste Elena con tono zumbón, «es la primera vez que te veo sola en no sé cuántos años, Pulguita, la primera vez que no llevas a alguno de tus niños a modo de grano en la espalda...», y la Pulga calla, pero Elena continúa implacable, «me parece increíble que estés terminando con Chamaco, será que al cortarse las melenas para la mili se le ha ido el encanto, como a Sansón... ¿Ya has echado el ojo al protagonista de tu próximo infanticidio?», y la Pulga prolonga su mudez con aire desdichado, al fin balbucea, «no, no, Elena, no quiero más niños, quiero estar sola una temporada», «ya», comenta la otra en tono incrédulo y cortante.

Está rara la Pulga, sí, abandonado hoy su papel habitual de bufoncillo de la corte, ha permanecido silenciosa y quieta desde el principio y esto es extraordinario en ella. Y está hoy deprimida la Pulga porque ha visto las chabolas.

Vive la Pulga en una urbanización moderna y amurallada a las afueras de Madrid, un apartamento alquilado en una torre rodeada de césped importado. Esta mañana las ha visto por primera vez, justo al salir de casa. Durante la noche alguien tiró parte de la valla del fondo, y por el agujero del muro derruido el horizonte se agrandó en un campo pelado, sucio de cascotes y basura, un campo sembrado de chabolas. Cuatro años lleva la Pulga viviendo en esa urbanización de semilujo, pared con pared con una miseria que ignoraba, y sólo hoy ha sabido de esa hacinada suciedad, de esa llaga urbana que la propia ciudad se encarga de esconder. Le ha desasosegado demasiado este descubrimiento: ha sentido vértigo, como si de repente le faltara el suelo. Es ésta una angustia conocida que experimenta cada vez que la realidad le sale al paso, embargándola de un presentimiento de desastre. Su vida, pues, tan pública, vaporosa y brillante, está llena de agujeros negros en los que todo parece desvanecerse, y son estos pozos de miedo indefinido los que ella trata de rellenar con sus amores insensatos, con los cándidos niños a los que colecciona, mima y acumula.

Ahora, como las cosas con Chamaco andan mal, la Pulga quiere hacer un punto y aparte en su vida, quiere acostumbrarse a la soledad y ser adulta. Pero los días se le llenan con los pozos sin fondo y las noches se deshacen con ruidos extraños y terribles, y ha de levantarse de puntillas, y recorrer las habitaciones con sigilo, sin encender la luz, apenas respirando, sintiendo el corazón que se desboca en el pecho, te-

miendo siempre que a la vuelta de la esquina le ace-
che algún horror, el horror mismo que esconde la
vida, igual que las tapias vecinas escondían sin saberlo
miserables chabolas.

Pero se oyen gritos desde la calle anochecida y
la Pulga se estremece, tiene tendencia a sufrir temores
imprecisos. Julita abre la ventana, son Javier y Roberto, el marido de la mujer pálida, que piden la llave del
portal. La mujer se levanta presurosa abandonando
las charadas, yo bajo, dice, no hace falta, contesta Julita, puedo echarles la llave envuelta en el pañuelo,
no, si a mí me da lo mismo, insiste la chica de hombros deslizantes, y agarrando el manojo tintineante se
escurre con rapidez escaleras abajo.

Lo primero que se escucha son las protestas de
Roberto, llevaba media hora abajo, para colmo había
perdido el teléfono y no recordaba el piso, menos mal
que ha llegado él y se ha puesto a gritar, «él» se llama
Javier, dice Julita comenzando las presentaciones, éste
es Roberto, hola, hola, se oye alrededor, Roberto saluda con sonrisa segura, es un hombre más bien bajo,
de pómulos cortantes y abundante bigote. Tras él, a
una discreta distancia siempre mantenida, está la chica pálida, silenciosa y sonriente, y Ana, viéndola aparecer y desaparecer tras el hombro de su marido a medida que éste saluda y se mueve, piensa que la mujer
parece haber encogido de repente, que está tensa y
como agazapada.

Javier ha cogido un montón de mediasnoches
de la mesa y engulléndolas vorazmente se sienta junto
a Elena. Bueno, piensa ésta, viene de mala leche: ya
ha aprendido a intuirle los enfados en el rictus de la
boca. «Estoy muerto de hambre», dice él, y su voz

suena ronca, «vaya», exclama con cara de asco, «he cogido una de *foie-gras,* ¿la quieres?», Elena dice que no, que muchas gracias, le observa con atención esperando el estallido. «¿Qué te pasa?», dice al fin Javier con rabia, «¿a mí?», contesta ella, «a mí nada, a ti parece que sí, en cambio». Él calla y mastica un rato furiosamente, al fin dice, «te he estado esperando en casa dos horas y media», «¿a mí?», «¿es que no sabes decir otra cosa?», muerde él, «pero, esperando, ¿por qué?», «habíamos quedado en que vendríamos juntos», contesta Javier en un ladrido contenido, con el rabillo del ojo vigila a Candela, que está frente a ellos y les está mirando, «bueno, es la primera noticia que tengo», está diciendo Elena sintiéndose furiosa. Por unos momentos se encuentra tentada a comenzar una interminable discusión, pero la pelea le parece demasiado estúpida y suaviza la voz con esfuerzo: «Pero mira, bobito, te dije que tenía que ver al editor, y como vive aquí al lado quedamos en que venía directamente». Javier calla, recordando posiblemente esta conversación, «pero sabías que tengo roto el coche, bien podías haberme ido a buscar, estoy hecho polvo de cansancio», «yo también estoy muy cansada», salta ella con rabia, y luego más tranquila, «además, podrías haber venido directamente de la facultad aquí, en vez de pasar por casa», pero Javier tuerce el gesto, «déjame en paz», masculla, y se levanta de la silla para instalarse al otro lado de la habitación con aire sombrío.

Ha dicho Javier «déjame en paz», lo ha gritado como si realmente creyera en ello, y, sin embargo, es incapaz de prescindir de Elena. Ella se siente asfixiada desde hace algunos meses por esta relación agonizante, allí está, encerrada en la rutina, boqueante en busca de aire como pez fuera del agua. Para salvarse a sí misma y rescatar lo que queda del cariño por Javier, Elena intentó separarse, vivir en distintas casas, ensayar una pareja más abierta. Pero Javier no lo entiende y prolonga en cándidas excusas una convivencia ya imposible. Primero fue una gripe de alta fiebre y convalecencia eterna lo que le impidió marcharse, y luego, al levantarse de la cama, parece haber olvidado la discusión en la que decidieron separarse, simula una normalidad inexistente, elude conversaciones peligrosas: no hay forma de que se vaya, piensa Elena. Tiene algo de niño, de hombre sin terminar de hacer este Javier que dejó el domicilio paterno para casarse, que abandonó su matrimonio para vivir con Elena, siempre rodeado de amor y mimo, nunca independiente del todo. Y así es inseguro. Inseguro con sus ideas, con su posición política, con sus creencias, inseguro también en lo profesional, y sobre todo ahora, a partir de los éxitos de Elena, ante los que siente una ambivalencia dolorosa de celos y orgullo.

(El último domingo, recuerda Elena, cenaron en casa de los padres de él, unos padres conservadores, obcecados y algo fachas, y Javier entabló con ellos ingenuas discusiones, contradecía con furia sus palabras, le irritaban sus ideas, mostraba la misma intransigencia de los catorce años, y Elena pensó que era la ruptura que no hizo en su adolescencia, que está intentando llevarla a cabo ahora, a sus treinta y dos años, mal y tarde.)

Pero la conversación languidece ya. Candela se marchó a causa de sus niños, Javier sigue encerrado en un enfado monosilábico, Cecilio y su muchacho se han despedido, dispuestos quizá a lucirse por los locales del circuito, y Roberto el bigotudo se ha enfrascado en una conversación sobre su trabajo —¿ingeniero?, ¿geólogo?, ¿qué diablos está diciendo de plataformas petrolíferas?— densa y un poco pedante que Julita escucha con paciencia. A la derecha, silenciosa y distante desde que ha llegado él, empalidecidas de nuevo las delgadas mejillas, está Marisa, su mujer, que ahora ya no participa y simplemente ocupa un sitio, muda, inmóvil, manteniendo entrelazadas e inertes sus largas manos de color ceniza. Es hora ya de irse.

Elena y Javier han desaparecido rápidamente envueltos en una nube de rencillas, y Ana, que tiene sueño, hubiera querido hacer lo mismo. Pero en la esquina de la calle, la Pulga insiste en ir a algún sitio a tomar la última copa, ya se sabe que la Pulga jamás tiene prisa por volver a casa y que siempre intenta prolongar la compañía un minutito más, sólo un minuto, venga, mujer, no seas así, Ana, para un día que tienes libre del Curro aprovéchalo, sólo estamos un ratito.

De modo que se acercan al pub de Mercedes y Tomás, a «Galáctica», que está como siempre lleno a rebosar, es un local pequeño con aire espeso y ponzoñoso. «Bueno, Anita, qué alegría», dice Mercedes, acodada al otro lado de la barra, «cuánto tiempo sin echarte el ojo», se besan efusivamente y Ana advierte que Mercedes tiene la cara chorreando sudor, lo cierto es que hace un calor terrible aquí dentro, «ni que lo digas», comenta Tomás, que acaba de llegar a los saludos, «se nos ha estropeado uno de los chismes del aire acondicionado y aquí no hay quien pare». Está guapa Mercedes, con sus cuarenta años jóvenes y plenos, en el pelo rizoso y cuajado de canas lleva prendida una pluma enorme, vaporosa y malva, y se aprieta las carnes, un punto abundantes, dentro de un traje de terciopelo violeta. «Oye», dice Mercedes ahora, inclinándose por encima del mostrador, «¿has visto a mi hijo por algún lado?», su cara está repentinamente seria, «¿al Lanas? Pues no, hace mucho que no le veo», contesta Ana, «es que hace tres días que no aparece por casa», «¿y por aquí no viene?», Tomás se encoge de hombros, pone un gesto despectivo, «¿por aquí? Ja, el muy cabrito ni pisa esto», dice. Duda un momento Ana sin saber qué decirles, un poco incómoda en el papel de intermediaria con sus hijos que Mercedes y Tomás le han adjudicado, al fin añade un lugar común, algún consuelo, no os preocupéis, seguramente no pasará nada, alguien está pidiendo un vodka con limón justo al lado y Ana aprovecha esta feliz circunstancia para despedirse y alcanzar la mesa del rincón que la Pulga ocupa, tras conquistarla en dura pugna contra una muchacha lánguida de ojos agrisados y un tipo muy bajito con una oreja cosida de largos pendientes, como para compensar.

Nada más sentarse, la Pulga le enseña un porro meticulosamente liado al amparo del canto de la mesa, «vamos a alegrarnos un poquito, ¿eh?», le dice, «bueno, dale», contesta Ana, «enciende tú también un cigarrillo para disimular», así que Ana prende un ducados, que tiene el filtro blanco y se nota menos la diferencia, y, poniendo el cenicero descascarillado en el centro de la mesa, van fumándose el porro con tranquila lentitud, ahora una chupada al petardo, ahora dejarlo sobre el platillo, ahora coger el ducados, ahora cambiarlo de nuevo, todo un baile de humos y de manos. La Pulga alardea de conocedora, «no es muy buena esta mierda, un verde marroquí de lo más vulgar, pero me van a pasar un doble cero», desde que se enrolló con Chamaco la Pulga ha experimentado un cambio notable y definido, su conversación se pespuntea de palabras del rollete y parece que ahora, a sus treinta y tres años, la Pulga atraviesa por pleno sarampión pasota y nocturnal, pobre Pulgui, se dice Ana, esta Pulga que necesita ampararse en la gente de perpetuo, rodearse de amigos y de bullicio, llenar las horas muertas y el vacío, esta Pulga que camina a bandazos por la vida intentando encuadrarse en algún sitio, que fue frívolamente marxistoide cuando conoció a Esteban, el que iba para arquitecto, y aprendió a citar a Artaud, Piscator y Grotowski —aun sin haber leído ni estudiado nada de ellos, claro está— cuando salía con Francisco, el aspirante a actor, y ahora, con Chamaco, es más pasota que nadie, pobre Pulga indefinida y despistada, «pues han abierto un bar nuevo que es majísimo, ya te llevaré un día de éstos», está diciendo ella, «aunque la verdad es que donde más voy es al "Toño", un bar antiguo que ahora está tomado por nosotros», y Ana advierte ese nosotros amparador y orgulloso, «conozco el "Toño", Pulgui, lo conozco», dice Ana cortando su perorata con gesto de cansancio, que Ana vivió antaño noches locas y recuerda bien a los actores de las mismas y el viejo decorado.

Hacía mucho que Ana no se acercaba a los locales del mundillo. Dejó de frecuentar el circuito nocturno hace ya tiempo, cuando se cansó de perder las horas en estas ruidosas soledades. En aquella época Ana vivía la noche acompañada de Olga, amiga desde la adolescencia, compañera de oposiciones y novios primerizos, aquella Olga que se enamoró perdidamente del Zorro y que después desapareció un día camino de la India, escogiendo la ruptura mientras que Ana se quedaba con la normalidad y el horario de ocho a tres del banco, aquella Olga de la que hace tanto tiempo que no sabe nada y a la que querría volver a ver, piensa Ana hoy en un ataque de nostalgia. Ahora, a través de la atmósfera azulada, Ana reconoce aquí y allá a alguno de sus antiguos amigos, residuos de aquella etapa loca poblada de trasnoches y de los esperanzados proyectos al futuro que constituía con Olga entre murmullos. Allí está el Patitas envejeciendo con su deformidad poliomielítica, allí la Mora, apalancada en una mesa para mantener el peso de la cogorza, y más allá el Barón y el Músculo, recostados contra la pared del fondo, esa que está pintada de negro con estrellas fluorescentes. La Pulga parlotea incesante y Ana ni la escucha sorbiendo un té y con la mente puesta en Soto Amón. De pronto sonríe para sí misma, aquí estamos las dos encerradas con nuestras neuras, se dice, yo con mi obsesión de siempre y la Pulga intentando entretenerme con su charla para que el momento de su vuelta a casa se retrase lo más posible.

Se produce un pequeño revuelo, se oyen unos gritos, alguien que aplaude. Acaba de entrar el Zorro cubriendo sus casi dos metros de estatura con fantásticos ropajes, lleva unos pantalones de raso negro que se abomban en los tobillos, los pies mugrientos y descalzos pese al frío de la calle, un chaleco con bordados, y por encima de sus grandes barbas negras brilla un ojo maquillado en forma de mariposa, con azules y verdes y morados. «Anda, mira, es el Zorro», avisa la Pulga inútilmente, como si la presencia del otro pudiera pasar desapercibida, «ya, ya», contesta Ana, «qué bárbaro, cada día está más pasado». El Zorro avanza por el local con sonrisa fija y boba, ahora que está más cerca Ana puede apreciar el enrojecimiento de sus ojos, se apoya en los respaldos de las sillas para mantener el equilibrio, «vaya borrachera que trae, viene ciego», atraviesa la sala con la satisfacción de saberse mirado por todos, saluda a unos y a otros y al fin, parado en mitad del pub, grita en voz pastosa, «¿quién me invita a un cubata?», el Patitas se encoge de hombros, «anda ya», le dice, mirando su musculatura con evidente envidia. «Sois unos mantas», está exclamando el Zorro, siempre sonriente. Toma una pistola de plástico de la cartuchera de juguete que lleva a la cintura, «pum, pum», hace que dispara alrededor, «muertos, estáis todos muertos, que sois todos un muermo», alguien silba, el Zorro guarda la pistola con gesto desmañado y saca una navaja y la enseña a todo el mundo con aire de triunfo, para después abrirla despacito y torpemente entre ahogadas risas, «oye, Zorro, anda, basta ya», está diciendo Mercedes a su espalda mientras intenta cogerle de un brazo. Pero el Zorro se desprende y gira el torso a derecha e izquierda como quien saluda al público de un circo, «nada por aquí, nada por allá», está diciendo, y de pronto, de rápido tajo, se corta profundamente las venas de la muñeca izquierda, «hostia», exclama alguien, se oyen gritos confusos, «ay, qué bestia», dice la Pulga con un hilo de voz, y Ana se sorprende a sí misma observando con extraña indiferencia que la navaja tiene las cachas de nácar. El Zorro ríe con carcajadas vacías, como es muy alto saca la cabeza a los que han empezado a rodearle, y así dominándoles, sacude el brazo herido en alto y riega a todos con su sangre.

(Elena y Javier hicieron todo el trayecto a casa sin hablarse, y ahora, metidos ya en la cama, Elena se apresura a abrir un libro cualquiera con aire enfurruñado para marcar bien las fronteras de su indiferencia. Javier se arrebuja en el embozo y observa el techo fijamente, al fin exhala un suspiro tristón e interminable y murmura un «perdona»; claro, se dice Elena, ahora querrá follar conmigo, «perdona», repite el otro con voz más firme, «no sé qué me pasa últimamente, Elena», y vuelve hacia ella una cara de expresión cómicamente compungida, «ahora», añade, «querré hacerte el amor y tú me pegarás con el libro en la cabeza, Dios mío, qué desastre», y Elena no puede por menos que sonreírse un poco, «es exactamente lo que pienso hacer», le dice, y ya Javier la abraza alentado por el aparente deshielo, «no, espera, espera, Javier, es que de verdad que así no se arregla nada, espera, hablemos un poco», protesta ella, pero Javier hace bromas y dulzuras ignorando sus palabras y al fin se introduce dentro de ella, Elena le admite con melancolía y sin deseo y apenas le acompaña. El orgasmo de Javier comienza siendo festivo y muy dudoso, pero al final se corre y termina convertido en un sollozo, «guárdame dentro tuyo», balbucea con voz rota hundiéndole su rostro lacrimoso en el costado, «guárdame que estoy muy solo», es la primera vez que Elena ve su llanto.)

6

Es esa hora ingrata y perdida del atardecer, cuando siempre es demasiado pronto o demasiado tarde para hacer cualquier cosa. En el tablero le aguarda un proyecto que debía haber terminado hace tiempo, pero Cecilio se siente ansioso e incapaz de concentrarse en nada. Madrid en verano se pone sudado, sucio y pegajoso. Y excitante. No ha salido de casa en todo el día: en un esfuerzo de voluntarismo decidió encerrarse a trabajar. Claro está, las horas se han ido, el proyecto continúa en su mismo punto de estancamiento, y Cecilio ni tan siquiera ha comido: la nevera estaba vacía. Quizá el estómago destemplado influya también en esa melancolía, en esta dolorida agitación de media tarde. Eso y los varios whiskies que ha tomado. El disco de Concha Piquer acaba de pararse en la penumbra creciente y aún flotan en el aire las tristes notas de «Tatuaje». La Piquer forma parte de los vicios inconfesables que uno tiene, doña Concha y sus románticas canciones son músicas que le saben a infancia porque Cecilio es niño de posguerra y se amamantó en los brazos radiofónicos de Bobby Deglané. Cuarenta años. Tiene ya cuarenta años, qué increíble, hasta hace poco era joven y ahora ha emprendido la última carrera. Cerca están todavía aquellos días en los que zascandileaba por el pueblo magro y blanco, el punto perdido de la provincia de Jaén donde nació. Había hambre y miseria, vivía en una casa baja con suelo de tierra apisonada y su madre lloraba por las noches. Por todo esto Cecilio estudió mucho, sacó becas, empleó todas sus fuerzas en salir de ese agujero de muros de adobe por las calles, se pelaba las rodillas con los cantos, se pegaba con ruidosos compañeros. Mejor dicho, le pegaban. A los catorce años Cecilio era un niño huesudo y blanquecino, como pasado por lejía. Listo, pero miope. Aplicado, pero miedoso. Los amigos —más hábiles, más fuertes, más sanos— se burlaban un poco de él y le consideraban inferior. Sobre todo Juan de Dios, ese chaval cetrino y musculado que capitaneaba la banda con torpe tiranía. Un día, por algún motivo fútil y olvidado, Juan de Dios le dio un malicioso coscorrón, un capón denigrante que le saltó las gafas —cuatro ojos, le llamaban, y también «el polilla»— y en esa ocasión él contestó a la lucha, quién sabe por qué, quizá estaba harto, quizá era otra cosa. Cecilio se abrazó al muchacho, había que mantenerse bien pegado a él para que el otro no pudiera darle. Tenía los ojos cerrados fuertemente para no contemplar su propia temeridad, y daba desmañados golpes en la espalda de Juan de Dios, eran golpes blandos e inútiles, un aporrear con puños enflaquecidos sin costumbre de pegar. El otro forcejeaba por soltarse, al fin le tiró de espaldas al suelo, se sentó a horcajadas sobre él. Cecilio abrió los ojos: la cara del muchacho estaba a pocos palmos de la suya, una cara morenita de nariz chata, algo brutal, y ojos negros muy brillantes. Sintió que algo extraño le recorría el cuerpo, una ola de placer mezclado con dolor. Perdió sus escasas fuerzas, dejó caer los puños, se sintió rendido y feliz de rendirse ante el rival. Durante un instante jadearon juntos, los alientos mezclados, observándose, descubriendo algo nuevo. Después Juan de Dios se levantó veloz de encima de él, repentinamente serio, bueno, basta ya, dijo con tono autoritario, el corrillo de mirones se deshacía en quejas, tenías que haberle roto las narices. A partir de entonces Juan de Dios no volvió a meterse con Cecilio: bien es verdad que la banda pronto se deshizo y sus componentes se ennoviaron.

Cecilio también. Todos los atardeceres se acercaba a charlar un ratito con Reme, la hija del panadero. Era una chica gordita, de ojos muy juntos y pechos punzantes. Era callada y cariñosa, y además olía siempre a masa y a canela, y a veces le regalaba unos bollos con anises, pequeños y duros como piedras, que Cecilio roía con visible satisfacción. De modo que iba a casa de Reme a la caída del sol, se encontraba con ella enfrente de la tienda, engullía su bollo ante la mirada complacida de la muchacha, que como buena mujer golosa y rolliza disfrutaba viendo comer a los demás («Ceciliyo hijo a vé si engorda que tié que e'tudiá musho pa poderno' casá pronto», le decía cuando tenía tarde locuaz), después se daban un beso en la mejilla y se separaban. Los domingos paseaban por la carretera de la mano, arriba-abajo, cruzándose con las otras parejas. Un atardecer, en las fiestas del pueblo, Reme bailó mucho y se mostró particularmente excitada dentro de su natural placidez. Arrinconándole en una esquina ensombrecida le preguntaba, «¿me quiere'? ¿me quiere'?», y él, un poco amedrentado, decía que sí, que la quería, «¿pero musho, musho?», y él venga a repetir que sí, que mucho, mucho, y entonces Remedios se abalanzó sobre él, le clavó los pechos en la carne, le dio un beso en los labios, Reme, barboteó él, asustado, intentando zafarse, pero ella le agarró la cara con seguras y rotundas manos y así, fuertemente cogido, aprisionado contra la pared, le metió en la boca una lengua que a Cecilio le pareció salada, viscosa y fría, una lengua que le dio asco.

Poco después se marchó. Tenía diecinueve años y quería seguir estudiando. Se despidió del pueblo para ir a Madrid, a un Madrid que era el fin del mundo, tierra de promisión, ciudad de los mil vicios. Llegó a Atocha una mañana con veinte duros en el bolsillo, los ojos pegados de sueño tras el incómodo viaje nocturno y una maleta de cartón en la mano. Salió de la estación, los coches le rodeaban de confusión y la gente se apresuraba a su trabajo. Frente a él había un cartelón muy grande, un anuncio de Heno de Pravia. Se quedó contemplándolo, ensimismado, la maleta sobre el suelo, las manos en los bolsillos. Y fue en ese momento, ante el anuncio, cuando le llegó la revelación, la relajante certeza: «Vaya: resulta que soy maricón», pensó. E inmediatamente experimentó un infinito alivio.

Ahora que la Piquer ha callado y el cuarto whisky está haciendo tambalear físicamente su melancolía, Cecilio recuerda que Ana está a punto de marcharse de vacaciones. De inmediato le acomete un súbito deseo de verla, necesita un compañero amable para lanzarse a la apenas estrenada noche, tiene ansias de que le suceda algo sorprendente y bello. Las noches, reflexiona —el alcohol le hace propenso a frases lapidarias—, son engañosas, siempre prometen más de lo que dan. Pero de cualquier forma ahora Cecilio está viviendo aún esas primeras horas de promisión en las que todo parece posible y la reciente oscuridad se llena de aventuras. De modo que marca el número de Ana, sí, vamos a dar una vuelta, a reírnos un poco, a despedirnos, sí, el niño se puede quedar en casa de la abuela, paso a por ti sobre las nueve y media.

Lo primero que le dijo, al encontrarla, fue su proverbial «¿nos tomamos una copa?», farfullado ya con lengua estropajosa. Y Ana asintió, viéndole tan loco. De modo que ahora, con el bochorno roto en un aguacero de verano, Cecilio y Ana navegan contra la lluvia para alcanzar el penumbroso refugio de «Duetto», una puerta que se entreabre en ambarinos reflejos al otro lado de la calle.

—Hola, Cecilio, ¿en qué agujero has estado metido? Hace mucho tiempo que no se te veía.

—Hola, hola. Trabajo, esas cosas... ¿Conoces a Ana?

—¿Terminaste aquel proyecto del anfiteatro?

—¿Qué?

—Aquello del concurso de la Costa Brava o donde sea...

—Ah, sí... de Almería. Sí, lo terminé, vamos, está ya construido y todo.

—Qué barbaridad, qué prisas. Bueno, ¿qué os traigo?

Apenas ha de dudar un segundo. Será de nuevo un whisky, cómo no. El vacío estómago está apenas caldeado por los anteriores. «Voy a seguir con el whisky, Toni.» Será el quinto, o el sexto, o. En realidad, lo que le apetece es un filete. Un filete con patatas fritas. Con pimientos fritos. Con un buen vaso de vino tino para acompañar. Y pan del día, crujiente. Pero ha de esperar a que él venga, claro está. Ana observa a Cecilio. Sabe bien que esta salida no es casual, que han aterrizado en «Duetto» movidos por una cita no hecha. «Yo quiero un zumo de naranja», pide. «Eres la moderación hecha mujer», comenta Cecilio a media voz con una nota de agresividad en sus palabras, esa agresividad de rebote a la que Ana no presta atención.

—¿Qué dices, Cecilio?

Toni se inclina por encima de la mesa, gesticulante en su lucha contra la fuerte música del fondo.

—Nada. Estoy un poco borracho.

—Qué novedad.

—No seas pérfido. Oye, ¿has visto por aquí al Morritos?

—Pero, Cecilio, ¿todavía estás en ésas, chico?

—Que no, Toni, que no. Que sólo quiero darle un recado.

—Sí, sí, recado. Bueno, allá tú, ya eres mayorcito para perder tu tiempo con quien quieras. Pues sí, el Morritos ha estado aquí y se ha ido con Ángel al cine. Creo que después han quedado en pasar por aquí, de modo que si te esperas le puedes ver.

—Me esperaré, entonces.

—Eres muy dueño, oye...

De modo que es eso. Que es nuevamente el maleficio del Morritos. De aquel chaval prohibido y resbaloso que tanto le gustó, Ana creía que se le había pasado. Aunque en definitiva sabe que esa pasión por el Morritos es ficticia, simple reflejo de la necesidad de amor, y sabe Ana que Cecilio también lo sabe, eso es lo peor. Está denso y picante el aire artificial que rellena el local abarrotado. Entre hombros, cabezas y espaldas anodinas se puede descubrir a los de siempre, Alain el belga, y Díez Monter, el director de cine con el resto del equipo y con Marina, muy en *star,* un hombro delicadamente al aire entre las sedas costosas de un echarpe indio, un hombro blanquecino de reflejos no naturales. Cecilio se parapeta tras el vaso, se hinca en el mullido asiento, ligeramente temeroso, dejando vagar la vista sin fijarla, respondiendo con una leve inclinación de cabeza —justo a medio camino entre lo distante y lo cortés— a las manos que de cuando en cuando le saludan con mundano vaivén, ignorando a Ana, teniéndola simplemente a su lado a modo de ancla con la realidad, de boya de salvamento. El siniestro Andreu, que viste un traje milagrosamente blanco en esta negrura humeante de ambiente cerrado, revolotea, fláccido, decadente, picoteando de mesa en mesa, con una sonrisa servil bajo su sudoroso bigotito, su más clásica y profesional sonrisa de relaciones públicas.

—Ah, hola, caballero, cuánto tiempo sin verle, qué grato placer el tenerte por aquí. Señorita, buenas noches...

Pese al ferviente deseo de Cecilio de pasar desapercibido no ha escapado al ojo electrónico de Andreu, «me ha debido de faltar fe», comenta para sí mismo en alta voz.

—¿Qué dices? —el fantoche blanquecino inclina el tronco sin borrar la sonrisa de la cara, una mueca tensa que cuelga de unas bien domadas comisuras.

—Nada.

Tras el semiinclinado cuerpo de Andreu se distingue al fin al caramelo de turno, regalo de la casa, oferta del mes, libre de impuestos. «Vaya: si es Alejandro.» El muchacho mira a Cecilio en silencio, aventurando apenas una contracción de labios que pretende ser sonrisa subyugadora y que se queda en rictus estupefacto.

—¡Oye!... ¡Cecilio!... Que te estoy hablando, hombre, ¿en qué estás pensando? —grita Andreu.

—¿Eh?

—Digo que estoy con un amigo muy simpático y muy amable. Aunque estás acompañado de esta guapa chica —sonríe untuoso hacia Ana— a lo mejor te interesa conocer nueva gente, si quieres te lo presento, mira, Alej...

—No te molestes, ya nos conocemos, ¿no es así?

Quizá Alejandro ha enrojecido su morena e imberbe cara, quizá ha sido un reflejo más de las luces de la barra, allá al fondo.

—Y además, Andreu, estamos esperando a unos amigos. Y además estoy muy a gusto con Ana, los dos solos. Y además estoy algo borracho. Y además no necesito a nadie, ¿vale?

—Je, je, Cecilio, cómo eres, tú siempre igual, hay que ver. Bueno, pues nada, chico, ya te veré luego, ahí te quedas con tu borrachera tan a gusto y con esta simpática chica —nueva sonrisa de serviles contornos hacia Ana—. Pero te advierto que a lo mejor luego te sientes solo, y la soledad es mala compañía, chico, yo lo decía por ti, como puedes comprender yo...

—Que sí, que sí. Gracias. Nos vemos luego. ¿Está bien?

Zapatos lustrosos, brillantes como cristal. Una chaqueta de lona, una chalina en rojos, unos pantalones grises de tela fina, anchos, con pliegues en la cintura. Y el pelo corto, crespo, pegado a las sienes con gomina. Un perfecto ejemplar, este Alejandro, del mercado de la noche, diecisiete o dieciocho años a la venta, ni más guapo ni más inteligente ni más joven que los otros, que esas decenas de muchachitos que pueblan el Madrid prohibido.

(A Alejandro le había levantado una tarde el amigo Jaime en los billares Victoria, ese Jaime que de vez en cuando se hace chulos, y Cecilio no había llegado a tener relación directa, sólo le había visto, una y otra vez, en todos los *trottoirs,* en todas las fiestas, en todos los clubes, maravilla de ubicuidad la de este chico, que no sólo pertenecía al género de chavales más o menos guapos, más o menos educados, más o menos bien vestidos, ese género de chulillos de altos vuelos que en realidad no cobran, que tan sólo revolotean frente a los poderosos, que se buscan un introductor de famosos a fuerza de culo, como Andreu, para ofrecerse en casi desinteresada entrega a las ávidas manos de los periodistas de fuste, de los productores de cine, de los directores de teatro, de los mandamases televisivos, de la gente del mundillo, en fin, que a cambio de una relación cariñosa pueden lanzarles al estrellato. Porque Alejandro, claro está, quiere ser actor como todos los demás, pelo engominado cada mañana frente al espejo de la pensión o de la habitación familiar, pelo engominado cada mañana en un gesto alentador, qué guapo eres, Alejandro, hoy va a ser un buen día. Alejandro, pues, empieza la jornada muy temprano pluriempleísta del sexo como es y no sólo vive la noche madrileña, la noche intelectual y cara, no sólo viste sus mejores galas y lame su gomina para retener ese pelo rebelde, no sólo se prepara con pinturas de guerra a eso de las diez, buena hora para salir de caza, sino que a la mañana madruga y algún amigo, amante del morbo canallita, ha dado datos y fe de él en los cines del centro, en las pajilleras sesiones matinales de trescientas pesetas la corrida, y después de comer se instala en los billares, y más tarde, al caer el sol, hará la carrera por las aceras que se pierden tras la Puerta del Sol, en las que muchos como él agolpan sus hambres, sus urgencias, sus ensueños. Es un chico plural este Alejandro, y es de pensar que o es muy ambicioso, o pasa mucha hambre.)

Y hay que esperar. Hay que esperar al Morritos, pues. Piensa Ana, mientras traga en silencio un agrio brebaje plástico que dice ser zumo de naranja, que estas relaciones imposibles, esta torturada espera homosexual, no es más que el último símbolo, el más patente, del desencuentro de todas las relaciones, del hundimiento de la fe en la pareja. Hay que esperar. Cecilio, mientras tanto, insiste en emborracharse con loable paciencia, ahogando el tiempo hasta la llegada del Morritos. Dieciocho años, pretensiones de actor: uno más, qué falta de originalidad. Pelo rubio, rizoso, cuerpo delgadito, adolescente aún, labios gordezuelos, inocentes y malvados al mismo tiempo. Aunque no: la maldad también es inventada. Los morritos del Morritos sólo son inocentes y estúpidos, estúpidos morritos tan bellos y sensuales. Borrachera. Cecilio piensa que es su último amor. No, no, qué mentira, es el último fuego de artificio. ¿Cuándo fue la última vez que se sintió verdaderamente enamorado, la última vez que la ilusión venció al aburrimiento, a la previsión, al conocimiento implacable de todo lo que habría de pasar, de todo lo que diría y haría el chaval de turno? Hace tanto que ni siquiera se acuerda. De cualquier forma si este chico no es su último morro adorado, oh, por lo menos es su último enconamiento, palabra de un universo machista trasplantada a lo imposible por obra y gracia de un alcoholismo ilógico. Si no es su último amor sí es la más reciente encarnación de su ansiedad, de su desasosiego ante la graciosa realidad de estos muchachos inasibles.

—Huy, hola, tú, ¿qué haces aquí?

El Morritos le ha sorprendido en plena crisis de autocompasión nocturnal, sintiéndose ridículo y decadente sobre el sofá de cuero desgastado.

—Hola, César, ¿es que no puedo venir a tomar una copa?

—Huy, mira éste, pues claro, este sitio es de un amigo tuyo, ¿no? Si yo lo decía porque hace mucho que no te veía, esas cosas. Hola, Ana, no te había conocido, chica.

El Morritos se inclina graciosamente, la besa en ambas mejillas, «estás muy guapa», sonríe, se contonea, coquetea. «Bueno, perdonad que ahora vuelvo, ¿eh?», dice al fin. Y dando media vuelta, se aleja grácil arrojando plumas sobre la concurrencia, plumas adolescentes, livianas y aún graciosas, plumas que no le sientan mal a su casi andrógina compostura, chico-chica a medio bocetar, con el suave pelo rizoso rozándole la nuca a cada paso con una caricia narcisista que le afirma en su propia belleza. Porque, piensa Cecilio, son demasiado bellos, son sugestivos y morbosos, desasosegantes en su presencia, en el insulto de su edad y de su carne. Consumen todas sus energías en resultar hermosos y por dentro son muy planos, agotadoramente idiotas, repitiéndose los unos a los otros como calcos perfectos de la tontería humana. Ahora el Morritos habla con Toni, coquetea con Alain, ríe ostentoso con sus dientes perfectos para llamar la atención, para saberse centro de miradas, para asegurarse de que Cecilio no le pierde de vista y de que sufre por él, sin saber que Cecilio le da, les ha dado siempre lo mejor de sí mismo, sin tener idea de la perfección y calidad de los secretos homenajes que los carrozas como Cecilio dedican a estos muchachos inalcanzables.

—Ay. Qué calor hace aquí, ¿no? —el Morritos se abanica afectadamente con la mano.

—Mmmmmm.

—Pues yo tengo calor. Será porque he bebido un combinado y como no estoy muy acostumbrado, ya sabes... Bueno, ¿qué es de tu vida?

—Mmmmmm.

—Ay, Cecilio, qué raro estás hoy.

—Estoy borracho.

—¿Tú? No me lo creo.

—Bueno.

—No te he visto nunca borracho.

—Ya ves.

Y Cecilio piensa en las horas que le ha entregado, horas que ha gastado en divertirle, en deslumbrarle con su agudeza, en esperarle, horas preciosas y perdidas, horas al pie de un teléfono que nunca suena, tantas energías desperdiciadas en esa lánguida flor de invernadero, flor de dos temporadas, adolescente de un par de años, pedacito de carne sin límites interiores.

—Esto... ¿puedo beber un traguito de tu vaso? Estoy muerto de sed.

—Mmmmmm.

—Gracias. Y bueno, dime, ¿qué has hecho? ¿Dónde te has metido?

Y Cecilio piensa en las tardes en blanco aguardando la llegada del muchacho, el proyecto a medio hacer en la mesa de trabajo y el timbre de la puerta que no suena, imposible concentrarse, tardes de lento transcurrir, cada minuto más perdidas, con la creciente certeza de que no va a venir. Y salir a altas horas de la madrugada a buscarle al «TOPS», donde él suele lucirse en las noches decaídas, y atravesar un Madrid febril en compañía de ese amigo o amiga que siempre se presta, amable, a perder tiempo por ti. Y llegar al «TOPS» y verle acodado en una esquina, la risa fácil, las mejillas chapadas en rojo por la excitación del coqueteo, cambiar con él dos palabras herméticas llenas de claves, y luego presentir que está haciendo el ridículo, y han sonado ya las tres de la madrugada y Cecilio está demasiado cargado de copas que no quiere, y sabe que a la mañana siguiente le estarán esperando a las ocho y media en el estudio y que deberá estar lúcido, profesional y con el pulso firme, y se agarra del brazo del silencioso amigo, y trastabilla derrotado hacia la puerta, y respira el frío de la cercana amanecida, el vacío amargo de la boca, los demasiados cigarrillos, los muchos alcoholes, y la cabeza duele, pero menos que el ánimo, de cualquier forma. Y hay que atravesar la ciudad oscura y fea, a esa hora Madrid se llena de chepudos indecibles, de solitarios deformes, a esa hora todas las sombras que se escurren por las esquinas parecen querer venderte algo. Y aún queda la prueba más difícil, aún queda esa descarnada luz de neón del ascensor, el espejo criminal que te devuelve la derrota, las grandes bolsas bajo los ojos, los ya cuarenta años que empiezan a resquebrajarse cara abajo, envueltos en una palidez trasnochadora y nicotínica, una palidez insana y loca. Es el vacío, Cecilio, es el vacío.

—¿No me oyes, tú? ¿Qué haces que no se te ve?

—Por ahí.

—Bueno, Cecilio, estás de lo más rarito hoy. Si te molesto me lo dices.

—No, no molestas, César, es que estoy borracho.

—Bueno.

Calla un momento el Morritos, sentado en el borde de la mesa, una pierna cruzada sobre la otra con gracia, mientras deja vagar en torno suyo una mirada aparentemente soñadora y que, sin embargo, Ana está segura, recoge todos los datos del ambiente.

—Bueno, chico, me voy a ir, que he quedado con unos amigos —dice repentinamente, levantándose.

—Mmmmmm.

—Hasta luego, Cecilio, hasta luego, guapa, ya nos veremos.

Han quedado de nuevo solos, las copas vacías. Cecilio se vuelve, sonríe.

—Ana.

—¿Qué?

—Cuando cumpla los cincuenta...

—Uf, te quedan muchísimos todavía...

—Cuando cumpla los cincuenta me voy a castrar.

—Ya.

—Cuando cumpla los cincuenta me voy a castrar, y haré una fiesta con todos mis amantes y mis ex amantes para comunicárselo. Y al día siguiente, plaf, me castro. Y luego me dedicaré a vivir tranquilamente, a trabajar, a leer, a oír música, mientras voy engordando, perdiendo pelo... Porque me han dicho que cuando te castras te pasan todas estas cosas, o sea, que iré engordando, poniéndome fofo, quedándome calvo, es decir, más calvo...

Ana bromea en respuesta a su tono festivo, pero se siente inquieta y entristecida.

—Serás un eunuco simpatiquísimo.

—Ja, ja, ja. Me convertiré del todo en una matrona romana, que es lo mío, ja, ja, ja.

Se queda un momento pensativo, las mandíbulas abiertas como dispuesto para nuevas risas, y luego añade con voz repentinamente apagada y muy borracha: «Quieres llevarme a casa, Anita, Ana...».

7

Es una tortura, una verdadera tortura tener que planchar con este calor, se dice Ana, mientras siente que el sudor le va dibujando canalillos en el cogote y en los costados. Plaf, plaf, hace la plancha contra la mesa, alisando cuellos, pantalones del Curro, camisas, faldas de ella, plaf, plaf, Ana casi no tiene fuerzas para sostener el peso y da planchazos descuidados que a veces pillan la ropa en un doblez, eternizando a fuego las arrugas, si me viera mi madre, piensa Ana, haciendo estas chapuzas... Le irrita. Le irrita profundamente fregar, o planchar, o coser, le irritan esas pesadas labores domésticas que comen su tiempo y le hacen sentir más que nunca la rutina: cuando bordea con la punta hirviente de la plancha el volante de un traje experimenta siempre un aburrimiento premonitorio, aburrimiento por los muchos volantes que aún ha de alisar, dentro de diez, de veinte, de treinta años. Bueno. Mañana sale de vacaciones y no hay más remedio que poner la ropa en condiciones mínimamente dignas. Hoy lleva todo el día encerrada en el recalentado piso, ha fregado los cacharros, ha recogido la casa, ha regado los geranios de las ventanas y ha dejado la azalea, el poto y el helecho en manos de Ana María, con el encargo de que se los mime, los riegue convenientemente y les diga de vez en cuando palabras cariñosas y amables para que las plantas se pongan contentas y no la echen de menos, que las plantas, ya se sabe, gustan de música y afecto.

El montón de ropa va menguando a ojos vistas, el sol comienza a bajar, por la ventana entreabierta se cuela una leve brisa de atardecer que lucha valientemente contra el bochorno aún reinante, y el ánimo de Ana empieza a restablecerse por momentos. De súbito se inicia el terremoto de siempre: unos susurros ardientes, el arrastrarse de algo por los suelos, algunos golpes secos y rítmicos, como de prólogo sabido y de ritual, y, al fin, suspiros, y del suspiro se pasa al gemido, y del gemido al grito, y del grito al alarido mojado en lágrimas, chillón y exasperante, ya están otra vez los de abajo con el tinglado en marcha, y como en estos calores las ventanas de las casas están todas abiertas, hoy los ecos del misterio no sólo pasan a través de los muros, filtrados por escayolas, mamposterías, vigas y ladrillos, sino que se cuelan también limpiamente por entre los cristales, adquiriendo matices insospechadamente agudos, puros en su angustia, aterradores. Plancha Ana intentando permanecer impertérrita y serena, pero el dolor ajeno se hace omnipresente en esta tarde sudada y asfixiante. Recuerda la última conversación que tuvo con Ana María sobre esto (cada vez que se reunía con ella terminaban hablando de lo mismo, una breve pasada por las incongruencias de la bestia, como llamaban al hombre a quien Ana María deseaba, una alusión al amor imposible e inventado por el inalcanzable Soto Amón y después, indefectiblemente, los ruidos, los llantos y las penas que reventaban dentro de las paredes del vecino), cuando estuvieron pensando en preguntarles directamente qué pasaba, «pero», añadió Ana María, «¿y si lo que nos imaginamos es cierto? ¿Y si hay de verdad una víctima a la que él, o ella, o los dos torturan? ¿Y si al decir nosotras algo se ensañan más con ella?». Y luego importaba también la sensación de ridículo, claro está. «Lo mismo es que hacen el amor así, verás cómo la realidad es mucho más simple que toda la novela que nos estamos montando», se decían en momentos de cordura. «O quizá es que una de ellas sufre de epilepsia», comentaba Ana, pensativa. «¿Epilepsia?», decía Ana María, «no creo, pero quizá sea una histérica y monte esos números sin que la toque nadie, quizá es ella la que tortura así a los otros», «¿cuál de ellas?», preguntaba siempre por último Ana, dudosa, «cualquiera, quién sabe». Cualquiera, la de los ojos de cristal o la de melena torrefacta.

(Ay, no, no, no, aaaaaaah.) Para entretenerse y no tener que escuchar, Ana intenta recordar con claridad la reciente visita de Candela. Candela ha venido a traerle una maleta para el viaje, que la suya perdió el asa definitivamente en aquel tumultuoso trayecto a Ibiza del verano pasado. Venía casi triste, Candela, casi triste dentro de su proverbial serenidad.

—Es que han decidido internar a María José, a la paranoica que estaba tratando.

María José, explicó Candela, iba a cumplir los dieciséis, llevaba ya dos años en sus manos. María José era la quinta entre siete hermanos, padre funcionario de ministerio, madre neurótica y posesiva. María José era la más débil en una familia de relaciones despóticas y desquiciadas, era la más sensible e indefensa, y sus parientes la convirtieron en la hija loca, chivo expiatorio de sus propias culpas. María José, ahora, molesta a la familia, y envuelta en una nube de escrupulosas y engañosas intenciones va a ser internada en un psiquiátrico. María José, esta mañana, chilló, y gimió, y lloró abrazada a la cintura de Candela.

(Ayayayay, hiiiiiii.) Luego Candela habló también de la Pulga y de Julita. Había comido con ellas el día anterior, «no sabes qué caras tenían, Ana, ojerosas y macilentas, la Pulga estuvo alardeando de haberse acostado a las ocho de la mañana, alardeando de mala vida, imagínate, son como niñas». Como la Pulga ya no estaba con Chamaco y temía ser devorada por sus noches solitarias había arrastrado a Julita con ella y así, a modo de cometa errante con satélite incluido, pasaban los días apuntalando la una en la otra los respectivos vacíos, «quizá les vaya bien una temporada de enloquecimiento», comentó Ana, «no sé», dijo Candela, «están las dos más perdidas que un pulpo en un garaje y puede ser muy desquiciante, no se atreven a enfrentarse con ellas mismas». Y Ana de nuevo: «Es que tú has conseguido un equilibrio que desde fuera parece admirable, Candela, pero no todos estamos así, ya ves, cada una lleva sus vacíos como puede». Y Candela calló, dio un par de vueltas a la habitación, encendió un cigarrillo, y al fin dijo, «eso es exactamente lo que intento hacer yo, Ana, sólo eso. Y mi serenidad a veces es sólo una pantalla, qué te crees». «Pero de todas formas...», contestó Ana, deteniéndose indecisa. «De todas formas, sí, creo que soy bastante feliz», concluyó Candela, «en realidad estoy bastante satisfecha de mí misma». Y explicó, tengo treinta y seis años, dos hijos, un trabajo que me absorbe... Cuando era más joven intenté vivir el momento, ya sabes, seguir esa moda que preconizaba acumular experiencias, sacar el máximo provecho al presente... Bueno, me empeñaba en creer eso y en vivir así, pero era mentira, estaba llena de proyecciones al futuro, de ansiedades. Ahora resulta que, sin proponérmelo, una vez abandonado ese voluntarismo, estoy comenzando a vivir de verdad lo cotidiano. Tengo una casa que me gusta, llena de plantas. Oigo música y disfruto plenamente, leo y me encanta. Hablo con mis hijos y no sabes lo que es esto para mí. El cambio... el cambio me vino cuando terminé con Vicente, Vicente es el padre de Jara, ya sabes. Bueno, me di cuenta de que vivía supeditada a él, intentaba borrar, quemar los días que me separaban de sus citas. Una tarde me encontré con treinta años y quedé horrorizada: cómo era posible que estuviera permitiéndome tirar así mi vida por la ventana, sin aprovechar los días hasta el máximo. No sé, fue como una iluminación, como cuando de pronto ves la solución de un puzle, cuando las piezas del rompecabezas se te juntan de repente. Y vi también que Vicente no era más que el pretexto, que en realidad todo consistía en encontrar un anhelo proyectado hacia el mañana que te permitiera evadirte de la angustia cotidiana. Proyectas los deseos de felicidad en un hombre, o en que te toque la lotería, o en conseguir una casa mejor, o en lo que sea, no importa qué, con tal de que te desvíe hacia el futuro la responsabilidad de ti misma. Y yo no quiero, sabes Ana, yo no quiero seguir perdiendo vida.

(Ah-ah-ah-ay-no-no.) Ya no queda por planchar más que media camisa y los gritos continúan. Ana mira el reloj, llevan así casi tres cuartos de hora. Dos planchazos más y se acabó. Desenchufa el cordón. Recoge la ropa y la coloca sobre la cama, junto a la maleta abierta. Se sienta un momento y prende un cigarrillo. Gritan. En esta inactividad de ahora los gritos parecen aún más fuertes, o quizá es que en realidad lo son. Ana muerde nerviosamente el filtro, está exasperada, esta vez están durando más que nunca. Extiende la mano hacia el teléfono, marca el número de Ana María. El timbre suena muchas veces, incluso cuando ya está segura de que la vecina no está, Ana continúa aún con el auricular pegado a la oreja, intentando que el pitido algodone y acompañe la soledad de esos llantos. «Bueno», exclama al fin en alta voz, irritada, «es que no hay derecho a esto, coño», y los gritos siguen. Se levanta, se dirige al lavabo, humedece las muñecas y las sienes con agua fría, los gritos siguen. Aquí en el cuarto de baño es donde más se oyen, colándose quizá por el canal de la ventilación. Parece que los gemidos salen de ahí, justo de ahí, de la juntura de las baldosas, se dice Ana observando el suelo fascinada. Se arrodilla, arrima la oreja a una de las losetas, justo donde está rota de los martillazos que pegó el Curro el verano pasado. Los gritos siguen. Ahora suben en trémolos agudos y cortantes como el cristal, ahora menguan y casi se desvanecen en suspiros dolorosos. Se oyen golpes. Un golpe, un gemido sofocado. Es un ritmo perfecto. «La está pegando, ese hijo puta», vuelve a decir en alta voz Ana, con indignado susto. Se levanta del suelo decidida, atraviesa la casa a paso de marcha, abre la puerta, desciende los roídos peldaños hasta el piso de abajo, y ahí, en el descansillo se detiene. Apenas entra luz ya por los ventanucos de la escalera y no distingue bien la puerta del vecino, una puerta de madera desencajada, una puerta de casa vieja repintada en un marrón pastoso, industrial y barato. Desde aquí, qué curioso fenómeno acústico, se oyen menos los llantos interiores, apenas un murmullo filoso allá a lo lejos. Ana levanta el dedo, lo acerca al timbre, lo mantiene ahí unos segundos para después retirar de nuevo la mano, sin haberse atrevido a pulsar el fatídico botón. Los gritos parecen ir amainando, poco a poco, en los intestinos de la casa. Se hace un breve silencio, Ana está dudosa. Y si llamo, ¿qué les digo?, ¿que les he oído gritar, que si tenían algún problema, que si puedo ser de ayuda?

—Hola...

La puerta se ha abierto de improviso, en el quicio está el vecino, observándola con ojos sorprendidos.

—¿Venías aquí, querías algo? —pregunta solícito y cortés.

—No... sí.., es que me has asustado abriendo así, de golpe, antes de que me diera tiempo a llamar —ríe Ana, enrojecida y temblorosa.

—Ah, perdona, es que salía ahora y...

—No, no te preocupes, ya me voy.

Y Ana da media vuelta y hace ademán de irse, pero espera, le grita el otro, ¿qué querías?, ah, sí, improvisa ella, ¿tienes unos cigarrillos?, me he quedado sin tabaco, y... Él da media vuelta, se pierde dentro de la casa, todo está envuelto en un denso silencio, por la puerta abierta se ven montañas de libros apilados en las paredes, sobre el suelo, al fin el chico vuelve con un paquete mediado de tabaco, ten, yo no fumo, pero mis amigas, sí, te lo puedes quedar, aquí hay más. Y cuando se despiden, él le dedica una sonrisa espléndida y beatífica.

8

«Su cara tenía una blandura feminoide y especial, blandura de muslo viejo, con la mejilla desplomada y temblorosa:

»—Ahora está cerrada la admisión hasta el año que viene, pero... ¿cómo te llamas, guapa?

»—Ana Antón.

»—Antón, Antón... —repetía el hombre mientras investigaba con pereza en una hoja—. Ah, sí... Ah, esto está muy bien. Has tenido buenos resultados en las pruebas. Yo creo que quizá se pueda hacer algo —y al decir esto levantaba los ojos, turbios y resbaladizos, mirándome con aire cómplice—. Vamos, estoy seguro de que sí se puede.

»Presentí que en sus palabras se encerraba una especie de exigencia, como si esperase un comportamiento que yo ignoraba y que por unos momentos busqué desesperadamente. Para ganar tiempo, intenté esconder mi cara con una expresión meticulosamente neutra: necesitaba mucho ese trabajo. El filo de la silla —era un mediocre e incómodo mueble administrativo— se me clavaba en el culo y tenía unas desesperadas ganas de hacer pis. Son los nervios, me decía, son los nervios.»

Ana levanta el rotulador, observa con escepticismo la letra menuda y azul con que ha manchado medio folio. Qué pena no haber traído la máquina de escribir, hubiera sido todo más rápido. Las vaca-

ciones tocan a su fin: lleva casi cuatro semanas encerrada en este apartamento alquilado, uno de esos de-
soladores pisos cercanos a una playa veraniega,
amueblado en plásticos impersonales. Piensa Ana
que la estancia aquí, acompañada de su madre y del
niño —los dos a la vez es demasiado—, hubiera sido
decididamente inaguantable de no haber utilizado
esas largas horas solitarias en escribir con furia, en llenar folio tras folio con fragmentos inconexos del pasado. El reloj se le ha parado, pero debe ser casi el
mediodía: a través del ridículo balcón con pretensiones de terraza Ana puede ver en las ventanas de la torre vecina los bañadores puestos a secar, señal inequí-
voca de que la comida está cercana. Así pues, ya no
tardará en volver el Curro, que está en la playa con su
abuela, y Ana quiere aprovechar estos últimos momentos de quietud para ordenar sus papeles, los escritos y las cartas.

«Querida Ana, empiezo a sospechar que tienes
una vena masoquista: encerrarte un mes en un sudoroso apartamento costero flanqueada de familia no
resulta *a priori* muy excitante...»

José María le mandó una carta, qué ironía.
Tantos años conociéndose y es ésta la primera vez que
le ha escrito, como si ahora fuera incapaz de aguantar
una separación de veinte días. También recibió noticias de Elena, que por ser de Elena resultan sorprendentes:

«Anita querida, ayer me presentaron a tu enloquecido amor, y hoy, en contra de mi natural aversión
por el género epistolar, como bien sabes, me apresuro
a escribir para contártelo, qué mayor prueba quieres
de mi amor por ti. Que sí, que sí, que voy al grano,

no te saltes renglones que ahora mismo te cuento cómo fue. Resulta que ayer fue la presentación de la colección *Novísimos,* ya sabes, es donde mi editor quiere sacar mi maldito libro (entre paréntesis, no lo acabaré nunca, y lo que es aún peor, estoy a punto de acabarlo, y te puedes imaginar a qué precio, está quedando hecho una mierda) y me invitaron, claro está, y también invitaron a Ramsés, que estaba ahí codeándose con la crema y la nata editorial del país, muy en plan «editor *dans le vent*», ya sabes, rictus a lo Feltrinelli y tal. En realidad, y para ser exactos, no estaba más que la mitad de la crema y poquita nata, porque con eso de que es agosto aquí no hay ni dios, pero al burro del socio capitalista de mi editor le entró la manía de celebrar el festejo el mismo día del aniversario de la editorial, es un animal, el pobre. Bueno, ¿por dónde iba? Ah, sí, que Dalmau Figueras me presentó al Soto Amón, estuvo encantador, el hombre, no le faltó más que besarme la mano y cuadrarse tipo húsar, ay, Anita, este tipo es una plasta, no sé cómo te puede gustar, parece un maniquí de celulosa, tan guapo, los ojos azulitos, el pelo colocadito, sin corbata y con una especie de chalina de seda blanca, bueno, un horror...».

Carta de José María y carta de Elena. Noticias de un amor pasado y frustrante y de un amor frustrante y futuro, es capicúa. Y sobre la mesa, varios folios estrujados:

«Juan: supongo que te sorprenderá tener noticias mías. Utilizando un término que odio, empezaré diciendo que se trata de una carta de negocios...» (No, no, qué estupidez, cómo va a ser un negocio el Curro.)

«Juan: tras mucho pensarlo he decidido escribirte. Hace años que no sabemos nada el uno del otro y ésta hubiera sido para mí la situación ideal si no fuera porque está por medio el Curro. Es decir, escribo porque el niño me preocupa, necesita un padre con el que identificarse...» (Fatal, fatal, horrible comienzo, tan agresivo.)

«Juan: supongo que te sorprenderá recibir esta carta, yo he de confesar que me cuesta escribirla. Me he decidido a hacerlo por el Curro: va a cumplir los cinco años y necesita saber quién es su padre...»

Y Ana suspira, desolada: le es más fácil escribir hacia el pasado que aventurarse al futuro.

Su cara tenía una blandura feminoide y especial, blandura de muslo viejo, con la mejilla desplomada y temblorosa:

—Ahora está cerrada la admisión hasta el año que viene, pero... ¿cómo te llamas, guapa?

—Ana Antón.

—Antón, Antón... —repetía el hombre mientras investigaba con pereza en una hoja—. Ah, sí... Ah, esto está muy bien. Has tenido buenos resultados en las pruebas. Yo creo que quizá se pueda hacer algo —y al decir esto levantaba los ojos, turbios y resbaladizos, mirándome con aire cómplice—. Vamos, estoy seguro de que sí se puede.

Ana presintió que en sus palabras se encerraba una especie de exigencia, como si esperase un comportamiento que yo ignoraba y que por unos momentos busqué desesperadamente. Para ganar tiempo, intenté esconder mi cara con una expresión meticulosamente neutra: necesitaba mucho ese trabajo. El filo de la silla —era un mediocre e incómodo mueble administrativo— se me clavaba en el culo y tenía unas desesperadas ganas de hacer pis. Son los nervios, me decía, son los nervios.

—Es difícil, claro está, porque hay mucha gente esperando un puesto, tú lo sabes, ¿verdad? —decía el sub-sub-subsecretario de Información y Turismo. Con una mano gordezuela se acariciaba las solapas del traje, una armadura marrón y estrecha bajo la que temblaban las carnes, sofocadas. Y en el ojal, el leve destello de un pequeño escudo de falange.

—¿Te gustaría entrar en el ministerio, verdad?

Sonreía amable y blando esperando la respuesta, conociéndola de antemano, seguro de su poder. Y ella tenía que decir que sí, que le gustaría mucho. Que deseaba salir de esa academia tristísima de la calle Fuencarral, llena de tubos de neón fundidos y paredes desconchadas. Y olvidarse de instancias para oposiciones, de sellos, pólizas, envidias y miserias, a ése le han dado la plaza porque va enchufado, ésa pasará seguro porque es sobrina del subdirector del banco. Ana se examinó en el mismo instituto en el que había estudiado el bachillerato. En los gimnasios: hacía frío y todo era triste y viejo. Meses antes, sólo meses, aún vivía el ambiente colegial, sintiéndose compañera de su clase, compartiendo con las demás la enemistad común al profesorado. Pero en las oposiciones el enemigo estaba dentro. Estaba en las miradas recelosas de los otros, en las mangas roídas y con flecos, en los corrillos excluyentes, en los murmullos a la espalda. Mil doscientos. Eran mil doscientos, un día de enero, odiándose mutuamente y esperando que corriera el turno. Sujetaban sus máquinas de escribir con gesto avaricioso, se vigilaban unos a otros, intentaban calibrarse, temerosos. Había chicas jóvenes de faldas tableadas, hombres de treinta años que parecían viejos, mujeres gruesas amparadas tras un collar de perlas falsas, algún cincuentón de dientes nicotínicos. Arrastraban sus portátiles por los pasillos entre paralelas y potros arrinconados, resoplando chorritos de vapor en cada miedo. Y en la mirada esquinada de los hombres ya maduros, cuarteados de oposiciones y fracasos, podían leerse fácilmente los rencores: y esta chica tan joven, ¿qué querrá?, ¿por qué quiere presentarse?, estas chiquitas que no tienen familia que atender y que me roban el sueldo, estas nenitas que mueven el culo para ganarse al tribunal. «Es que la mitad de las que vienen aquí son algo putas», decía Herme, un compañero de academia, sin darse cuenta de que Ana era aparentemente igual a todas. Tenía Herme los cuarenta, la frente emborronada con un antojo fresa y vestía un traje azul marino de doble botonadura —«el aspecto importa mucho en estas cosas», decía con orgullo— y una corbata escandalosamente verde. Y en las manos, unos guantes de algodón blancos con oscuros tiznones en las puntas, «es que si no se me quedan las manos frías», explicaba a todo el mundo, a media voz, como si estuviera revelando un gran secreto, «y luego no doy las pulsaciones de máquina exigidas, je, je, ¿ves?, es un buen truco», y Herme se soplaba la punta de los enguantados dedos, pringosos de tantas oposiciones. Luego supo Ana que le habían suspendido en el primer ejercicio.

—Sí, señor, sí me gustaría entrar en el ministerio.

Una sonrisa distendió el bigote rectilíneo y oficial del hombre, era una sonrisa satisfecha que rubricaba el buen orden de las cosas.

—Por supuesto que sí: es un trabajo seguro, puedes ir prosperando rápidamente, una chica lista como tú... y tan joven, además. Porque tú eres muy joven, ¿no es así?

—Diecisiete.

—Diecisiete años, fíjate. Si entras ahora en el ministerio, dentro de diez, por ejemplo, puedes estar en lo más alto. Puedes ser incluso secretaria del ministro, qué sé yo. ¿No te gustaría?

No le gustaba, no, ese futuro espantable, un encierro entre paredes oficiales, una condena mensurable en décadas escalafonarias. Y, sin embargo, había que decir que sí, conseguir un trabajo imprescindible, señor sub-sub-subsecretario.

—Sí, señor.

—Claro que... tu edad también es un inconveniente —levantó la hoja mecanografiada con dedos despectivos—. Mira toda esta gente que está esperando un puesto. Gente con más edad, con más familia, con responsabilidades. Gente que lleva muchos meses aguardando. Claro que uno siempre puede pegarle un empujoncito a las listas... y como tú has tenido buenas notas y sabes un poco de francés... ¿no es así?

Hablaba en un tono untuoso, con grasienta simpatía, y en sus palabras deslizaba un ofrecimiento inmoral del que te hacía sentir cómplice, Ana adolescente, Ana opositora, Ana Antón cómplice de innombrables traiciones, «son algo putas», decía Herme mientras mordisqueaba el guante.

—Sí, señor.

—Pero no me llames señor, Anita, si ya somos buenos amigos, ¿no?

Era como un mareo, y Ana era aún muy joven, y él era poderoso, y ella se moría de deseos de hacer pis, y él sonreía, y ella se sentía incómoda y culpable, y al hombre le temblaba la papada, y Ana comprendió que sí, que era eso que estaba temiendo, que el tipo la esperaba, la acechaba.

—Y tendremos que ser más amigos todavía —aquí carraspeó, dudoso, luego añadió con rapidez— porque te vendría bien repasar un poco tu francés, ¿no crees? Mira, me eres simpática. Me pareces una chica lista y quiero ayudarte. Como comprenderás yo soy un hombre muy ocupado, pero estoy dispuesto a darle un empujoncito a tu francés durante unos días para que cuando presente tu admisión a los superiores puedan encontrarte perfectamente preparada. De modo que... no sé si esta tarde... —hizo como que repasaba una agenda de citas—. Sí, esta tarde puedo, esta tarde, si te viene bien, podríamos quedar para trabajar tu francés un poquito.

La respuesta le salió automática, fue una defensa ingenua que balbuceó mientras se replegaba en el asiento:

—Por la tarde tengo que ir a la academia.

El tipo calló unos segundos, la miró con ojos duros forzando aún la sonrisa:

—Bueno..., pues cuando salgas.

—No... no puedo, luego voy a casa, termino muy tarde y mis padres no me permiten salir de noche.

—Mira, niña... —engolaba el tono y pintaba su voz con ecos de amenaza—. Este trabajo es muy codiciado y para conseguirlo hay que reunir una serie de condiciones que, por lo que veo, es posible que no tengas. Te digo que soy un hombre ocupado, te ofrezco mi ayuda a pesar de todo y tú la rechazas... —inició una sonrisa, un último intento—. Deberías ser un poco amable conmigo.

—Es que no puedo.

Silencio. Y al fin:

—Está bien —le temblaban los mofletes con tormentas internas, metió la lista en un cajón, cogió una carpeta, la abrió, hundió la vista en ella; sin levantar la mirada, añadió—: Estoy muy ocupado, niña, y ya he perdido demasiado tiempo contigo. Veo difícil que siendo tan antipática consigas ningún trabajo. Si sale algo ya te avisarán mis secretarias. Buenas tardes.

Ana quería decir algo. Levantarse, adusta y heladora, encontrar la justa frase que expresara su desprecio, aguantar las ganas de llorar, insultarle.

—¿No me has oído? ¿Qué haces aquí todavía?

Y débilmente, sin fuerzas, se levantó en silencio, en silencio se fue.

Pero si hubiera que contar la historia de Ana se debería empezar un poco antes que las oposiciones, y la academia de Fuencarral, y el pobre Hermenegildo de guantes casi blancos, y el ministerio lleno de hombres de temblonas papadas que tuvieron su nacimiento a la muerte del exhibicionista.

Tendría Ana Antón trece o catorce años, era larguirucha y pechiplana, los chicos que escoltaban las puertas del instituto la ignoraban prefiriendo adolescentes gordezuelas, ella no había tenido aún la regla y en resumen se consideraba bastante desgraciada. Segundo de bachillerato había desatado una especie de carrera entre las chicas: cuando llegaban con las mejillas rojas por el frío a la clase de geografía de la Ordóñez, esa vieja sorda y consumida, y se sentaban adormiladas en los bancos, mirando a través de los cristales cómo aclaraba con desgana la mañana decembrina, solía correr la voz entre las filas, «Luisa ya es mujer», y todas miraban a la chica, unos metros delante, en el vértice de los susurros, sentada muy erguida ocultando el secreto de su cuerpo. Ana no. Ana pasó segundo, pasó tercero, comenzó cuarto. No llegará nunca, se decía, no seré normal, qué horrible. Comía mucho pan porque le habían dicho que la miga hacía crecer las tetas, pero no pudo verificar el resultado y fue adelantada mes a mes por sus amigas. Al fin, un día, encontró manchas en la braga y se sorprendió muerta de nervios y vergüenza. Su madre le proporcionó unas rudimentarias toallas de felpa —había que lavarlas después y la sangre olía dulce y acre— y le dijo:

—No puedes tomar cosas frías, ni helados ni nada de eso, no puedes ducharte ni bañarte, no puedes ir a la piscina, no puedes tomar el sol, no puedes lavarte la cabeza, no puedes correr ni hacer gimnasia. Y ten cuidado y mírate la falda a cada rato, no vaya a ser que te la manches.

Prohibiciones, prohibiciones, prohibiciones. Todos esos tabúes inútiles y necios que te obligan a pensar que «eso» es estar enferma. Y como tantas otras, aún mantiene Ana el viejo hábito y se descubre todavía hoy diciendo «estoy mala», ahora, a sus treinta años, aun sabiendo que sí puede bañarse, que puede comer helados, que da lo mismo que se lave el pelo con el cordón del támpax rozándole las nalgas.

Pero estábamos en que Ana era filiforme y no tenía la regla. Entonces había en el instituto un profesor de matemáticas pálido y añoso, de piel enferma, descamada. Solía sentar en sus rodillas a las alumnas más rollizas, a las niñas de pechitos presentidos, meras intuiciones carnales en sus diez u once años. «Qué bueno es don Emiliano», comentaban entre sí, porque no gritaba, porque apenas suspendía, porque explicaba aburridamente unas matemáticas incomprensibles sin afán de que nadie le entendiera, porque las sentaba a caballo en sus piernas temblonas y las acariciaba con cuarteadas manos de lagarto. Eran tan niñas. Cuando aquel día, en el metro, un anciano bien trajeado se arrimó a Ana, la mano palpitante en el bolsillo golpeándole las nalgas, ella lo único que hizo fue sorprenderse. Se volvió, miró el rostro imperturbable del viejo, luego se cambió unos metros allá, hacia otra barra. Pero el vagón iba lleno y al poco, qué sorpresa, el anciano arrimó de nuevo sus fláccidos pantalones al culo de Ana, San Bernardo-Cuatro Caminos en un metro sudoroso y maloliente, San Bernardo-Cuatro Caminos con el viejo a las espaldas. Y al salir en su estación comentó con las amigas, habéis visto qué raro, a ese señor le temblaba la mano, pobrecito, debe de ser una cosa que se llama mal de... mal de párkinson o así, que les tiembla todo el cuerpo y después van y se mueren. Era la primera vez y no sabía. Después sí. Después se hizo, se hicieron conocedoras de estos asaltos incruentos y cotidianos. De las manos que pellizcan culos, de los restregones de autobús, del asco al intuir algo duro —pobres de ellas, ignorantes de erecciones— contra tu muslo o tu mano. De esas sombras fugaces —padres de familia numerosa, maridos ejemplares, trabajadores fatigados, sin duda— que se precipitaban sobre ti en mitad de la calle, los ojos brillantes, susurrando palabras desconocidas y brutales, te-lo-voy-a-meter-por-no-sé-dónde, te-voy-a-llenar-de-leche, te-cogería-y-te, y ellas, que no sabían nada de eso, se encogían contra la esquina, miraban hacia otro lado amedrentadas, aguantaban la respiración mientras el aliento del hombre rebotaba contra ellas, intentaban incluso hacer sonar los oídos por dentro (como cuando en la iglesia se confesaba alguien con voz demasiado aguda, hacer sonar los oídos para no enterarte de nada y no pecar violando el secreto del confesionario) para no escuchar esas palabras obscenas que provocaban culpabilidad y vergüenza. Después se hicieron conocedoras de los exhibicionistas —no hay que mirar «eso», que es rosado y destaca en la oscuridad de los pantalones entreabiertos— que se ponían a la revuelta del metro, sonriendo con aire infeliz y loco, a la espera de las manadas de niñas escolares. Y se acostumbraron también a ir al cine y pelear contra piernas tensas, calientes y anónimas que se arrimaban a las suyas, se acostumbraron, en fin, a esos encontronazos callejeros, visiones fugaces de otra realidad, subterránea, sórdida y agresiva, tan distinta al mundo sin sexo en el que habían sido educadas.

Así, poco a poco, año a año, Ana y las demás se fueron haciendo veteranas en esta lucha de guerrillas: ya sabían escoger en el cine el asiento junto a la señora o la pareja, en el escurrimiento a través de los vagones del metro habían adquirido habilidad notoria, y cuando una sombra borrosa se les acercaba en la calle musitando ferocidades ellas preguntaban inocentes, «¿la Avenida de la Estrella?» o, «¿me puede usted decir la hora?» y los sátiros vergonzantes detenían su ataque, se turbaban, contestaban con amabilidad y profusión de explicaciones, «la primera a la izquierda», «las siete y cuarto», para desaparecer después con paso vacilante, espantados de su propia malignidad. Y entre las veteranas había alguna con especial pericia, como aquella Pura que solía pasar ante las obras callejeras cojeando ostensiblemente, para neutralizar con compasión el hambre de sexo de los trabajadores, o como aquella Paquita tan dicharachera y deslenguada que un día, antes de que la echaran del instituto por pillarla follando en la escalera con un aprendiz de albañil que apuntalaba el viejo edificio —él tenía quince años, ella trece—, un día, en fin, contestó a un merodeador que le había dicho «te voy a echar un polvo» con una certera frase: «¿Uno sólo?, para eso ni me molesto», aquella Paquita suburbial que vivía en Manoteras y que hoy estará casada y reventada de hijos o de puta en la Ballesta, quién sabe.

(Hace seis o siete años Ana volvió a ir a un cine de sesión continua, como en los viejos tiempos. Y en aquella ocasión el hombre bajito, raído, cincuentón y de callosas manos fabriles que se sentó a su lado no la tocó, no arrimó la pierna: se limitó a mirarla mucho mientras se masturbaba. Fue todo muy rápido, la chaqueta que tenía doblada sobre las piernas se movía rítmicamente arriba-abajo-arriba-abajo con el impulso de la oculta mano, luego fue el jadeo reprimido y el pañuelo que salió del bolsillo del hombre para perderse entre los muslos. No experimentó Ana sorpresa ni asco ante este acto, tan sólo una sensación culpable que a veces provoca la miseria, y en esa eyaculación sola e inútil creyó poder reconstruir una vida de cercanos ecos, un matrimonio agonizante, una mujer gruesa, agresiva y desdichada, un coito sin placer en sábados y vísperas de fiesta, gritos y rencores a la hora de comer, algún bofetón cansado y de rebote repartido entre los hijos.)

Un día, era fin de curso y acababa de pasar reválida de cuarto, Ana tenía los catorce, estrenaba falda estrecha y unos tacones heredados de su madre, un día, en fin, acabadas las clases, se arremolinaban frente al tablón de notas todas las compañeras, parlanchinas, con el pelo cardado según la moda, algunas muy pintadas, ansiosas de demostrarse mutuamente lo mucho que habían crecido en la última semana de colegio. Esa mañana, sin embargo, se organizó el revuelo, y Teodora, la cruel bedela, corría o más bien trotaba con pesadez por los pasillos haciendo retemblar las carnes. La señorita Cardona, catedrática de Latín, soltera y virginal a sus sesenta años, daba gritos agudos apoyándose con desmayo en la puerta del salón profesoral, mientras el padre Bernardo palmeaba su mano murmurando condolencias que parecían jaculatorias y don Justo, el jefe de estudios, se afanaba con aire de único-hombre-que-puede-solucionar-esto. Hubieran querido todas acercarse y enterarse del extraordinario suceso que había colapsado a la Cardona, pero la señorita Bárbara, la anciana de moño blanco que enseñaba francés en cursos superiores, mantenía a raya el círculo de alumnas al borde del pasillo, no os acerquéis, hijas, que es terrible, por Dios, por Dios, y que haya sucedido el último día de clase. Comenzaron a entenderlo todo cuando llegó la policía y los dos grises sacaron de la sala al hombre pequeñito de rígido flequillo, los ojos redondos y saltones, la gabardina abrochada hasta el cuello pese al calor, qué risa, miradle las piernas, las lleva desnudas: y sus pantorrillas eran blancas, torcidas y peludas, y bailaban en unos enormes zapatones. Mientras le arrastraban los guardias con demasiada energía, el hombrecito sonreía diabluno y memo, intentando saludar al corro de niñas con una mano triunfante y esposada. Fue fácil reconocerle: era el exhibicionista, el de siempre, el que había acompañado sus años puberales, el que se ponía en la esquina oscura de los pasillos del metro. Y los rumores comenzaron a circular como la pólvora, que dicen que cuando llegó la Cardona a la sala de profesores él estaba allí, sentado en el mejor sofá, empalmado y satisfecho, sonriendo insanamente, enamorado de sus propias carnes miserables, de su cuerpo sarmentoso y pellejudo, de ese sexo ya viejo que él se frotaba con mimo y delicado toque ante los ojos aterrados de la escandalizada profesora. Y Ana, al ver salir al hombrecito, saltarín sobre sus lamentables piernas, sintió algo así como una intuición de pena, un sobresalto. Después, cuando llegó a casa, su padre se lo dijo:

—No hay dinero, hay que ponerse a trabajar. O sea, que se acabó el bachillerato. Ahora entrarás en una academia para aprender taquimecanografía y contabilidad y a colocarte en un banco.

Y ella, quién sabe por qué, pensó en el hombrecito, en aquel viejo que había llenado de sustos su años infantiles, en aquel pinguito prohibido y sonrosado que durante tanto tiempo la amenazó y que ese mismo día, en un espléndido y ridículo acto final, había sido encarcelado.

—¿Qué estás haciendo, mami?

El Curro se ha acercado con su paso gatuno y callado, hasta poner la mano en su rodilla. Se levanta de puntillas para ver los folios, sólo lleva el bañador y su cuerpo es tan dorado, tibio y fragante como el pan recién hecho. «Estoy escribiendo», contesta Ana, «¿por qué?», «porque me gusta», añade ella mientras le abraza. Pero el Curro calla un momento mirando las hojas cubiertas de menuda letra, luego se deshace del abrazo, joven, cruel y poderoso, y ya en el suelo, comenta con tajante y sabio tono: «Pues es una tontería».

9

—Es un verano muy flipante éste, tío —dice el Zorro, limpiándose las uñas con un palillo, las tiene cubiertas de esmalte rojo y verde, dedo sí, dedo no, unas grandes manazas multicolores—. La gente lleva una marcheta tremenda, no sé qué pasa, pero lo noto, tío, lo huelo, lo huelo tanto que casi me da miedo.

Corren tiempos locos, sí. Soplan vientos calientes y preñados de esquizofrenia en este verano de noches interminables, todo igual y todo distinto en cada madrugada, cuando se improvisa la supervivencia.

—Hazte un cubata, tío, no seas roña.

—Ni pensarlo, macho, que ya me debes tres talegos. Págame y luego hablamos.

Van saliendo al caer las sombras, pintados de guerra, dispuestos a conquistar cada noche, cuando menos, el mismo puesto que la anterior. La zona está tomada este verano, antes era un barrio populoso, ahora, al finalizar el día, pierde su contenido y su nombre. Como en éxodo van llegando de la distante ciudad, de la luz diurna, de la otra vida, unificándose en ese mínimo universo con los de siempre de la zona, con el viejito anarquista habitualmente tajado que escupe vapores alcohólicos y pedazos de pulmón cuando susurra o te tose, al oído, las conocidas batallas, «mecagüen tos estos hijoputas, c'aora se creen la hostia, mecagüendiós que yostuve con Durruti», y que luego duerme en aquel banco de la plaza aprovechando la sudada madrugada. Es la hora de citas no hechas y sin fallar van llegando, príncipes y acólitos, reyes y lacayos, novicios y diplomados veteranos. Eh, tu, vieja carroña, ¿te tomas un trago conmigo?

—Ya está el Bardo tratándote de carroña, y eso que hoy es pronto, debe estar ya mamadísimo, el tío.

—No te creas, ése ya no se coloca con nada.

Con el sol aún caliente en las aceras, recién enterrada la tarde, comienza el turno de encuentros, reencuentros y llegadas. Es el momento de pasarse lista, de otearse, de olisquear las novedades, hambrientas las aletas de la nariz del excitante aroma de lo oscuro, son esas primeras horas en las que parece que la noche será eterna. Se enciende el porro de hash negro que se ha guardado para el comienzo de la verdadera vida y se cruzan los saludos y las advertencias de rigor, «qué guapo vienes hoy, Zorro, hoy te toca de Alí Baba», «pues espera a ver los cuarenta ladrones, que llegarán en un momento», y las risas, medio venenosas, medio amigables, van plantando los mojones de tu propio campo, en este terreno me muevo y me quiero seguir moviendo, no pases las fronteras o tendré que defenderme.

—¿Así que tú acabas de venir de India?

—Pues sí.

Hay que acudir primero a las mesitas de la terraza de la plaza, en donde se pasa revista a las propias fuerzas y se bosqueja la futura noche. Y allí, a golpe de cañetas, que son baratas, quitan la sed y levantan un poco los decaídos coloques, se aventuran los primeros zarpazos ciegos, se hace el croquis apresurado del campo de batalla, se seleccionan las novedades,

«¿quién es ese tío tan lumpen que lleva el pañuelo rojo al cuello?», «es el ligue que se ha sacado la Teresa, el italiano, del que lleva hablando veinte días, es un chorra como todos ellos», «¿y la rubita esa de culo poderoso?», «ah, ésa es una nena de Oviedo que ha venido en autoestop, es una amiga de la Marga, y ahí donde la ves sólo tiene dieciséis años», «claro, por eso está tan buena», «sí, ¿eh?, pues el Cuervo ya anda revoloteando en torno a ella, mírale, ahí va otra vez, es capaz de invitarle a una caña y todo, el muy jodido, con lo roña que es, con tal de conseguir un polvo...», «oye, por cierto, creo que andaba por ahí una tía que ha visto a Olga, ¿no?», «sí, es una gordita que va por ahí hecha un bazar ambulante, mírala, está allí sentada, con el Músculo».

Y después, si hay algo nuevo apreciable, o cuando menos, aunque no sea apreciable, si está a mano, si es fácil, si la imagen de uno va en ello, entonces se centra el objetivo, se delimita, se escoge la pieza, se comienza la delicada, profesional labor de enganche.

—Así que tú acabas de venir de India...

—Pues sí. ¿Tú eres el Zorro?

—Así me llaman. ¿Has visto a Olga, no?

—Sí, sí la vi.

—¿Dónde?

—En Goa, hace tres semanas, y... —vente a tomar una caña y me lo cuentas. El Zorro navega fácilmente a través de las miradas ajenas con su gran musculatura, la fiera melena, los satinados y locos colores de sus ropas, se lo pone todo encima, cada noche, y a la mañana siguiente parece haber encontrado un nuevo baúl mágico, nuevas túnicas, otros chalecos

161

de bordadas flores, o esos pantalones de algodón que dejan ver el ombligo tenuemente apelusado.

—Un día te van a partir la cara, Zorro, no sé cómo te atreves a ir así.

—Que no, que la gente se echa para atrás porque me ven macizo, por qué te crees que hago gimnasia cada día, tía, para poder defenderme en la procelosa noche.

Y los músculos de los brazos se le rompen en tatuajes móviles, el zorro de hocico plateado que un día se grabó a sangre para recordar quién quería ser, el Zorro de la noche, y olvidar quién fue, aquel abogado Antonio Abril que desapareció un buen día ahogado en ácidos lisérgicos y en melenas, diluido en satenes, emborrachado en cubatas baratos.

(Y en medio del caos de este agosto infernal e interminable en el que se mezclan días, nombres y recuerdos, el Zorro tiene tiempo incluso para pensar en aquel encuentro que tuvo hace poco con Ana, la amiga de Olga. Él se acababa de levantar de la cama y, por lo tanto, era muy tarde, y se mantenía aún bastante sobrio, a decir verdad incluso demasiado, que por eso estaba en la estación a eso de las tres, para recoger a Mustafá que venía con un cargamento de tate de primera, ese Mustafá que en realidad se llama Pepe y es de Huelva. Estaba, pues, el Zorro en la estación causando el pasmo y la delicia de cuanto pasajero aburrido por allí deambulaba, vestido como iba con una túnica india de costados abiertos y luciendo abajo un cuerpo moreno y absolutamente en cueros, estaba por allí a la espera, en fin, cuando se encontró con Ana, que tenía un niño latoso entre las manos y estaba acompañada de su madre, «¿qué haces aquí?», «me voy de vacaciones», contestó ella, «qué bonito, de vacaciones con hijo y madre, seguro que vas a una playa de moda con la familia», comentó el Zorro con ácida intención, «es un panorama enternecedor», y Ana se ruborizó un poco y musitó un «sí, ya ves», o algo así mirando hacia otro lado. Así es que como los dos tenían que esperar se fueron a tomar un café en la cantina, y Ana le preguntó por el estado de su muñeca izquierda y le dijo que le vio cortársela.

—¿Tú fuiste de las que gritaron o de las que se desmayaron?

—Ni de unas ni de otras —contestó Ana, ya irritada—, por mí te puedes rebanar el cuello si te apetece.

Callaron un momento, sin hallar palabras de reencuentro tras tanto tiempo. Al fin Ana rompió el silencio, «¿tienes noticias de Olga?», «no», dijo el Zorro con rostro ensombrecido, «hace mucho que no sé nada de ella», «la última vez que me escribió fue hace lo menos año y medio», añadió Ana, «me gustaría saber qué tal le va, la recuerdo muchas veces», «claro», contestó el Zorro con sorna, «añoranzas de la época juvenil llena de locuras, como tú has sentado la cabeza...» y Ana, «¿por qué estás tan agresivo conmigo?», «no sé, será porque soy un niño malo», respondió el Zorro sonriente, «tú lo que eres es un pelma, déjame en paz, Zorro, cada cual a su rollo, no tengo ganas de pelearme contigo», y el Zorro se echó a reír abiertamente, «bien, bien, armisticio, Anita, armisticio... mira, creo que anda por aquí una tía que ha visto a Olga en India, si sé algo de ella te lo digo», «trata de conseguirme su dirección», dijo Ana, y fue ese encuentro lo que reavivó en el Zorro el doloroso recuerdo de la perdida Olga.)

Las primeras horas son de reconocimiento, pues, y luego ha de empezar el largo viaje que en realidad es muy corto, no hay más que seguir el cordón umbilical, los cinco o seis apestosos y humeantes locales del mundillo, uno junto a otro, pequeñas salas reventando gente que huelen a semen, a trapicheo clandestino, a sangre y a vomitona. Algunos fallan a la primera cita y se les pone falta: dónde estará la Marga esta noche, a quién se habrá empiltrado que no lo suelta, con quién andará el Gobernador que no aparece, estará con la paranoia puesta, recorriendo a zancadas febriles las mínimas fronteras de su casa. Algunos se van y otros vuelven, en un reencuentro con el grupillo que es casi útero materno, con la gente que es tu gente, núcleo de protección para marginados y perdidos, grupúsculo revolucionario de miserias, «porque esto es la revolución, macho, qué otra cosa puede ser, es revulsivo salir a la calle con los ojos pintados y estas grandes barbas, es insultante desplomarse encima de los demás atenazado por una colosal borrachera, es insoportable mi presencia, la presencia de mi gente, hombres libres porque hemos escogido serlo, porque somos sucios, dañinos, miserables y grandiosos, esto es la revolución, tío, qué otra cosa. Somos como un cáncer». Y diciendo esto el cancerígeno Zorro se balancea justo en el vértice dominable de la embriaguez, apoyado en el quicio del «Toño», el viejo bar de baldosas rajadas, azulejos borrosos y deformadas cabezas de toros, y entre vaivén y vaivén insinuado se aplica sin desánimo a sorber su eterno cubata, empeñado como está en alcanzar a ritmo breve una respetable cogorza.

—Oiga usté: porque yo le trato de usté porque yo a usté no le conozco, ¿no?

—Que sí, Trompeta, que sí, que me has visto ayer, y anteayer, y hace dos meses, no seas paliza.

—No, señor, que no nos conocemos. ¿Hemos sido presentados? No, señor, no lo hemos sido. O sea, como le digo a usté... porque usté no sabe quién soy yo. Usté no sabe con quién está hablando, ¿eh?

—Venga, Trompeta, digamos que no lo sé. Cuéntamelo, anda, que sólo será la centésima vez.

El Trompeta ya está volcando su sucia pechera sobre la paciencia del Barítono, que entretiene un discreto aburrimiento limpiándose las uñas con el rabo aplastado de una cerilla, mientras retira la nariz delicada y sensible hacia un lado, en un vano intento de huir de los vapores espesos que el Trompeta le vierte encima al apalancarse contra él en un prodigioso ejercicio de equilibrio.

—Mirusté, mire: éste soy yo, ¿ve usté? Porque usté no sabe con quién está hablando, a que no...

Y una vez más sale del bolsillo la pegajosa cartera, y hay que echar la ojeada de rigor a los viejos carnés del sindicato, aquellos que acreditan que Manuel Aguirre Blanco pertenece a la agrupación de músicos y es trompeta, mínimo renglón mecanografiado que el borracho relee con voz insatisfecha o gimiente, mientras señala el documento con su mano ciega, muñón de dedos amputados, dedos musicales perdidos quién sabe en qué traumatismo, en qué irónico accidente.

Algunos se van y otros vuelven en ese trasiego infinito y conservado en cómputos perfectos, en los anales del boca a boca, que es imposible escapar a la vigilancia de tantos pares de ojos, del círculo eterno que se muerde la cola, y todos son espías de sí mismos, y es fácil saber incluso quién comparte las camas, cómo y cuándo, aunque sólo sea por el rastro colectivo de tricomonas, gonococos, monillas, purgaciones, gonorreas y demás infecciones comunales, nexo venéreo que une al grupo, oye, que me he enterado de que andan por ahí unas tricomonas, de modo que yo voy a empezar a tomar Flagyl por si las moscas. Y los brotes van pasando sexo a sexo con la rapidez y hermandad de un solo cuerpo.

—¿Quién se las ha traído esta vez?

—La Tina, que las agarró en Ibiza, por lo visto.

—Mierda. Me acosté ayer con ella.

—Pues ya sabes, tío, tienes el pito leproso ya, a mí ni te me acerques por si son de la especie saltarina... ¿y no te avisó, la hija puta?

Algunos se van y otros vuelven, y otros se pierden en los caminos de la perfección, que diría el Buda, que para esto es muy místico. Olga se fue un día después de mucho anunciarlo, después de mucho temerlo y desearlo. «Me acuerdo aún de cuando fuimos a despedirla a la estación de Chamartín», comenta el Patitas, mientras hurga con un dedo nudoso el viejo callo que ha nacido bajo los hierros de sus piernas inútiles, encogidas por la poliomielitis, «cómo nos miró aterrada al otro lado de la ventanilla, cuando nos dejaba a todos los amigos para irse sola a la aventura, estaba horrorosa con el mono de mecánico que se había comprado para el viaje. Aterrada. Sí, ésa es la palabra», paladea el Patitas con expresión satisfecha, «con aquellos ojazos llenos de lágrimas, sin saber siquiera decir adiós, te acuerdas».

Primero el tren a Barcelona, luego el barco oriental de carga, luego Turquía y después trenes, coches, autobuses, quién sabe, hacia la India inmortal, hacia la liberación y el éxtasis. «No aguanto más esto, Ana, en mi oficina son unos hijos de puta, me explotan, me matan, me revientan, me odian porque no soy como ellos, porque tengo ojeras de vida nocturna, porque no llevo sujetador, porque estoy viva. Mierda de mundo, me iré de aquí, Ana, me iré y no volveré más.» Y Olga, secretaria obligada, asalariada de un sueldo miserable que apenas le permitía malvivir y que pese a todo supo ahorrar con ascetismo admirable, cumplió su propia promesa y desapareció un día emprendiendo el camino común de tantos sueños.

—Oye, hace tiempo que no veo a Mito, ¿dónde se mete? Ya no va al Rastro a vender sus tallas...

—Coño, Zorro, pero ¿no te enteraste?

—¿De qué?

—De lo de Mito.

—Pues no, ¿qué...?

—Pues nada, que está como muerto, que le dieron un tiro a bocajarro con un bote de humo en una manifestación hace unos días, que está descerebrado, vegeta, ¿sabes?, le late el corazón y todo eso, pero es como un tronco, está muerto, creo que le tienen ahí, en la Paz, como si sirviera aún para algo...

—Hostias, pero si Mito no se metía en política...

—Yo qué sé, le pillarían por en medio, la verdad es que no se sabe muy bien lo que pasó, nosotros tardamos mucho en enterarnos, en la prensa salió su nombre de verdad y nadie sabía quién era un tal Guillermo Fernández, o López, o algo así.

Algunos no vuelven nunca y el barrio tiene una esquina de sangre-pintura roja todos los días borrada, todas las noches repintada, allí donde un chaval de una organización marxista cayó fulminado por una bala, esta vez de plomo, de un ultra pistolero y asesino, aquel chaval que también creía estar haciendo la revolución y la alimentó en sangres tan rojas como esa pintura clandestina de homenaje.

Los primeros meses Olga mandó puntuales cartas a su madre, a sus amigos, al Zorro tan querido con quien mantuvo una agotadora relación a medio camino de la lucha, de la entrega y la muerte. Fue después cuando comenzaron a escasear sus noticias, cuando los kilómetros de distancia se fueron multiplicando en silencios. Una bruma tamizada de detalles orientales —pequeñas pinceladas acá y allá, noticias de alguien que en algún lugar y alguna vez había coincidido con ella— pareció tragársela, convirtiéndola primero en un agujero doloroso y después en un recuerdo cada día más diluido, ya casi inexistente.

En los retretes de mujeres del «Panas» hay obscenidades refinadas, pintadas subversivas, dibujos eróticos o llamadas de socorro. Mientras meas a medio metro de la a no dudar sifilítica taza puedes entretener tu ocio visual entrelazando los mensajes con la deleitosa sensación física de desagüe. Unas letras rojas e inmensas cruzan la sucia y agujereada puerta: «Libertad para el Torcido». Más abajo, la misma mano escribe un apoteósico «Torcido, te amo», con la firma de Carmen, y un garrapateo negro y menudo le da la réplica: «El Torcido sólo me quiere a mí M. Pero eso no impide que las demás mujeres estéis enamoradas de él». La Mora mira las letras con expresión absorta, esforzándose en detener su baileteo, en comprender el sentido. La cabeza cargada, muy cargada, llena de humos, de nieblas, de nadas. Las bragas en los tobillos, la falda de menudas flores fría y húmeda de semen, y un torbellino salado y acre que la recorre por dentro, abotargada sensación a medio camino entre la repulsión y la complacida miseria, estoy tan ciega, cristo, estoy tan ciega.

—Era una tía que conocía de vista de por aquí, del «Panas», de «Galáctica», del «Toño» y todo eso. Pero nunca había hablado con ella hasta anoche.

—Estás hecho un Henry Miller, prenda. Deberías escribir la historia y hacerte un escapulario con ella, Zorrito primoroso, es el tipo de aventura sórdida, macha y subterránea que te vuelve loco, ¿no?, seguro que te hace sentir muy hombre...

—Pero qué dices, tía. De macho nada. Ya sabes que yo soy muy femenino... Además, fue ella la que me folló. Estaba muy borracha, echaba una peste que encendía el aire, y yo estaba cieguísimo también. Total, que yo entraba hacia el fondo del «Panas» cuando sin decir palabra me agarró de una mano, me metió en el retrete de tías y me folló, literalmente.

—Qué bárbaro. Con lo incómodo que debe ser. ¿Lo hicisteis de pie o tumbados?

—De pie, claro, si es muy estrecho. De pie y tirando de la cadena cada rato para que no se oyera el ruido.

—Pero estaríais poco tiempo, ¿no?

—Bueno, es que como la situación es muy excitante en dos metidas te vas y ya está...

Nuria, la catalana, que había comenzado el viaje sin fin junto con Olga, había vuelto al redil grupal muchos meses atrás. Sus últimas noticias eran ya antiguas, escasas, penosas. «Se estaba poniendo muy rara Olga, sabes, muy rara. Es que India es una experiencia muy fuerte, tan fuerte que mucha gente se queda allí, sabes lo que quiero decir, se queda y no vuelve, no vuelve a ella misma. India es algo que te come el coco, tía, te lo come si no sabes muy bien qué es lo que estás buscando. Tú sabes bien que yo no soy nada moralista, que no soy nada estrecha a la hora de meterme cosas en el cuerpo. Sabes cómo me he pasado estando aquí, te puedes imaginar los ciegos de todo que me he agarrado allá. Pero, no sé, es como si en el fondo tuvieras siempre algo que te hiciera volver y reencontrarte. Y allí, joder, allí la gente se pierde, cómo se pierde, Ana, cómo se pierde. Se puede llegar a un punto en el que, no sé, pasas de todo y por todo. En el que eres incapaz de querer a nadie. En el que robas a tu único amigo, si tienes oportunidad de ello. Así estaba Olga cuando la dejé, pasando la frontera hacia la nada, pasándola con una gente muy siniestra que había conocido, con dos hermanos, tío y tía, unos holandeses muy colgados que ejercían sobre ella un poder atroz. Yo creo que era el caballo, sabes. Creo que cuando me separé de ella en Nepal estaba pinchándose, aunque no me lo dijo.»

Corría la noche y ya habían sido secados muchos vasos aquel día cuando Roberto le partió la mandíbula al Músculo: por cabrón, por hijo de puta, por *pusher*, que eres un *pusher*, mamón de mierda, te voy a romper los huesos. El Barítono abandonó su fría compostura habitual para separarles, para salvar al Músculo de la furia loca y potente de Roberto: al fin y al cabo Músculo era del grupo, había que intervenir, era como la llamada de la sangre, la defensa ante los ataques extranjeros. Fue entonces cuando el Roberto sacó la pistola y todos quedaron parados, Músculo escupiendo trozos de diente y hueso, sangrando como un cerdo, tambaleante.

—Guarda esa pipa, tío, y lárgate con viento fresco, que no queremos líos.

Esto lo dijo el Zorro asumiendo el mando de la situación, cómo no, con todas las miradas centradas en él, cabeza apenas visible de su pequeña iglesia nocturnal.

—Yo le mato, le mato, es un *pusher* de mierda, yo le mato.

Había salido Roberto hacía poco del psiquiátrico, vieja historia de electros y aterradoras torturas permitidas, y alternaba su seguro de paro con la descarga de camiones en Legazpi, cuando podía, cuando quería, cuando encontraba, los sacos rezumándole sucias y rojizas agüillas por la potente y retaca espalda. «Le mato, le mato», insistía Roberto menos convencido. Alguien le ofreció un vaso con algo, era Reina, la dueña del bar, tómate esto, te lo regalo, te lo tomas y te marchas.

—Venga, tío, no sé qué tendrás contra el Músculo, pero seguro que no es tan grave, mira que ya le has roto la boca, ya está bien, estáis en paz sea lo que sea que te haya hecho, vete y no jodas más.

El Zorro alternaba sabiamente, con el conocimiento de la veteranía, las palabras amistosas con el tono de amenaza, la mano prendida a su bastón de ébano, bien dispuesta a descargar el golpe si, en el caso de que, siempre y cuando el Roberto no. Pero al fin el Roberto sí, sí se guardó la pipa, sí se mostró pronto a marchar, sí prefirió perderse en la noche a continuar su bravata, que el Zorro estaba delante, y el

Barítono a un lado, y Barón, y Turco, y Pedro, y el Lanas y todos le rodeaban en un tenso relajo, dispuestos una vez más a defender su grupillo, su única razón viral, su célula última de existencia.

—Y así le partieron los morros al Músculo. Roberto, que está loco, pero que tiene una fuerza de bestia. Ya le ves ahora a éste, con la cara cosida con acero, la mandíbula sujeta con alambres, para que no se le deshaga. Tiene para unos meses, el tío.

—Pero ¿por qué quería matarle?

—Y yo qué sé... Le acusaba de *pusher*, y el Músculo vende, sí, pero vende para los amiguetes y se trabaja poco las pesadas.

Músculo se dedica al trapicheo, sí. Es su profesión reconocida. Pero es un trapiche de grupo, un trapiche amiguete, de supervivencia. No forma parte de la barriobajera y siniestra cadena de *pushers* profesionales, no es un camello poderoso. Él vende tate, hierba, LSD. Un poquito de coca, cuando hay, un poco de opio, si cae a mano. ¿Heroína, morfina? No se sabe. Quizá alguna vez pasó caballo, un gramo dividido en muchas dosis, pero no es profesional de las pesadas y ni tan siquiera adicto a ellas. Vende mierda, hash, para sobrevivir y para tener bueno y barato, y lo pasa a buen precio al grupillo, que es un buen tío, cómo no, este Músculo de tiernos y sombríos ojos negros, de pelo oscuro, largo y lacio, de aire enfermizo y timidez mimosa, con ese cuerpo tan delgadito y quebrado en el que resalta como prestado el venoso, tallado, fuerte músculo del antebrazo derecho, tan poderoso que le dio el sobrenombre, ese músculo impar e insólito que según se decía en el grupo le había nacido a fuerza de hacerse pajas.

El fondo del «Toño» está guateado por los viejos, por la antigua guardia, parroquianos de siempre hoy relegados a la pared final ante el avance de las nuevas huestes, más jóvenes, más bronqueras, más potentes. Allá, en las mesas deslucidas y sobre sillas patizambas, los antiguos noctámbulos desploman y aguantan sus vidas ruinosas, cuerpos sexagenarios machacados de alcohol, orgullosos silencios coronados por una nariz de enrojecidas venillas. Entre las apolilladas cabezas de los toros, entre los cuernos muertos hace mucho, los viejos parroquianos son como un trofeo más del tiempo, un penoso trofeo maltratado. Fueron subterráneos y marginados en su época, ajenos como estaban al ritmo establecido, no matrimoniales, no trabajadores padres de familia a expensas del escalafón, y allí está el viejo gitano que se rajó la garganta en soleares, o el aspirante a torero que aún remata sus fallidos sueños con el sombrero ancho, o aquel que fue artista, poeta, amador y novillero, guapito Litri de la época, romántico vividor otrora con carnes prietas aunque hoy se le sequen en arrugados pliegues, y su boca desdentada que besó a tantas buenas hembras hoy se consuela lamiendo mansamente un vino barato que deja teñido el vaso. Es la gente de bronce, como ellos mismos se llaman con orgullo. Vivieron noches de prostitutas de satén mucho más inteligentes que las decentes oficiales y esperaron la salida de las *vedettes* entre vapores de buenos vinos. Pero sus arrugadas manos de hoy apenas recuerdan el tacto suave de aquellos hombros, el delicado rizo de los pubis, el plumón vaporoso de las boas teñidas. Fueron marginados y distintos en su época pero la gente de bronce hoy no comprende, no quiere admitir a los nuevos malditos entre ellos, y un abismo se ha abierto entre sus raídos, pero aún orgullosos trajes de solapa y las camisas indias de los jóvenes. Y así, el «Toño» está como partido en dos mitades, por un lado viejos y silenciosos y dolidos y por otro la chillona y agresiva nueva hornada, y sus marginaciones de puro solitarias y cerradas se repelen.

—Y cuéntame: ¿cómo estaba Olga cuando la viste? ¿Qué te dijo? Fue en Goa, me has contado, ¿no es así?

—Sí, en Goa, en casa de unos amigos. No sé, Zorro, no te puedo contar mucho, no hablé apenas con ella. Quizá no son buenas noticias las que traigo.

—Bueno, coño, cuenta de una vez.

—Ya va, tío, ya va, no te me pongas nervioso. No la reconocí al principio, ¿sabes?

—Pero tú ¿de qué la conocías?

—De cuando pasó por Barcelona para tomar el barco, cuando se marchó. Pasó dos días en casa de Miguel, con el que yo vivía por entonces, así es que estuvimos hablando, le dije que el año siguiente yo quería ir a India, todo eso.

—Ya.

—Y bueno, no la reconocí al principio. Estaba... como muy delgada, muy cascada, muy envejecida, no sé cómo decirte, los ojos hundidos, grandes ojeras, y eso que llevaba purpurina por la cara, que estaba muy pintada, *kajal* en los ojos y todo eso, pero estaba muy cascada, la tía, muy cascada.

—¿Hablaste con ella?

—Sí, bueno, estábamos en casa de unos amigos, ya te dije. Todos estábamos bastante ciegos, había como quince personas, algunos durmiendo, otros comiendo, otros hablando. Atardecía, alguien encendió unas velas. Yo no conocía a todo el mundo, claro, sólo a dos o tres, a los dueños de la casa y pocos más. Ella estaba enfrente, sentada en un rincón, movía la cabeza de un lado a otro, estaba sola. A mí me sonó su cara, me sonaba mucho, ya te digo que estaba muy pirada yo también. Había sido un día precioso, con mucho sol, atardeció entre naranjales espléndidos al otro lado del mar. Me había tomado un ácido por la mañana y había sido un viaje maravilloso, maravilloso de verdad, me encontraba muy bien. De repente me obsesioné con Olga, pensé que la conocía, cogí una vela y me acerqué a ella, y entonces caí en quién era, así es que puse la luz cerca y la miré, me arrodillé a su lado, le dije, Olga, Olga, coño, qué alegría de verte, soy Sol, ¿no te acuerdas de mí?, de Barcelona, de que iba a venir y al fin he venido.

—¿Y ella qué hacía?

—Nada, paró de mover la cabeza de un lado a otro, levantó la cara, me miró. Yo estaba con el ácido aún, quizá fue eso, pero ya sabes, Zorro, que con un pildorazo ves como mejor a la gente, y de repente me dio como mucho miedo, la purpurina relumbraba con la llama de la vela y al principio me pareció algo mágico y precioso, pero de repente, no sé, de repente como que se me deshizo la cara de Olga delante de mis ojos, y los brillos de la purpurina se convirtieron en una máscara, no sé cómo explicarlo, como si fueran un engaño, y detrás de los relumbrones vi de repente su cara como colgada en el aire, sombría, como... como una calavera, no sé, Zorro, me dio muchísimo miedo, me miraba con unos ojos oscuros y profundos como pozos, unos ojos sin fondo y vacíos, tuve miedo de caerme dentro, había algo terrible ahí, y me estuvo mirando un rato con esa expresión horrorosa y luego se puso a hablarme en inglés, me decía, «no te conozco, ¿quién eres tú?, te has equivocado de persona, no te conozco», o algo así, con una voz lentísima y como cruel.

—¿Y qué hiciste?

—Nada. Me dio verdadero pánico, así es que me fui arrastrando hacia atrás, sin levantarme tan siquiera del suelo, sin perderle la cara, hasta que me encontré con uno de mis amigos y le dije que tenía miedo y me protegió, y ella continuó en su esquina hablando en inglés y diciendo no sé qué.

—¿Estás segura de que era ella?

—Segurísima. A la mañana siguiente, cuando me desperté, la busqué, pero no estaba. Pregunté a mis amigos y me dijeron que sí, que era una tía española llamada Olga, que hacía bastantes meses que estaba por allí, que había venido primero con unos holandeses, pero que luego se habían ido dejándola sola, que estaba muy colgada, con muy mal rollo, que no tenía casa y vivía aquí y allá, que de vez en cuando aparecía y comía algo si le daban.

—Se pincha, ¿no?

—Creo que sí, Zorro, creo que se pinchaba, me dijeron. Espera, te daré la dirección de mis amigos en Goa, allí puedes encontrarla...

Es un verano loco éste, sí, cargado de espermatozoides enfermos, de angustia y miedos, un verano de agotadores calores, y en la oscuridad casi se oyen las llamadas de los ausentes, como reclamos hacia el más allá, hacia lo desconocido, hacia la destrucción y la muerte. Es un verano en el que todo está permitido, y no sorprendió nada la noticia del Gobernador, víctima de la sudada locura de la noche.

—Joder, tío, qué mal rollo, qué tío chapuza, hasta para eso ha sido un manta —comentaba fríamente el Barítono envolviendo el horror en un cinismo de pub.

—¿Qué pasa, qué pasa? —pregunta el Cuervo, recién llegado y ansioso como siempre de estar a la última.

—Nada, que el Gobernador se ha matado.

—Hostia... ¿cómo?

—El imbécil. Ya sabes que llevaba una semana sin salir de casa, en una de esas ventoleras de miedo que le daban, cuando se metía entre sus cuatro paredes sin huevos para dar la cara.

—¿Y qué, y qué?

—Pues nada, que anoche abrió la ventana del patio y se tiró. Pero el muy memo no tuvo en cuenta que se trataba de un segundo piso nada más, así es que sólo se partió algún hueso y se quedó sangrando como un cerdo, con la nariz machacada, yo qué sé. De modo que el tío se levantó, se arrastró al ascensor, subió a la terraza, al quinto piso, y se volvió a tirar. Y ahí se hizo puré, claro.

—La hostia, qué bestia... ¿Y cómo sabéis lo de las dos intentonas?

—Porque estaba con la Marga. La Marga había ido a sacarle de la cueva, ya sabes que está, bueno, estaba loca por él. Y el tío por lo visto trató de follar con ella y no se empalmó.

—Cosa normal en él, por otra parte.

—Bueno, luego la Marga se quedó dormida, y de madrugada se despertó como con una angustia, y entonces le vio en pelotas al borde de la ventana y de repente lo comprendió todo y se fue a levantar, pero el tío ya se había tirado, así es que la Marga se acercó y miró para abajo y le vio allí espatarrado en el suelo como una rana, y la tía salió zumbando escaleras abajo y cuando llegó al patio ya no estaba y no había más que una mancha de sangre, el tío al parecer iba en el ascensor camino de la terraza, y al ratito de estar allí la Marga gritando como una histérica, en pelotas, llamándole y armando una bronca tan atroz que todo el mundo se despertó y comenzó a abrir las ventanas, bueno, pues al ratito, plafff, el Gobernador que vuela de nuevo desde la terraza y se le revienta como un higo a sus pies.

—Jo, qué trago.

—Es un chapuza.

—Era un imbécil.

—Era un macarra, un inútil.

—Qué bestia, qué bestia...

Y hay una negra sombra de muerte y paranoia por encima de todos, sombra de lágrimas, helada de angustias. Hacía diez días que el Gobernador había arrastrado su metro ochenta de humanidad al «Panas», aquella noche en que todos fueron después al «White and Blue», desplomando por encima de las mesas sus embriagueces, todo el grupo unido, la basca entrañable. Fue entonces cuando llegó la banda del Torcido y sacaron las navajas y rajaron al chavalín aquel que bailaba en una esquina, al rubiato barriobajero que mientras sangraba gritaba como un loco llamando a sus amigos, «troncos, ayudadme que me están pinchando», decía por encima del ritmo discotequero de Steve Wonder que nadie quitó, pero los troncos o no estaban o estaban con miedo y nadie salió en ayuda del rubiato, que se quedó tendido entre las luces negras y multicolores de la pista, boqueando de dolor y miedo. Luego, la banda del Torcido ganó la calle a punta de navaja, y en el patio del moderno conjunto comercial en el que está «White and Blue» achucharon al Barón que venía, ciego como un lirio e inerme como una hormiga, a reunirse con el grupo en la discoteca. Hasta entonces el Torcido les había respetado, aun odiándoles, pero esa noche olía a sangre reciente en las manos y se sentía poderoso, y al ver solito al Barón comenzó a darle insultantes bofetadas, maricón, mariquita, mariconazo, a ver si te quitas de mi paso que molestas, y entonces salió la basca del tugurio y allí, entre los hormigones de reciente cuño, bajo la luz nocturnal urbana, un reflejo anaranjado de neón que tapaba las estrellas, el Zorro rompió el bastón de ébano en la cabeza del Torcido y el Gobernador rajó al Pinturas por detrás con un vaso roto, y hasta el Barítono tumbó a uno antes de que alguien le partiera la cabeza con una silla, dejándole tirado en las losetas con una brecha que tuvo que ser cosida en la madrugada por un enfermero aburrido y cochambroso que fingió creer que se había golpeado con el marco de la puerta. Las luces de las casas se habían encendido y por encima de ellos y de la oscura pelea se oían los gritos de la gente, drogadictos, asesinos, hijos de puta, vamos a llamar a la policía. Y los biempensantes apenas se asomaban a las ventanas, a esas ventanas de su comodidad tradicional, segura y sin riesgos.

—Zorro, ya tienes ahí a Marisa.

No saben vivir solos o no pueden: el grupo es el nosotros protector. Aquí están, cada noche, cultivando esa hermandad emponzoñada y turbia. Aquí están el Barón, el Barítono, el Patitas, están sentados muslo contra muslo y se sienten amparados en esa tibieza sudorosa, aquí está la Pulga, hablando por los codos, muy fumada, y a su lado Julita, la cara cubierta de estrellitas diminutas de papel, unas estrellas que hacen resaltar su expresión perpleja. El Patitas ha intuido su condición de neófita y se ha sentado junto a ella, arrima su pierna presa en hierros al muslo tembloroso de Julita, le mete mano con absorto y concienzudo ritmo, Julita le mira horrorizada intentando componer una sonrisa, la Pulga se vuelve al fin, «Patitas, no seas plasta, deja en paz a mi amiga», y alguien al lado propone acercarse a una piscina, saltar las cerradas tapias y remojarse en la noche.

—Zorro, ya tienes ahí a la Marisa, buscándote...

—Bufff...

El Zorro se mira en los espejos para encontrarse, y cuando no hay espejos cerca busca su reflejo en cada uno de los compañeros de sus noches: es necesario ese continuo contrastarse para no perder la propia imagen. Y así, en los rasgos que entreví cada madrugada sobre su cuerpo cuando se ojea en un escaparate apagado, y en el zorro tatuado de su brazo, y en la oreja horadada de pendientes, y en la derruida apariencia de los suyos, el Zorro reafirma su destino y entierra un poquito más hondo al abogado Antonio Abril al que tanto teme. Ahora está sentado como un emperador en su trono del «pub», rodeado de los suyos, acariciado por las miradas tiernamente eróticas de sus hembras, Zorrito, guapo, a ver cuándo nos vemos, y es siempre el mismo desplegar de plumas para ver con cuál se acuesta.

—Sois la hostia: vosotros estáis siempre venga a decir que yo me tiro a todas las tías, pero ahí os quedáis, al acecho, dispuestos a abalanzaros a las sobras. Yo me gano la mala fama, me hago el trabajo duro y después vosotros os las cepilláis también, sois como cuervos.

Y el Cuervo se sonríe, ladino y encantado, sintiéndose protagonista al oír estas palabras que él piensa dedicadas.

Ahora el Zorro recuerda a Olga y siente un silencio interior rodeado del bullicioso ambiente. Como una punzada dolorosa por lo que no fue más que por lo que es: porque él, encerrado en su imagen de maldito de la noche, nunca quiso vivir con Olga una relación comprometida. El Zorro, entonces, era aún joven, confundía el compromiso con la tradición y el tópico, creía aún que libertad es lo mismo que desarraigo y despego. Y así, huyó de Olga repetidas veces y en tantos años como se vieron y se sufrieron nunca terminó de concederle la llave de sí mismo. Una pena, piensa ahora.

—Mira, Zorro infame, ya ha venido la Marisa como cada noche a solicitar tus favores...

El Bardo está acodado en la barra, metros atrás, metiendo una mano experta, ávida y descarnada en las nalgas del Lanas, que sonríe sin saber qué hacer y evidentemente molesto, que el Lanas es muy joven aún y está empezando su tortuosa carrera nocturna, y se ha puesto pendiente en su dieciochoañera oreja hace tan sólo un par de meses, ese arito dorado fino pero orgulloso, por debajo de los rizos de crespo algodón rubiato que le dan el nombre. Y el Bardo, que sabe de su tierna calidad de aprendiz de vicioso, trata de aprovechar la ventaja y con dedos hábiles y agresivas palabras le tornea el prieto culo y dirige después sus garfios hacia el paquete, y el Lanas se hace el chulo poniendo cara de «pasar-de-todo», pero hay un temblor de susto en sus pestañas, eh, tú, moderno, carroñita viciosa, tómate una copa conmigo y déjame que te meta un poco mano que estás muy bueno, ni hablar, Bardo, que me desgastas, qué te voy a desgastar a ti, aprendiz de carroña, qué tonto imberbe, si eres virgen de culo y alma, mequetrefe, ven aquí que el tío Bardo te va a enseñar lo que es bueno y sin cobrarte ni un duro.

—Ya está el Bardo chupando polla.

—Más quisiera él precisamente eso.

No cabe duda de que el Bardo es el veterano del cotarro, maldito entre malditos desde años, pasada ya la cincuentena y fiel al encuentro nocturno desde siempre. Dicen que ya muy joven le dio al opio y esnifó coca y heroína, lo cierto es que está enjuto y abrasado, los ojos ardientes como carbones bajo el pelo blanco, ojos ávidos e incapaces de tregua. Fue catedrático, dicen, catedrático de algo serio, sesudo y distanciado, quizá Filosofía, quizá Historia, hasta que terminó en el talego por perversión, cuando le pillaron ampliando el saber de un joven alumno por vías anales, una noche ya olvidada tras el horario de clase. Consumió el Bardo muchos años en la trena, pero dicen que el chiquito pervertido le amaba locamente, y que en cualquier caso era éste, el de loco, el calificativo que mejor le cuadraba, y añadían las voces entendidas que no fue el Bardo el primero y que ya a los dieciséis años aquel chico era sabido y añejo en estas artes. Sea como fuere nunca más volvió a la cátedra este Bardo nocturnal y su recuperada libertad la había utilizado en juegos decadentes, sosteniendo muchas barras de muchos bares en el transcurso de los años, Bardo eterno de nuestros pecados cotidianos.

—Hombre, Turco, años sin verte... ¿qué mala cosa estarás haciendo que te escondes?

—¿Yo? Nada. Como siempre. Es que estoy pensando mucho.

—La hostia, el Turco pensando, qué novedad.

(Déjale, no merece la pena ni hablar con él, está absolutamente idiotizado, este verano marchoso que estamos viviendo le ha matado las pocas neuronas que le quedaban, ahora el Turco se dedica a la caza y captura de periquitas, quiere encontrar una mujer muy mujer que le lave los calzoncillos, le mime y le cocine, dice el imbécil que se siente viejo y muy cansado...)

—Es que la vida es muy dura, tíos, estoy harto de pasarlo mal, de no tener nunca un duro, de ir amuermado todo el día, de perder el tiempo...

—¿Y ahora te das cuenta de eso, macho, a tus treinta y siete años?

(Y hasta ha dejado de fumar mierda, dice el Turco que quiere salir del hoyo, es como la parábola del tipo que de joven es golferas y luego sienta la cabeza, se casa y se convierte en un padre ortodoxo y moralista, puag, qué asco.)

—Anda, disimula, Turco, que el otro día te vi en Princesa con una periquita de mucho cuidado a la que estabas poniendo los puntos.

—Eres un cretino, Zorro: es una chica normal, muy maja, muy joven...

—Una periquita calientapollas. Seguro que ni te la has tirado, seguro que tiene un padre rico que te colocará en su empresa...

—Yo es que estoy en otras cosas, Zorro, en cosas de las que tú no entiendes nada.

El Patitas ha pasado a la mesa de al lado, y ahora está declamando viejos ensalmos, hablando del poder magnético de la pirámide, ironizando sobre Castañeda, alucinado en torno a sus propios misterios. Porque Patitas está en fase mística, es que así se cree que va a poder ligar, el tío, con esas piernas alambradas e inútiles que tiene se monta un rollo mágico para atraer a las tías. Y el Patitas despliega sus mayores dotes persuasorias cara a Marisa, que se muerde las uñas, ansiosa, apenas escuchando, mientras ojea con miradas hambrientas al Zorro cercano e inalcanzable.

—Mira, Marisa, es el momento de pasar por encima del cuerpo, por encima de los viejos putrefactos. ¿Qué haces aquí esta noche? Buscas algo que es mentira, migajas de cariño que no existe. Si no limpias el karma de esa angustia no alcanzarás nunca la perfección y el éxtasis.

Y diciendo esto el Patitas junta sus manos y pone los ojos en blanco con expresión transida. El Zorro está metiendo mano a Ainhoa, con delicadeza, pero también con entusiasmo. Es un trabajo difícil este de Ainhoa. Es una bella, oscura, mágica y terrible hembra, vasca Ainhoa de cuerpo roto por torturas y vida machacada por recuerdos.

—Hola, Zorro, ¿qué tal estás?

—Hola, Marisa. Muy bien, ya ves, aquí con esta gentuza un rato.

—Yo también. He venido aquí porque había quedado con un amigo que me tenía que dar una cosa y que luego —y Marisa se pierde como siempre en una nerviosa retahíla de aburridas explicaciones y excusas que el Zorro ni tan siquiera atiende—, y claro, después de decirme eso he tenido que pasarme por aquí aunque era muy raro que viniera, pero tú entiendes...

—Ya.

—Oye... Esto... Te tenía que decir algo... Se me ha olvidado...

—Pues cuando te acuerdes me lo dices. No sería nada importante, si se te ha ido.

—No... Bueno, otra cosa, ¿qué vas a hacer esta noche?

El grupo permanece atento a las palabras de Marisa, sorbiendo golosamente su mortificación, su petición sumisa y su vergüenza, calculando con ojo cínico su grado de madurez, hasta qué punto estará blando para hincarle el diente, y saborean en cualquier caso la miseria ajena, sintiéndose endulzados por la gloria refleja del gran Zorro, una petición babeante de una hembra al jefe es un poco una petición babeante de una hembra a todos, oh, glorias de grupo compartidas.

—Pues... creo que me voy a ir a casa, no sé, tengo que hacer cosas.

—Ya. Bueno, si yo también. Te lo decía porque... porque, ya me acuerdo, ya sé lo que te iba a decir antes, quería comprar un poco de tate para un amigo y me han dicho que tú tienes un afgano muy bueno, y era para ver si me acompañabas a «Galáctica» que es donde está este tío que quiere comprar y le pasabas algo.

—He tenido, he tenido, pero ya se me ha acabado. Si sé de algo ya te avisaré, Marisa.

Y el Zorro le besa fuertemente en los labios, introduce entre los dientes de Marisa una lengua ardiente y sabia, que aunque hoy no le interesa es bueno no desilusionarla del todo y estar a bien con ella, nunca se sabe hasta dónde puede llegar la necesidad.

—Espera, Marisa, ¿vas a «Galáctica»? Entonces te acompaño, ¿vale?

Amparo se levanta rápida, el pelo rubio partido en cuidadas trenzas, dispuesta a prestar un hombro amistoso a las lágrimas solitarias y zorrunas de Marisa, dispuesta a atraparla hoy en su tela de araña, delicados juegos lésbicos llenos de un amor quizá compulsivo, pero también tierno.

—Qué puta eres, Amparo... ¿te vas con ella?

—Sí, Zorrito, sí. Y mira quién fue a hablar, tú, que eres el putón mayor del reino...

Ainhoa consumió durante largos meses soledades repletas de gente. Cuando salió de la cárcel a raíz de la amnistía tenía algo definitivamente roto en su vida, en el entorno, en la fe ardiente que antaño la llevó a la militancia, al compromiso vasco, a la tortura, anda, puta, guarra, dinos quién era tu contacto, dilo, enloquecedora tortura de dos, tres, cuatro días sin noche ni amanecer, en aquellos subterráneos policiales en los que dejó pedazos de carne y de aliento. Los años de prisión, después, fueron como una niebla helada, y al salir, el sol de la libertad no volvió a brillar nunca lo suficientemente fuerte como para quitarle el frío de los huesos, y tuvo que llenar sus noches de tumulto humeante y humano para no sentir de nuevo el conocido pavor, el vacío, la nada que es hoy la antaño fuerte Ainhoa, esta Ainhoa desengañada, aterradita y sola. Nadie había conseguido ligar con ella en estos meses, casi nadie había logrado tan siquiera una conversación larga y ordenada, muy pocos la vieron romper en sonrisas el rictus de hielo de su boca pálida, ninguno pudo acariciar en esta su segunda vida sus pechitos maltratados. Hasta que el Zorro, paciente y felino, fue cerrando el círculo y el asedio, poco a poco, y esta noche hay algo erótico en el aire, esta noche Ainhoa consiente al fin en reclinar su cabeza en el hombre fuerte y sudoroso, y permanece allí, agazapada, perdiendo al fin aristas y durezas. Siente el Zorro ante este gesto como un vaho caliente en el estómago, y algo parecido a la ternura —un sentimiento largo tiempo olvidado— le hormiguea en el hombro, allí donde Ainhoa, convertida al fin en algo vivo, le traspasa la carne con un ardor febril. Y los comentarios parecen quedar aislados, y el grupo se aleja de ellos dos como si les separara una bruma bochornosa y estival, y desde lejos se oye al Barón que habla de su trabajo, dos sesiones de *strip-tease* en un nuevo club gay del inframundo, y reverbera en la niebla la vocecita de la Peca, rescatada del psiquiátrico hace poco, y ahora tengo tanto miedo de que me vuelvan a encerrar que cuando empiezo a sentirme un poco mal me tomo las píldoras yo sola, y la última vez que la metieron fue cuando se desnudó en una lujosísima tienda de Serrano y trató de follarse al dependiente, pobre Peca, pajarito roto y desplumado, pero todos ellos y sus voces quedan lejos, y el Zorro, con el peso cálido de Ainhoa entre los brazos, siente que algo extraño está a punto de pasar en esta noche vértice de calores y veranos.

Ha entrado la banda del Torcido y como cada noche se ha hecho un vacío respetuoso y frío en torno a ellos. Allí están, pitarrosos, retacos, salvajes, allí están arrabaleros y canijos de hambres infantiles, los dientes mellados y las chaquetas de negros cueros, tan flamantes, una mano en el bolsillo acariciando la navaja, las gafas negras bien caladas, «hijos de puta, señoritos jugando a los modernos, cabritos cuidadosamente mal vestidos, no tenéis media hostia, mariconazos de mierda», y mientras piensa esto el Torcido se lame la mella con movimiento reflejo antes de escupir por un colmillo de forma ostentosa, él, el gran Torcido, camello superior de superiores materiales, reyezuelo de la mafia de pesadas, aunque no sea más que el brazo ejecutor, desolado y lamentable de los grandes señores del caballo, y hoy es un día de fiesta, que el Torcido ha salido del talego adonde fue por una pipa sin papeles, que poca cosa más le han podido demostrar aunque ya tiene algunas muertes a su espalda y muchas sangres, aunque no hace aún el medio año que destripó a un muchachuelo por mil pelas de impago, es una cuestión de orden, de principios: en la noche no se puede permitir uno una debilidad, un renuncio, un mal encuentro, en la noche hay que estar siempre demostrando que se es el señor de las muertes y las vidas para poder seguir conservando la propia, y el Torcido tiene ahora una Kawasaki 750 cc y bebe whisky y causa miedo, porque el miedo es una forma de respeto. Es así como el Torcido ha triunfado, según él, y así salió del hoy arrabalero, atrás quedó el padre oficialmente ignorado, y la hermana en la Ballesta, putilla de esquina mal pagada, y la otra que malvive fregando bancos, y el hermano mayor que se mata en las verbenas a lomos de una moto destrozada, mil vueltas al día a un tonel tan sólo para poder seguir comiendo. Y en la soledad absoluta de su infierno, el Torcido siente su triunfo y su miseria en el frío agudo de su navaja.

Clarea ya la noche y el Zorro mira por la ventana la agobiante amanecida, gris, pesada y turbia por encima del asfalto. Fue una noche igual a ésta cuando se recobró a sí mismo, allá en San Francisco, tras aquel mes de tocar fondo, ácido tras ácido, treinta píldoras en treinta días, un pavoroso viaje hacia la nada. Fue una noche como ésta cuando intentó escapar de California y de su propia esquizofrenia, cuando un carguero lento y cochambroso le transportó a India, a esa India atroz en la que buscó a Olga sin descanso. Fue una noche como ésta, en Afganistán, cuando un amigo común le dio la carta, era un papel cuadriculado, recorte de bordes desiguales, hojita escolar en la que Olga le decía que no quería verle más. Fue una noche como ésta cuando el Zorro montó en el avión que le traería a casa, quemada ya la India, quemados los paraísos del mundo, quemadas las últimas esperanzas.

—Porque cuando has ido a India, tío, ¿qué te queda? Ya no puedes escapar a otro sitio, es el último lugar del mundo, ya no hay más tierra a la que huir, ningún paraíso más remoto que buscar. Cuando has ido a India, macho, ya has llegado hasta el forro del mundo, hasta el forro de ti mismo.

Gatea, pues, la noche y el calor acumulado de todo el verano sube en alquitranados vapores. A su espalda un suave rumor de telas rozadas le hace suponer que Ainhoa se está vistiendo con ruido apagado de húmeda gata. De vez en cuando un pequeño sorbetón colorea con lágrimas la imagen del Zorro: Ainhoa, rota Ainhoa, muerta en vida, a la que no ha podido amar, a la que por último casi quiso violar, enloquecido, cuando ella le arañó la cara en un arranque de crispado terror, de miseria, de desesperanza. Clarea ya la noche y el cielo se descubre oculto en nubes sucias. Ainhoa cierra sin palabras una puerta a las espaldas desapareciendo para siempre y la cansada mirada del Zorro cae sobre un papel mal cortado que está sobre la mesa, es la dirección de Olga en Goa, una dirección que el Zorro comprende ahora inútil, porque las elecciones ya están hechas y el juego hace mucho que se ha decidido, y ahí, al otro lado del cristal, los que son como Ana comienzan la jornada, en esta amanecida que para él es el fin de tantas cosas. Y el Zorro va rompiendo despacito el papel al mismo tiempo que las nubes se rasgan en unas lluvias tímidas primero y luego salvajes, unas lluvias de sonido repetido, monótono y abrumador, unas lluvias de fin de mundo, diluviales, precoz asomo del invierno, porque de las alturas desciende con el agua un aroma a enero y el verano se va deshaciendo en rituales otoñales, que ha sido éste un verano loco, un verano muy loco, sí, un verano de tensos miedos y ansiedades solitarias, un verano último, el forro del verano.

10

—Ha sido un verano desmadradísimo, de verdad, sobre todo agosto. Demasiado, Ana, no veas. Al fin nos hemos cansado, Julita y yo estábamos con el cuerpo por los suelos, como además teníamos que trabajar por las mañanas, pues... Porque ya sabes que Julita está trabajando en el departamento de derechos de la editorial de Elena, ¿no?

La Pulga habla con la boca llena de pan: como es domingo el restaurante está lleno de gente y tardan demasiado en servir la comida. «Estoy harta de comer en restaurantes», dice Elena con melancolía. A la vuelta de las vacaciones Ana ha encontrado a Elena entristecida. Cuando tras muchos esfuerzos había conseguido separarse de Javier y comenzaba a disfrutar de su recuperada soledad, a él le han detectado «no-sé-qué» en un testículo, algo muy feo, un tumor, quizá, y ahora Javier ha vuelto a ella, la necesita, tiene miedo, la tiraniza con su próxima operación. «Estoy harta de comer en restaurantes... ¿os imagináis toda una vida así? Cumplir los cuarenta, los cincuenta, los sesenta... a los sesenta seremos menos capaces de reunirnos a comer. A los sesenta estaré sola, arrugadita y consumida, intentando tragar un plato de sopa porque ya no me quedarán apenas dientes, y cenaré en un comedor oscuro y enorme, lleno de mesas ocupadas por una sola persona cada una, ¿qué os parece?», «horrible», contesta Ana, «tú, por lo menos, tienes la suerte de estar con el Curro, no te encuentras del todo sola...». Otra vez la misma historia, y, sin embargo, Ana está segura de que el Curro se marchará cuando tenga quince, dieciséis, diecisiete años, es lo lógico. Poco va a servir el Curro de compañía en ese futuro de soledad senil. A veces, pese a la coacción que el niño supone en su vida, pese al placer que experimenta al verle ir creciendo, convirtiéndose cada día en una persona más adulta, más independiente, más compleja, Ana siente inconfesables deseos de retenerle así, aún pequeño, aún necesitado de su ayuda: es cierto que esta relación maternal algodona hoy la soledad, la engaña.

—Tú es que has tenido una suerte tremenda de no ir a un colegio de monjas, sino a un instituto —está diciendo la Pulga ahora.

—Supongo que sí —contesta Ana. Ahora parece que ha tenido una suerte tremenda por todo, por tener un hijo, por estudiar en aquel caserón de paredes comatosas. Y sí, debe de haber tenido suerte.

—Es que no sabes lo que es lo de las monjas. Bueno, con decirte que yo no me había masturbado nunca hasta hace ocho años o así...

—No digas... no es posible.

—Que sí, que sí —insiste la Pulga—, que no tenía ni idea de que existía eso, que además nos habían encorsetado de tal forma con el infierno, el pecado, la pureza, la Virgen, los actos inmorales... Yo no sabía muy bien qué era un acto inmoral, suponía que era que me latiera el corazón cuando veía a Troy Donahue en las películas, fíjate...

Así llegó la Pulga al matrimonio, piensa Ana. Así llegué a la noche de bodas, piensa la Pulga. Y hay un silencio momentáneo enredado en pasadas frustraciones.

—Cristinita, haz el favor de comerte eso de una vez sin hacer más guarrerías.

Es una voz crispada e impaciente. En la mesa de al lado, un hombre de unos treinta y pico años mastica su desgana rodeado de críos, tres niños y una niña de edades repartidas. No hablan entre sí, ni tan siquiera se miran. Los chavales se sientan erguidos en la silla, contemplan fijamente el plato, uno golpea con nerviosismo la pata de la mesa con la puntera de la bota. «Miradle», dice en un susurro Elena, «es el típico padre separado». La ciudad se llena los fines de semana de hombres desolados que arrastran tras de sí un cohibido grupo de niños a través de restaurantes, circos, parques zoológicos, cines autorizados. Son hombres cuarentones que se casaron en aquella época en que se creía aún que el matrimonio era para siempre, y que ahora han deshecho su vida establecida con lágrimas y angustias. Los domingos siempre, y siempre a la misma hora, recogen a sus hijos aparentando alegría y queman con ellos unas horas tediosas para todos, regalan muñecas y trenes a los más pequeños y preguntan a los mayores por la trayectoria de los estudios, y las tardes transcurren lentamente entre monosílabos y embarazados silencios, extraños los unos a los otros.

—¿Sabes lo de Julita, por cierto? —dice de repente Elena con voz inusitadamente alegre.

—No, ¿qué...?

—Claro, es que durante tu ausencia han pasado muchas cosas. Pues nada, que tiene un rollo.

—No me digas —contesta Ana, recordando su cara húmeda y tristona de recién separada.

—Sí, sí. Como entraba a trabajar a las nueve y ya sabes que la editorial queda lejos, todas las mañanas tenía que pasar por el cruce ese de Legazpi con su seiscientos roñoso a las ocho de la mañana —comienza la Pulga, que tiene verdadera afición por las explicaciones minuciosas y exhaustivas.

—Total —corta Elena— que se ha enrollado con el guardia urbano de Legazpi.

—¿Con quién?

—Ja, ja, con el guardia urbano.

—No es posible... —ríe Ana.

—Que sí, que sí. Qua al parecer es un tío joven, como de veinticinco o así, con barbas, majísimo.

—Yo le he visto y está muy bien —añade la Pulga—, una mañana pasé a propósito por allí para echarle un vistazo.

—Y resulta que el tío llevaba un montón de mañanas guiñándole el ojo, diciéndole cosas graciosas cuando se paraba en el semáforo, todo eso, y hay que reconocer que esa simpatía es muy de agradecer cuando estás metida en un tráfico siniestro como el de esa zona a las ocho de la mañana...

—¿Y cómo ligaron?

—Pues nada, un día que ella pilló la luz roja él le dijo que por qué no comían juntos, que terminaba el turno a las tres de la tarde, que le viniera a buscar. Y Julita fue... y hasta hoy. Que se ven todos los días, vamos, un amor loco.

—Qué bárbaro...

Como en el restaurante no hay café salen fuera y dan un paseo por las calles que ya huelen a otoño, vamos al pub de Mercedes y Tomás, dice Elena, buf, con lo lleno que está siempre, no, no, a estas horas ya verás que no.

«Galáctica» está casi vacío, en efecto, somnoliento y como en siesta. Sentada en una mesa, Mercedes bebe pausadamente de una copa llena de hielo y menta. A su lado está su hijo, los pelos rubios y rizados tapándole la cara, hola, Lanas, cuánto tiempo sin verte, y el chico se pone de pie y las besa con gesto coqueto, ¿queréis algo?, y se ofrece de anfitrión amable, tres cafés con hielo, ¿una copa, algo más?, no, no, gracias, y el Lanas se aleja hacia la barra bailando dentro de sus botas vaqueras y meneando el estrecho culo.

—¿Qué tal?

Aprovechando la ausencia del chico, Ana se inclina hacia Mercedes con gesto interrogante.

—Buff —se encoge de hombros, irritada—, fatal, como siempre, ahora mismo estábamos discutiendo, yo no sé...

Está soleada y guapa, con los brazos rollizos cubiertos de pulseras marroquíes. Las uñas. Lo único que hace recordar a la Mercedes que antes fue son las uñas, largas, cuidadas, cortadas en oval, esmaltadas en rojo con esmero.

—Lo mío es un desastre —suspira ahora Mercedes poniendo ojos de cómica tragedia—. Cuando tenía veinte años y estaba delgadita me vestía como una señora de cuarenta. Ahora que tengo cuarenta y estoy entrada en carnes me pongo plumas, volantes y satinados como una chica de veinte. Cuando tenía quince me quitaba los calcetines en el descansillo de la escalera para ponerme medias. Ahora me quito las medias para ponerme calcetines de perlé. Cuando yo era hija se estilaba un respeto desmesurado hacia los padres, por cualquier cosa te ganabas una torta. Y ahora que soy madre mis hijos me toman por el pito del sereno y soy yo la que tengo que correr tras ellos con infinito cuidado. Y por si fuera poco todo esto, he descubierto el sexo hace un par de años. Dios mío, acabo de comprender que mi vida ha sido un completo error...

Tomás tiene cuarenta y dos años y Mercedes dos menos. El Lanas cumplió los dieciocho y la niña ya rebasó los veinte. Antes, hace aún muy poco, Mercedes y Tomás eran una pareja joven, simpática, terriblemente vulgar. Él dirigía una empresa de importación y exportación, era un ejecutivo bien pagado. Ella tenía una floristería —un negocio de querida, solía decir— pequeñita y más bien deficitaria. Después los chicos crecieron de prisa, muy de prisa. La niña comenzó a tomar la píldora a los quince y el Lanas dejó de estudiar a los dieciséis. Cuando el pequeño cumplió los diecisiete ya fumaba porros toda la familia: había que acompañarles en el cambio, mantener la amistad con los hijos, borrar las distancias. Tomás se despidió, Mercedes vendió la tienda y abrieron un local de copas para gente joven: música, fluorescentes por los muros, una clientela melenuda y diferente. Un trabajo nuevo para no separarse de los chicos, un local propio para saber dónde consumen las largas noches fuera de casa. Mercedes se pintó los ojos con *kajal,* se dio jena en el pelo y cambió su perfume de Dior por un pegajoso pachuli. Tomás colgó la corbata y se enfundó unos vaqueros desteñidos («tú haces todo lo posible por entenderles», solía quejarse, «pero ellos ni te lo tienen en cuenta ni hacen el menor esfuerzo por acercarse a ti. Y tú, mientras, como un gilipollas, poniéndote vaqueros y despellejándote vivo, que a mí lo que me gusta es llevar pantalones anchitos y con los jeans llevo los huevos apretados y encima me hago rozaduras») y un día, incluso, sorprendió a la concurrencia con el pelo florecido de permanente, rizos muy a lo afro sobre su cara despistada de padre joven. Y protegido por sus bucles adoptaba un aire de viejo *connaisseur,* hablando del caballo, de darse un pico, del azúcar o las excelencias de la *browny.*

—No les entiendo —está diciendo Mercedes mientras vigila con el rabillo del ojo las evoluciones de su hijo—, no les entiendo, ya no sé qué hacer, me siento desbordada.

Mercedes y Tomás están dispuestos a comprender y alentar lo que sus hijos deseen, pero, claro, exclaman con cara de estupor, es que no quieren nada. Son dorados retoños de clases elevadas, sin problemas económicos ni familiares, privilegiados en un mundo cuyos privilegios no les interesan. Los hijos de Mercedes y Tomás horadan su oreja con tenues anillos de oro (él) o se tatúan sobre el pezón una rosa que se convierte en serpiente (ella), y por no querer no quieren ni dinero, apenas las monedas suficientes para pasearse en las noches por los inframundos urbanos, por todos los locales del gueto a excepción del bar familiar. Los adolescentes de hoy, piensa Ana, han llegado al mundo demasiado pronto o demasiado tarde, y el entorno está tan agotado que se han convertido en viejos prematuros. Su propia adolescencia, sin embargo, fue radicalmente distinta. Apenas ha transcurrido una década, pero aquel mundo aparece hoy como enmohecido, antiguo y archivado.

Debía rozar Ana los dieciocho años cuando al fin entró en el banco: los afortunados que aprobaron con ella mostraron su contento, es un puesto seguro, ahora todo se reduce a esperar que vaya corriendo el escalafón, año tras año. Toda una vida. Ana se escalofriaba cada vez que pensaba en ello, cada vez que se veía reflejada en sus compañeras, sobre todo: muchachas que iban dejando atrás la adolescencia, condenadas a sentirse solteras sólo por no casarse, o esas otras, mujeres ya maduras, que corrían a la salida del banco para preparar la comida del marido, menos mal que los niños comen en el colegio, gracias a Dios. Antonia. Antonia era gordita, bajita, redonda y sin esquinas. Tenía por entonces quizá los veinticinco, se pintaba mucho, lucía collarcitos imitando oro, pulseras, siempre un detalle femenino, como le habían enseñado. Su coquetería era como de escaparate, como quien va ofreciendo púdicamente la mercancía y la adorna con guirnaldas de papel barato. A veces en esos minutos muertos de media mañana, mientras los hombres del departamento leían el *Marca* o comentaban el último partido del domingo, Antonia se pintaba las uñas en rojos rabiosos y muy putos. Era posiblemente la única procacidad, su única fantasía de modosa hija de familia, porque por lo demás siempre llevaba la faldita al mismo nivel de la rodilla, y las medias cuidadosamente estiradas sin carreras, y los cuellos de las camisas pudorosamente cerrados sobre el abundante y estrujado pecho, convenientemente encarcelado con sostenes rígidos no fuera que se le movieran las carnes en invitantes temblores. Pero algo más de fantasía erótica debía guardar esa cabeza estúpidamente inocente, recuerda Ana ahora, porque un día le enseñó un paquetito de El Corte Inglés, que llevaba cuidadosamente oculto en su bolso:

—Mira, mira lo que me he comprado.

Ana miró. Eran dos bragas negras, minúsculas, de encaje, dos grumos oscuros y vaporosos.

—Ah, unas bragas...

—Pantaloncitos, pantaloncitos, no seas guarra —añadió Antonia, ruborosa. Antonia tenía un especial y enfermizo pudor por las cosas más insólitas.

—Muy bonitas —comentó Ana sin saber qué decir.

—Sí, ¿verdad? —añadió Antonia. Y tras un segundo de silencio, poniendo una expresión casi pícara:

—Es que a mí sólo me gusta la ropa interior negra, ¿sabes? Es más... más femenina.

Los domingos, Antonia y Blanquita, la chica del departamento de extranjero, la alta, alta, esa con la treintena ya cumplida, que siempre vestía pantalones y asumía artes deportistas (en todas sus manifestaciones de amor a la naturaleza y a la vida al aire libre había un regusto de juventudes cristianas en excursión campestre) y también Lola, la de caja, una andaluza guapa y gruesa que en el grupo ejercía de desenfadada y de graciosa, los domingos, pues, se comenzaban a telefonear entre sí hacia las dos de la tarde, aún antes de comer en sus respectivas casas familiares.

—¿Qué hacemos?

Se preguntaban mutuamente.

—Pues no sé —decía una—. Podemos ir a «Danielo», o a merendar a «Gladys», o...

—El otro día pasé por «Galatea» y estaba muy animado, había una de chicos... —interviene la otra.

—Pues me ha dicho Antonia que podríamos ir a Rosales a ver si va el chico del bigote del otro día, el que le gustó a ella.

Solían reunirse en casa de Lola para terminar de arreglarse: por algo era la andaluza la más dominante, la que marcaba las pautas. Allí llegaban, a eso de las cuatro y media o cinco. Se apelotonaban ante el espejo del cuatro de baño, se intercambiaban el rímel, se pintaban unas a otras sombras misteriosas en los ojos, pinceladas de malva, un toque azul en las comisuras, luego el *eye liner*. Se consultaban sobre la ropa, que habían estado seleccionando el día anterior («¿qué te vas a poner?», se preguntaban las vísperas), y pedían el parecer de las otras...

—¿Me va bien esta chaqueta con la falda?

—Estás muy guapa.

—¿De verdad?

Salían al fin, al filo de las seis, en pie de guerra, gorjeantes, agarradas del brazo, dando tumbos por las calles, borrachas de ansias de vida, tropezando risueñas con los transeúntes, coqueteando ingenuamente con cuantos se cruzaran por delante. Y después de algunas dudas —el espectro de elección era pequeño— terminaban instaladas en el abarrotado salón de una cafetería moderna, tomando tortitas con nata y caramelo, en el local de moda, quizá «Galatea», engullendo un perrito caliente, o en una terraza de Princesa o Rosales, sorbiendo un cubalibre con gran algazara y pretensiones de adultez. Y allí pasaban toda la tarde, echando ojeadas a las manadas de muchachos que revoloteaban en torno a ellas con un hambre de hembra mucho más definida que la vaga ansiedad sentimental de Antonia, Blanquita o Lola. A veces, en un arranque de valor, se iban de chatos sobre las ocho y media: había que cumplir el itinerario tradicional, unas patatas bravas en «Samuel», un vino en la esquina con Moncloa, en esos bares llenos de hombres que miran calculadores, no, éstas no, éstas son de las que vienen a la búsqueda de novio, y a veces se dejaban invitar, algo escandalizadas, por un «rodríguez» cuarentón que no sabía distinguir muy bien a qué género pertenecían ellas, para después partir, como cenicientas miserables, a las nueve y media o diez de la noche, apresuradas, repentinamente púdicas, dejando a sus romeos eventuales con la frustración de haber pagado un vino sin provecho. Y había que despedirse entonces a la entrada del metro o en la parada del autobús, y llegar a la casa paterna para la cena en familia con el traje dominguero un punto ajado, y había que fregar los platos luego en la siempre escasa luz de la cocina, y después, en ese desganado desnudarse en la habitación aún repleta de dormilones y muñecos —restos de una infancia apolillada—, se reencontraba de nuevo la incertidumbre y la angustia, tristeza ante una semana de trabajo por delante, desencanto ante esas braguitas negras, tan inútilmente femeninas, que Antonia se quitaría sola, en su habitación grotescamente rosada e infantil, con inconsciente comprensión de su fracaso.

Piensa Ana ahora si seguirán igual, si Antonia, Blanquita y Lola cumplirán aún hoy el viejo ritual de las tortitas con nata y caramelo. O si en cambio se habrán dado cuenta de su absurdo y masticarán el dolor del tiempo que se ha ido. Como todas esas mujeres entre treinta y cuarenta años que se saben perdedoras, que han comprendido que el tren ha salido dejándolas en tierra, todas esas mujeres inteligentes, sensibles, amables, que han renunciado a vivir porque el cambio les ha llegado demasiado tarde, porque se sienten incapaces. Como Amanda, aquella catalana casada y con hijos, compañera del banco, que cuando Ana se quedó embarazada le dijo, no te cases, Anita, no te cases, yo me he hundido la vida, pero tú eres joven y son otros tiempos, no te cases. Aquella mañana también estaba Manola, la secretaria del subdirector, en la improvisada tertulia ante la recién instalada máquina de café:

—Eso del sexo —decía— es un horror: los hombres no piensan más que en eso. Yo, como ya tengo cuatro hijos, si pudiera firmaba ahora mismo por no volver a hacerlo. Pero Pepe es un pesado, estoy fregando en la cocina, por ejemplo, y viene por detrás, me agarra... le tengo que decir, ay, Pepe, no seas pesado, que estoy ocupada, que mojo el suelo, que me dejes... él está siempre dispuesto.

—Pues a mí... —meditaba Amanda, pensativa— a mí me gustaría que Ferrán hiciera eso, fíjate, a mí me gustaría...

—Ay, por Dios, hija, si es un horror... Se te montan encima y taca, taca, para ellos es muy fácil —reía Manola, un poco asustada de su procacidad—. Y luego, siempre con el miedo de quedarte embarazada. Que imagínate la gracia que me haría a mí ahora, ni te cuento: Mari Nieves tiene ya siete años...

Los cafés se han consumido en una segunda ronda, el Lanas ha pedido dinero a su madre y luego se ha marchado, «Galáctica» empieza a estar lleno de gente y Mercedes ha tenido que recuperar su lugar junto a la barra. Ana ha sido puntualmente informada de que a Cecilio le ha dado ahora por escribir a la Guía del Ocio, sí, mujer, esos anuncios que dicen: joven gay inteligente, sensible y culto busca amistad duradera y contactos de todo tipo. Elena ha despotricado un poco contra su ensayo, que al fin ha terminado, una mierda, palabra, ya veréis; han discurrido posturas y abstenciones frente a las futuras elecciones; han hablado del libro de cartas de Kafka a Felice, del País Vasco y también de las rebajas de agosto en Galerías Preciados, y al fin, casi a punto de despedirse, Elena ha dicho: pero no sabes lo mejor, mirando a la Pulga con ojos irónicos y rientes, ¿qué, qué pasa?, dice Ana, pregúntaselo a la Pulga, y ésta enrojece un poco, se turba, sonríe, enciende un cigarrillo, cuéntamelo de una vez, anda, coño, qué pesadas.

—Pues nada —dice la Pulga—. ¿Te acuerdas de aquel chaval que cogimos haciendo dedo cuando veníamos de la piscina?

—No.

—Sí, mujer, aquel que era funambulista en un circo y que nos pareció tan exótico...

—Ah, sí, aquel chico jovencito que era inglés o algo así...

—Sí, ése, es norteamericano. Bueno, pues...

—Bueno, ¿qué? Me asustas... —sonríe Ana.

—Pues sí, asústate —interrumpe Elena—, que ya lo tiene incorporado, que se ha liado con él y ya están viviendo juntos y todo lo demás.

—Hala..., pero, Pulgui, es que lo tuyo es tremendo.

Y la Pulga mordisquea el filtro del cigarrillo, enrabietada, ¿por qué todas parecen pedirle explicaciones, por qué ha de justificarse? Elena la mira con sonrisita superior y Ana pone cara risueña. «Si a mí esto de ligarme chicos cada vez más jóvenes me preocupa, ¿qué creéis?, ¿que yo no pienso en ello?», dice la Pulga, «yo sé que necesito un hombre de mi edad y otro rollo, pero es que Steve sólo tiene diecinueve años... sabe poco castellano y además no tenemos mucho en común: no lee nada, no le gusta el cine... Ya sé que todo esto es un horror, pero es que me gusta mucho, qué queréis que le haga, es cariñoso, divertido, me quiere y yo le necesito».

—Pero te debes aburrir muchísimo con él.

—Pues no creas. Porque, verás, dormimos más bien hasta tarde. Después me voy al trabajo y él ensaya. Comemos, trabajo otro poco, él se va al circo... Le voy a buscar allí por las noches, veo la función y, bueno, no sabéis lo que es eso. Cada noche, cuando le veo vestido de lentejuelas y caminando por el alambre, me vuelvo a enamorar de él, ¿vosotras no os habéis enamorado nunca de pequeñas de un artista de circo? Bueno, pues a mí me deslumbra cada noche. Y le quiero, le quiero porque es cariñoso, ingenuo, delicado... Yo sé que todo esto no aguantará mucho tiempo, pero mientras dure...

Ríen todas, y mientras aún permanece en el aire el sonido de sus risas Ana comienza a sentirse deprimida. Será cierto, pues. Será la de la Pulga una relación mucho más real que la suya. Se encuentra Ana incapaz de juzgar las delirantes historias de su amiga porque teme que sean, pese a todo, más auténticas que sus propias relaciones. Más auténticas que el anhelante e imaginado amor por Soto Amón. Más que aquellos largos años de desencuentro con José María, al que tanto quiso y con el que compartió tan poco. Más que la convivencia con Juan, compartiendo tanto, incluso el odio. Ahora Ana intuye con melancolía que ha consumido media vida inventando amores inexistentes: y este Soto Amón de la treintena no es más que un nuevo y sofisticado artificio.

11

Lleva muchos días durmiendo más bien poco y se siente muy cansada. Esta mañana se ha levantado tardísimo, y con las prisas —los niños no llegaban al colegio— ha mezclado inadvertidamente Nescafé y Nesquik en las tres tazas, sin darse cuenta de ello hasta tomar un adormilado trago del mejunje. Como la leche se había acabado se han visto obligados a desayunar en el bar de Paco, con gran algazara de Jara y Daniel, que adoran este tipo de aventuras domésticas y más teniendo en cuenta que con todo ello han llegado tarde a clase. Luego, Candela corrió a la consulta para encontrar ya allí, a la espera, a la señora Matas y su hijo Gabriel, el autista de diez años, que miraba al vacío, inmóvil, inalcanzable, exiliado de sí mismo. Candela suspira: sus hijos son hermosos, listos, están sanos. Qué alegría. Jara tiene cinco años, Daniel ha cumplido ya los nueve. Dentro de poco se independizarán, antes de que ella tenga tiempo de esperarlo. Parece tan cercano el parto de Daniel, sin embargo, cuando el niño era una cosita enrojecida, inmóvil y minúscula... En aquel entonces ella no sabía muy bien si quería tener un hijo o no. Pero lo tuvo. Jara sí. Jara fue deseada y provocada. Dos años antes, el padre de Daniel se tiró por la ventana. Candela no le había creído, amenazaba tantas veces con matarse, y ponía los ojos en blanco, y solía fingir ataques de locura, tirando trastos al suelo, golpeándose la cabeza con los muros. Aquel día abrió el balcón con gesto melodramático, «me tiro», dijo, y Candela no hizo caso, tírate. Él se sentó a horcajadas en el filo de la barandilla, «Candela, que me tiro», era un número en verdad sofisticado e inquietante teniendo en cuenta la altura de la ventana, pero lo había repetido tantas veces que Candela le observaba con el rabillo del ojo —él mantenía sus manos fuertemente sujetas a la baranda— y simulaba indiferencia, no seas bobo, anda, bájate de ahí y deja de hacer tonterías que un día vas a caerte. Dicho esto levantó la vista y ya no estaba. Fue todo muy rápido, no dio ni tan siquiera un grito, cuando Candela corrió al balcón le vio allí, en la acera, muy abajo, un cuerpo roto en postura inverosímil. Debió caerse o desmayarse, estoy segura de que no quiso tirarse, piensa Candela.

El de Jara, en cambio, fue un embarazo consciente. Y difícil. Fue difícil parir de nuevo sola en un hospital lleno de parejas. Nadie vino a ver a la niña, no esperó ningún hombre su salida del paritorio. Con Daniel pasó lo mismo, pero entonces Candela era aún joven. Con Jara se resintió de la edad, de la repetición del cansancio, de la soledad de tantos años. Con Jara, además tuvo que afrontar curiosas reacciones de la gente: tal parecería que en esta sociedad ambiguamente liberal se admite la existencia de la soltera que es madre de un hijo. Pero si la soltera reincide, si la mujer insiste en su desorden, obcecada, si se atreve a tener más hijos de diferentes padres y pretende aun así permanecer independiente, entonces, ah, entonces se convierte en caso inadmisible, «esta pobre Candela», empiezan a decir con voz meliflua, «qué desastre de vida», añaden, arrugando sus escrupulosas narices con gesto de desagrado.

En fin, Jara es hija de Vicente. Un economista en apariencia marxista. Un hombre convencional embotado por sus miedos. Casado y con dos hijos, cosa que él ni olvidaba ni dejaba olvidar. (Un día Vicente le dijo, «¿tú crees en Dios, verdad?». Gritaba alegremente desde el otro lado de las cortinas de la ducha, eran las dos de la madrugada y había que borrar las huellas de ese amor adúltero, «no», contestó Candela, «vamos, vamos, no me digas que no», insistía él, reidor, «un poquito, al menos creerás un poquito», «que no», «bueno, pues aun así», añadió él, «apelando a esas creencias infantiles que alguna vez tuviste, ¡por favor!», y Vicente asomaba una cara mojada entre el plástico de la cortina, con expresión cómicamente desesperada, «reza algo a tu santo predilecto para que mi mujer no esté despierta cuando llegue y no me obligue a hacer el amor, buff, sería incapaz de soportarlo...» y Candela puso un rictus de sonrisa ante la broma, pero notó el escozor por dentro, escozor por recordar que ella mantenía una relación precaria, escozor también por la otra, por esa mujer legal a la que él denigraba en esa frase, fue sentir una hermandad de sexo y de injurias.) Un matrimonio que duraba ya diez años y ante el que Vicente asumía un papel de marido ortodoxo, pespunteado de engaños.

Al principio la relación con Vicente estuvo perfectamente controlada. Candela era una mujer fuerte, adulta, competente y decidida. Una mujer con la vida muy hecha, centrada en su trabajo y en su hijo. Fue ella quien le conquistó y Vicente se sintió aturdido y fascinado: «Lo que más me gusta de ti», le dijo un día, «es que eres una mujer original que exiges respuestas diferentes». Como él había conseguido liarse la vida tontamente con mil ocupaciones insensatas se veían poco tiempo, de tarde en tarde, siempre en casa de Candela. Él llamaba por teléfono cuando robaba unas horas, ella decía que sí, él llegaba a su casa, hablaban una hora, se hacían el amor en la siguiente, se fumaban un cigarrillo, se vestía y se marchaba. Otras veces, para variar, hacían el amor durante una hora y hablaban al mismo tiempo que fumaban en la hora siguiente. Los primeros encuentros fueron felices, se desconocían, se husmeaban y todo era una fiesta. Pero poco a poco Candela comenzó a sentir angustia. Al principio, ella quiso hablarle de sus problemas, de su vida, de sus sensaciones. Vicente la miraba distraído, flotaba por encima de las conversaciones, se aburría. Con los días, Candela aprendió a tocar tan sólo los temas que a él le interesaban. Y le interesaba hablar de él mismo o de la relación que ambos mantenían. De modo que al poco tiempo habían concretado los perfiles del ritual, él llamaba, ella decía que sí, él venía a su casa, hacían el amor por una hora, fumaban y hablaban de Vicente a lo largo de otra o viceversa, se vestía y se marchaba. Poco a poco a Candela empezaron a atragantársele las esperas, los deseos insatisfechos de estar con él y compartirle con su mundo, las palabras no dichas y las ansias de pasearle simplemente por la calle, cogido de la mano como un novio. Disimulaba su angustia con sonrisas y día a día fue alterando insensiblemente las costumbres, primero fue prescindir de algunas salidas por si él llamaba, después fue vivir pendiente de las citas. Un día él le dijo, «¿sabes, Candela? Tú pareces una mujer muy distinta, pero de hecho no, de hecho eres absolutamente convencional». Y Candela se dolió y compren-

dió que sí, que estaba jugando a ser reposo del guerrero —en realidad él ponía los mojones, los límites de
su rutina, y después me exigía no sólo serenidad, no
sólo paciencia y comprensión, sino también ser una
cajita de sorpresas, piensa Candela— y que poco o
nada debía separarla entonces de la entregada, insana
y alienada mujer legal de Vicente: un día la conoció
en una fiesta. Ella era aún joven y guapa y conseguía
parecer envejecida y fea. Tenía la boca dura, una boca
cicatrizada a fuerza de decir «no» demasiadas veces.
Peinaba unos cabellos imposibles de peluquería cara,
vestía ropas de boutique a medio camino de la mo-
dernidad y la ortopedia, y de su cuello colgaban sofis-
ticadas cadenas de oro, adornos de Dior, Dalí o Be-
rrocal, colgajos de lujosas firmas. Era una mujer rígida
e irreal, una caricatura de persona. Y, sin embargo,
estaban sus ojos, unos ojos vivos, tristes, tan huma-
nos, unos ojos que pedían ayuda sin saberlo, que entre las rejas de sus pestañas, espesadas con demasiado
rímel, asomaba con gran susto la prisionera interior.
Eran unos ojos que Candela no quería mirar, porque
dolían.

Fue aquélla, por otra parte, una época penosa
y turbulenta. Candela trabajaba en el Hospital de
Horas de un ortodoxo, asesino y gigantesco centro
psiquiátrico. El Hospital de Horas era una sección reciente, montada por el psiquiatra Scheler López, un
intento casi clandestino y subterráneo de acabar con
el viejo manicomio, con muros y cadenas: era una
sección abierta, y todas las mañanas llegaban los enfermos por propia voluntad, todas las tardes regresa-
ban a sus casas. No había quimioterapia y sí labor de
grupo, no había batas blancas, y sí una voluntad real

de encuentro, tras los pasos de Laing y de Basaglia. Y así, esquizofrénicos, paranoicos, neuróticos, psicóticos profundos, cerca de cuarenta enfermos luchaban allí todos los días ansiosos de recuperarse a través de la locura.

Aquello era el infierno.

El psiquiátrico quería terminar con la sección de Horas que cuestionaba la existencia misma de sus plantas entejadas: cada mes nacían los rumores, comenzaba de nuevo la pelea: «Que nos quieren cerrar», decía Scheler López. Y se recurría a la prensa, se hacían sentadas, se pintaban las paredes de las calles, se elaboraban manifiestos y recogían firmas. Se luchaba contra la dirección del hospital con sinuoso avance de guerrilla. Así, apoyando a Scheler López, el pequeño equipo de la sección abierta resistía embestidas, combatía ortodoxias, intentaba calmar el dolorido pavor de los enfermos. Porque cada vez que se presentía el cierre del Hospital de Horas los pacientes gemían, desbarataban sus dedos con estrujones de miedo, temblaban de terror y de miseria: el cierre suponía para ellos la vuelta a la prisión, el internamiento en las oscuras plantas, la indefensión, la represión y el electro.

Llevaban por entonces cerca de dos años, manteniéndose milagrosamente en vida contra presiones oficiales, cuando se gestó la rebelión entre el personal del gran centro psiquiátrico. Los médicos de las plantas se alzaron contra el director del centro, vieja gloria del franquismo, anciano lobo de dientes ya limados por la edad. Hubo paros, huelgas, asambleas, interpelaciones en el Parlamento. Al fin, un día, al llegar Candela al Hospital de Horas, se enteró de la noticia:

el viejo director había sido cesado, el nuevo director propuesto era Scheler López. ¿Aceptarás?, le preguntaron con angustia. Él parpadeaba pensativo, ponía gestos de hombre abrumado por el peso del destino, «creo que es una oportunidad única para poder renovar la psiquiatría oficial, para poder hacer algo», decía al fin, «es mentira», le contestaba Candela, «te absorberán, todo seguirá igual y conseguirán hundir el Hospital de Horas». Pero Scheler López aceptó el cargo poco más tarde, atrincherado en endebles excusas de posibilismo. Cuatro días después fue clausurada la sección abierta definitivamente, no sin que antes Margarita, una psicótica de diecinueve años, se encerrara en el retrete y patentizara su miedo y su protesta de la única forma que podía: amputándose la lengua de raíz con una *gillette* subrepticia.

Estaba Candela tan cansada, tan rota, tan dolida por entonces que dejó a Daniel en casa de sus padres y marchó una semana a Navacerrada a reponerse, un pequeño hotel perdido entre abetos, en el monte, había un río que saltaba por peñascos y tres perros sanbernardo que la acompañaban en sus paseos solitarios con tal fidelidad que Candela jugaba gozosamente a que eran suyos. Vicente le dijo que iría a visitarla, «el lunes», prometió, «el lunes seguro estaré allí». Pasearemos por la sierra, se decía Candela, le enseñaré los rincones de pinos y agua que he descubierto en estos días, le presentaré a mis perros, podremos caminar a través del monte, a plena luz del día, será un cambio en la rutina, un alivio.

El lunes se levantó temprano. Se lavó el pelo. Se lo secó al sol de la terraza mientras leía un periódico. Se vistió con cuidado. Se pintó un poco. Las doce del mediodía: no concretó hora, quizá venga a comer. Esperó. Hacía una mañana espléndida, pero Candela no se atrevía a salir del hotel por si venía, por si llamaba, por si no podía localizarla, perdida entre los montes. A la dos y media bajó a comer al vacío restaurante del hotel. Los perros la aguardaban, como siempre, atravesados en la escalera interior. Salieron a su encuentro agitando el rabo, llenándola de cariñosas babas, creyendo que al fin iban a dar el paseo cotidiano. Candela les acarició el cuello, hundió los dedos en sus cabezotas lanudas y cálidas, mató sus esperanzas al volver puntual y apresurada al cuarto. Esperó. Rilke decía cosas tristísimas desde las páginas de *Los cuadernos de Malte Laurids Brigge*, hablaba de muertes y terrores, de locuras y ausencias interiores. Esperó. A media tarde se sintió febril y acalorada. El sol se ponía en el cuadro de la ventana agobiado por los montes, la habitación se llenaba de penumbras y la mente de Candela de fantasmas. En un rincón del cuarto, justo junto al cromo enmarcado de caballos desmelenados trotando bajo la luna, apareció de repente Antonia, su madre, sonriendo con su rostro lleno y avejentado: «Candela, hija», le decía risueña, «hay una cosa muy graciosa que les pasa a muchas mujeres, bueno, a mí me ha pasado así de veces», y agrupaba en apresurado aleteo los gordezuelos dedos de la mano, «es de risa, verás, esto es una mujer que coge un pañuelo sucio, prepara agua caliente en un barreño y echa detergente. Mete el pañuelo ahí durante largo rato. Luego tira el agua, pone otra limpia y frota bien el pañuelo con jabón. Cambia de nuevo el agua y echa unas gotas de lejía para que la tela quede bien blanca. Después lo aclara y lo mete con añil para que azulee de tan limpio. Más tarde le echa suavizador para que la tela quede rica de tocar, lo aclara, lo escurre bien y lo tiende en el patio, al sol, ¿eh?, para que termine de blanquear. Cuando ya está seco lo recoge, pone la mesa de la plancha, humedece ligeramente la superficie para poder quitarle todas las arrugas. Lo dobla con esmero y lo mete después en un armario, el de la ropa blanca, en donde antes ha puesto naftalina y unas bolsitas de hierbas para que den buen olor. Y ahí queda al fin el pañuelo, limpio, fragante, dobladito... Entonces llega su marido del trabajo, da un beso distraído a la mujer, va al armario, coge el pañuelo, snrifffff, se suena las narices con gran ruido y lo tira arrugado al cesto de la ropa sucia. ¿A que es gracioso?», y Antonia se deshacía en carcajadas, con un vaivén atrás-alante, mientras Candela no sabía si reír o llorar, tan compungida estaba por ese atardecer voluminoso que parecía aplastarla. Su madre se sentó entonces a los pies de la cama y se puso a reflexionar con esforzado ceño: «Ha sido el mío», la entendía pensar Candela, «un matrimonio feliz. Casi cuarenta años juntos, desde que me casé a los veinte, virgen y niña. Sucedió todo muy rápido, el fin de la guerra, la llegada de Miguel, el noviazgo, la boda, abandonar el recién inaugurado trabajo como secretaria, el primer hijo: precisamente, tú, Candela. Luego fueron las apreturas económicas, y vigilar el presupuesto, y el inventar la compra cada día, tantas energías consumidas en pensar qué se puede comer hoy que sea barato y diferente. Los diez primeros años lloré un poco por las noches, en secreto, o bien en las mañanas, con la casa sola, sentada en una cama a medio hacer. Después me acostumbré. Me acostumbré a ir quemando días, esperando la noche, reventada de cansancio y de rutina. Sabes, pasé tanto tiempo sin salir de casa —sólo a la compra y los sábados al cine, conducida por tu padre— que llegó un momento en que me sentía incapaz de afrontar el mundo exterior. Me perdía entre autobuses, metros y calles desconocidas, ir sola a la Puerta del Sol me daba mucho miedo. Tú eres tonta, me decía tu padre al verme tan inútil. Y, en efecto, yo estaba cada día más tonta, más perdida. Una mañana, de repente, me encontré casi en los sesenta, sin guardar recuerdos de mi vida. Hace tan sólo cuatro años, tras leer un libro de iniciación sexual de tu hermana la pequeña, conseguí el primer orgasmo. Con vosotros ya crecidos me sobra mucho tiempo. Tiempo para pensar, para sentirme vieja, para saberme inútil». En ese momento apareció el padre de Candela, colgado del cuello en la chaqueta en la percha del fondo, un hombrecito de bigote rectilíneo, subalterno decantado, amante de órdenes y jerarquías, reo de escalafones bancarios. Agitaba los brazos y las piernas como loco, sin alcanzar el suelo con la punta de sus cortos pies, «mírale», dijo su madre, «es la imagen del buen hombre, obediente y de derechas, ¿sabes que le he sido siempre fiel y no he conocido a otro?», Antonia se apretaba los costados, doblada de la risa, añadiendo a grandes gritos: «Qué fidelidad tan muerta, tan tonta, tan inútil», y Candela notó entonces con espanto que en la boca abierta de su madre florecía el herido muñón de la lengua de Margarita, y entre las carcajadas de Antonia resbalaban cuajarones de sangre amoratada.

Encendió la luz: eran las once de la noche. Vicente no venía ni llamaba. A su lado, sobre la cama, estaba el volumen de Rilke, terminado de un tirón, vírgenes los cantos de sus hojas de dobleces indicadores de lectura. Le dolía la cabeza y se sentía cansada. Se levantó, miró su imagen reflejada en el espejo. Los días de sierra y algo de fiebre habían pintado sus mejillas de rojo. El pelo, cuidadosamente lavado en la mañana, caía sobre sus hombros con espeso brillo. Se encontró muy guapa y le apenó. Tenía treinta años, estaba en el centro de su vida, presentía que nunca más sería tan bella: una belleza consumida banalmente en ese cuarto de hotel, solo y frío. Sintió dolorosos deseos de vivir, de aprender, de conocer, de intentar otros caminos, de trabajar de nuevo, quizá salga esa consulta médica comunal y económica que me propusieron para un barrio suburbial. Sintió dolorosos deseos de alcanzar una serenidad adulta, sin rencores, serenidad ante la soledad y la muerte. A los pocos meses se embarazó de Jara y, una vez confirmado su estado, rompió la relación que mantenía con Vicente.

Pero llaman a la puerta, es Ana con el Curro, hija, espero que esté Jara por ahí, porque esta bestia no quería venirse y le he tenido que prometer que estaría tu niña, ya sabes que anda medio enamorado de ella, y el Curro las mira con rostro enfurruñado, sí, sí, pasa al fondo que está en su cuarto.

En realidad, Jara tiene algunos meses más que el Curro, pero el niño no es insensible a los encantos rubios y rizosos de la chica. Es muy bella Jara, mucho. Como dice Candela:

—No la puedo resistir: ¿por qué ella es tan guapa y yo no? ¿Por qué ella es rubia y rizosa y yo morena y muy lacia? Mira, dentro de cinco años pediré que me corten el teléfono, me voy a dar de baja como abonado.

—¿Por qué?

—Porque no podré aguantar que cada vez que llamen sea para mi hija —concluye Candela riendo con orgullo.

Ahora se escucha a los niños, chillando y peleándose, ¿y Daniel?, ha ido al cine con unos amigos, ése ya es grande y campea por sí solo, ay, qué envidia, suspira Ana con cansancio. Quiere Ana volver a consultarle a Candela la situación sin padre del Currito, «estoy pensando en escribir a Juan», le dice, «a ti lo que te pierde es tu indecisión», le contesta Candela, pero en ese momento aparece Elena, dicharachera y exultante, y la conversación se corta. «A ver qué me regaláis el quince de noviembre, o sea, el sábado que viene, que es mi cumpleaños», comenta Elena, «lo dices como si cumplir años fuera una alegría», contesta Ana, «es que habrá que tomárselo con filosofía, ya que no tiene remedio», ríe la otra.

Desde el pasillo llegan las invisibles voces de los niños. «Tú no tienes colita, tú no tienes», dice el Curro con todos los visos de estar enseñándola. «Pero cuando yo sea mayor tendré pechos y tú no», contesta la vocecita de Jara, «y además podré tener un niño en la barriga y tú no puedes».

Ríen las tres ante la salida de los críos.

—Toma ya complejo de castración —dice Ana con risueño acento.

—Si el pobre Freud levantara la cabeza seguro que le daba una hepatitis del disgusto...

—Hombre, si estoy segura de que él ya lo sabía —corta Candela.

—¿El qué?

—Esto. Estoy segura de que Freud se sacó lo del complejo de castración de la manga para ocultar el tremendo complejo que tienen los hombres por no poder parir, no te fastidia.

Piensa Elena que sí, que parir es un privilegio. O al menos empieza a pensarlo. Es curioso: durante años se rebeló a la posibilidad de ser madre; el sentimiento maternal, bah, bobadas, deformaciones culturales. Ahora, en cambio, cercana la treintena, comienza a ver las cosas diferentes. No es que quiera tener un hijo, no. No siente ningún deseo de ser madre. Pero ahora, y esto sí es nuevo, ha empezado a considerar el embarazo como una opción real y propia. Quizá es que durante mucho tiempo ha confundido la liberación de la mujer con el desprecio hacia la mujer misma: la liberación pasaba por la mimetización con el sexo del poder, había que adoptar valores masculinos, copiar al hombre, repudiar la identidad de hembra. Elena, ahora, ha descubierto en su cuerpo el orgullo de saber que puede parir, si quiere, y que esto no es una servidumbre. Ha descubierto el orgullo de reencontrarse como sexo.

Han llegado la Pulga y su funambulista, ese niño simple y bello como un gamo. La Pulga lo exhibe con aire de inconsciente vanidad, lanza miradas acariciantes a su cuerpo ágil, le sirve con solicitud algo de beber, le atiende y le mima. Es extraño: la Pulga, una mujer inteligente, activa, competente, se convierte junto a sus enamorados en otro ser, en una hembra tópicamente femenina, y es la suya una actitud de gata complacida eróticamente que Ana observa con cierta repugnancia.

Candela calienta un té; mientras el agua hierve Elena baja a comprar bollitos para la merienda, ensaimadas rellenas de nata para la Pulga, que es muy golosa, y suizos bien recubiertos de azúcar para todos. En un instante han preparado la mesa camilla de la sala y se sientan alrededor, Candela trae la tetera silbante desde la cocina y una bandeja con quesos y mantequilla.

—Aggg... Queso Praft... Ni hablar, yo de este queso no como —dice Elena.

—¿Por qué?

—Ah, es que es tremendo, no sabéis las guarrerías que tragamos, estuve hablando el otro día con un amigo mío que es catedrático en la Facultad de Veterinaria, no sabéis las cosas que me contó.

—Bueno, pero ¿qué le pasa al Praft? —insiste la Pulga, asustada.

—Nada, que es combustible.

—¿Cómo combustible?

—Sí, que al parecer hicieron pruebas con él y le prendieron fuego y arde, un queso que arde, es increíble. Y es que los de Praft tienen también una cadena de lubricantes y aceites pesados y todo eso, o sea, que el queso debe estar hecho con parafinas.

—Qué horror...

—Qué bárbaro...

—Qué guarrada...

Y todos observan los quesos con aprensión y asco.

—No os imagináis —está diciendo Elena— las cosas que me contó este amigo. ¿Sabéis que los cerdos mueren de estrés?

—¿De estrés?

—Sí, mueren de infarto. Porque antes los cerdos tenían una gruesa capa de grasa, pero como ahora la grasa de puerco no es comercializable se ha conse-

220

guido una nueva variedad de animales que no tienen nada de grasa y en cambio mucha, muchísima más carne, son masas de músculos, engordados además en meses y no en el año y medio o dos que se tardaba antes en engordar un puerco según métodos naturales. Para conseguir esto les tienen prácticamente inmovilizados, ya sabéis, en las granjas modernas de cerdos tienen enormes naves en donde se agrupan trescientos o cuatrocientos animales, lomo con lomo, sin poder moverse durante toda su vida. Y así engordan, se hinchan, se llenan de carne. Total, que tienen mucha más carne de lo que puede admitir su corazón, que es un corazón ideado por la naturaleza para el cerdo normal, o sea, para un cerdo más pequeño y menos carnoso, con su grasita y su ejercicio. Y en cuanto les hacen moverse un poco, zas, les da el infarto.

—Qué increíble...

—Sí, sí, al parecer cada vez que quieren meter los cerdos en los camiones para el traslado al matadero quedan muertos un montón, porque no resisten el esfuerzo mínimo que supone saltar a la caja del camión, les da un colapso y se desploman... Y no es esto todo, mi amigo trabajó como veterinario antes de dar clases, y un día fue a una de estas granjas, entró en la nave, dio un fuerte portazo sin querer y, pum, se desplomaron veinte o treinta cerdos, entre los trescientos, con infarto. Porque en las naves hay que entrar de puntillas y sin hacer ningún ruido, porque si se asustan un poco puede pararse su delicado corazón. Bueno, no sabéis cómo se puso el dueño de la granja con mi amigo, claro...

Ríen todos, pero es una risa la suya un punto espantada y llena de vértigos, no sé cómo resistimos, comenta Candela, la verdad es que vivimos en una sociedad de locos, y Ana habla de los últimos descubrimientos, de que las salchichas producen agresividad y la cerveza cáncer, de que las gelatinas de los jamones de York son de plástico, y la Pulga cuenta la que organizó Julita cuando encontró una bola de papel y engrudo dentro de una lata de leche condensada con la que había preparado el desayuno a sus hijos, que ya se sabe que Julita es tímida e insegura, pero cuando se trata de defender a los niños se crece y se convierte en una fiera.

—Es una tía cojonuda —dice Ana.

—Ovaruda, Ana, ovaruda —interviene Candela.

—¿Cómo?

—Sí, sí. Que ya está bien de utilizar la palabra «cojonudo» cuando queremos decir que algo es estupendo y emplear «coñazo» para indicar lo malo que es algo o alguien. De ahora en adelante yo pienso decir siempre «ovarudo» y «pollazo».

Las risas se cortan ante la expresión de Elena: acaba de colgar el teléfono y está ahí, de pie junto a la mesa, triste y pálida.

—¿Qué pasa?

—Javier... es cáncer, sabes. Lo de Javier es cáncer.

12

—¡Te vas a morir si no comes! ¡Te vas a morir!

Va a ser éste un invierno muy solo. Ana María se marchó. Un día, en una de sus visitas de vecina lo anunció en tono decidido: «Me voy», dijo, «me largo de España, estoy harta y aburrida... ¿qué dices? Sí, entre otras cosas por lo estúpidamente que me porto con la bestia». Se ha ido a Inglaterra, a un departamento de cardiología, de ayudante. Un buen trabajo, por otra parte. El piso, ahora, lo ha alquilado a una pareja de recién casados. Él es viajante de algo, o por lo menos tiene que pasar mucho tiempo fuera de Madrid. Ella es muy joven, apenas veinte años, madre ya de un crío de seis o siete meses.

—¡Te vas a moriiiiir! Y a mí me vas a matar...

Se la oye. Se la oye al otro lado de la pared, durante todo el día. Lloriqueando a veces en sus soliloquios con el niño, largas horas, lentas tardes que consume encerrada en la casa vacía. Es una chica rara. Siempre se viste minuciosamente (cada día un traje diferente, el pañuelo haciendo juego, los zapatos, los botines a la moda) y pinta con cuidado su cara de niña avejentada. Y así, envuelta en una aureola de festejo, va a la compra o saca al crío a dar una vuelta a la manzana, para después encerrarse en el apartamento, adolescente casi, con ese niño que llora y llora, tarde y noche. Sin recibir visitas, sin hablar con nadie.

—Es que son de La Coruña, acaban de venir a Madrid y aquí no tienen amistades —dice la portera, que está al tanto de todo.

De modo que ahora Ana padece los llantos de la joven madre y los gritos de los de abajo, que cada día le asustan más, sobre todo después de lo que pasó anoche. Reflexiona Ana sobre las extrañas pautas de convivencia que vivimos. Se perdió la relación grupal y permeable de los barrios, y ahora los ciudadanos se ven sujetos al exilio interior, a la peregrinación urbana: no se vive en la misma casa que naciste, te desperdigas por una ciudad antropófaga y enorme intentando conservar las viejas amistades, separadas de ti por muchas calles. Así, la fraternidad vecinal ha desaparecido y el único contacto con tu entorno son estos gritos, estos llantos y jadeos extranjeros que traspasan las delgadas paredes de tu casa, ante los que guardas una celosa, esforzada indiferencia: es ésta una soledad con muchas puertas, una soledad ciudadana con cerrojos y mirillas.

En fin, que va a ser éste un invierno solo. Cecilio se va también, a Brasil, dentro de dos semanas. Ha ganado un concurso internacional de arquitectura para construir no sé qué muy grande allá en São Paulo. Dos años de contrato. Dos años pasará allí, cuando menos: «Me han dicho que los brasileños son guapísimos», comenta con un guiño de placer más juguetón que cierto. De todos los que se van, Julita es la que queda más cercana. Como su policía de tráfico ha sido ascendido y trasladado, Julita ha cogido a los chicos, se ha limpiado la cara de estrellitas y ha alquilado una casa en el campo, en un pueblecito madrileño en donde él cumple servicio. Ha encontrado trabajo como secretaria en una fábrica y ha recomenzado allí una existencia relajada y bucólica: «Es tan barata la casa, Ana, y además tiene un terrenito alrededor, ya verás qué bonita». Va a ser éste en verdad un invierno solo y frío.

Además, Ana se ha despertado hoy de mal humor. A su lado, tibio, ocupando más de su mitad correspondiente de cama (piensa ella tras un enrabietado cálculo de superficies), está Gonzalo. Un antiguo amigo al que tiene cariño pero a quien no ama y con el que se acostó anoche, quién sabe por qué. Llevaba Ana tiempo sin hacer el amor con nadie: había decidido prescindir de esas tediosas noches a dos, tediosas siempre cuando el otro no es de tu agrado. Sin embargo, la víspera había reencontrado viejos amigos, viejos ambientes, y en esa incitante velocidad que a veces adquiere la noche, su cuerpo recibió con agrado los avances de Gonzalo: hasta llegó a contemplarle con ternura. Desvanecido el espejismo, claro está, vino la irritación, una irritación sorda e inconfesable por tener que compartir la cama, por no poder descansar a gusto en la soledad de sí misma. Bueno, Anita, se decía durante las largas horas de la noche, no te pases, no le puedes echar ahora, tienes que refrenar esa agresividad que estás sintiendo, es grosera e injusta, no es decente que después de haber hecho el amor con él le pongas de patitas en la calle. Pero aun así el rencor se acumulaba. Rencor porque en sueños él se arrima, la abraza, es cariñoso. Porque con su peso le impide dormir cómodamente. Porque le exaspera en la vigilia el sonido de sus profundas y tranquilas respiraciones, porque ahora le parece una estupidez haberse acostado con Gonzalo. Ana suspira. Ha dormido muy mal. Tan mal que la música de los vecinos —esta vez no eran gritos, era el retumbar de un tocadiscos a las tres de la madrugada— la encontró despierta y agresiva. Gonzalo dormía, y Ana se sentía progresivamente enfurecida. Al fin se levantó, se puso la bata, bajó al ruidoso piso, ya está bien, cuando no se están dando una paliza ponen la música a reventar en las madrugadas. Llamó al timbre, se oyó un frufrú detrás de la puerta y al fin la hoja se abrió: no era el chico de risa cándida, supuesto torturador de mujeres indefensas, no era tampoco la muchacha de ojos desteñidos, no era la morenita de pelucón artificialmente rizado. Era una chica nueva que Ana no conocía, una rubia de pelo lacio y largo, vestida de negro con pantalones y chaleco de pana, «¿sí?», dijo la chica, «soy la vecina de arriba, perdona, pero ¿no podríais bajar el volumen de la música un poquito?», y mientras Ana decía esto observó con horror que el pómulo derecho de la muchacha estaba amoratado y tumefacto, que tenía la ceja partida de algún traumatismo, que su cara fina y blanquecina mostraba señales de recientes golpes. En fin, Gonzalo ni se enteró de su ausencia. Aquí sigue, entre sueños aún, claro, esta bestia roncó toda la noche y ahora se despertará relajado y sonriente. Sabe Ana que su odio es irracional, pero se siente incapaz de contenerse.

—Hola, bonita —murmura Gonzalo, somnoliento, mientras la abraza—, ¿has dormido bien?

—Sí... —contesta ella con desasosiego, esquivándole, aborreciéndole profundamente, esperando que no intente hacerle el amor—. Voy a preparar el desayuno —añade, para huirle. Y para hacer su gesto irreversible se apresura a acorazarse dentro de la bata—.

Tú vete vistiéndote, por favor, antes de que el Curro se levante.

Gonzalo. Se siente culpable Ana por la antipatía que el muchacho le despierta: en realidad, es un sentimiento tan injusto. Quizá se deba todo a su maldita monogamia. Y es que a los treinta años Ana ha llegado a la sorpresiva conclusión de que ella es monógama en un sentido casi estricto, aunque pocas veces en su vida haya podido demostrárselo, tan enredada como siempre ha estado en relaciones triangulares, cuadrangulares, en todo ese tratado de geometría básica puesto al servicio de pequeñas frustraciones. Pero sí, debe ser eso: ahora Ana quiere a Soto Amón o se lo inventa —qué más da— y es sólo con él con quien desea dormir, que es más aún que hacer el amor, es decir, que es prueba más difícil. Y sabe que de él no le molestarían los ronquidos, de él serían gratos sus brazos, apretando con fuerza, tiernamente, su cuerpo adormecido por la noche.

—El desayuno está listo... —dice Ana hacia el ruido de la ducha.

Un café humeante, unas magdalenas que están un poco duras. Así, con Gonzalo ya vestido, sentado convenientemente al otro lado de la mesa, mostrando su tímida sonrisa de niño recién peinado al agua, Ana siente que todo va mejor, que el odio se diluye, que va recuperando poco a poco la ternura.

—Pero qué majo eres, Gonzalillo...

Y con mano culpable le acaricia la húmeda mejilla. Qué extraño, pese a todo gozó mucho anoche haciendo el amor con Gonzalo. Resopla Ana con irritado pesimismo: ha observado que cuando quiere mucho a un hombre le es más difícil alcanzar el orgasmo. Durante todo el tiempo que quiso a José María no llegó. Fue después, al empezar a olvidarle, cuando la sexualidad con él fue haciéndose menos tensa, más aguda. Suele ser con aquellos compañeros con los que mantiene una cordial, amistosa indiferencia, con los que mejor se entiende sexualmente, y por lo tanto engaña. Engaña Ana sistemáticamente a los hombres que más quiere: le produce gran placer, por supuesto, hacer el amor con ellos, pero no llega al orgasmo. Y lo finge. Follamos tan mal todos, piensa Ana.

—¿Sabes lo que te digo? —salta de repente en voz alta—. Que lo que pasa es que el orgasmo no tiene esa tiránica importancia que le damos.

Gonzalo la mira boquiabierto, con una magdalena goteante detenida a mitad de su camino del tazón al mordisco.

—¿Qué?

—Que no —explica Ana con furia—, que vivimos todos obsesionados por el orgasmo, hemos sustituido el orgasmo por el mismo sexo, cuando en realidad no es más que una parte de él... —suspira, piensa un momento—. En esto también han tenido su parte de culpa Henry Miller y sus mujeres insaciables y también Wilhelm Reich con su maldito orgón.

—Bueno —contesta Gonzalo recuperándose un poco—, no entiendo del todo bien lo que quieres decir, pero de todas formas creo que no se puede comparar a Reich con el idiota de Henry Miller.

—Lo que quiero decir es que le damos tan desmesurada importancia al orgasmo que hacer el amor se limita a empeñarse en una angustiada carrera para llegar a él... Yo creo que ésta es una obsesión de la civilización occidental... Tengo entendido que los chinos, por ejemplo, se lo toman muy diferente. Según el Tao el placer y la salud están en controlarse y retenerse.

—Pues no le veo la gracia, la verdad.

Ríen los dos:

—Yo tampoco, pero no soy china... Quiero decir que, sin llegar a lo de los chinos, a mí me parece que hemos mitificado de tal forma el orgasmo que nos esclaviza a todos. Lo que dices de Reich es cierto, a mí me parece un tío muy importante. Lo que me da rabia de él es que haya ordenado todos sus descubrimientos bajo la supremacía del orgasmo.

—O que sus seguidores pongan especial énfasis en esto...

—Bueno, pues eso...

Un orgasmo tiránico. Sí, piensa Ana, es exactamente esto. Es, una vez más, una cuestión de estereotipos. El hombre ha de ser tópicamente potente, la mujer tópicamente insaciable. Los amantes no se aman, no se sienten, no juegan entre sí: se empeñan, con miedo y frustración anticipada, en una febril lucha por alcanzar el orgasmo. Si ella no lo consigue se siente anormal y fracasada. Y si él no se lo provoca, se encuentra inhábil, poco viril y derrotado. Y por ello Ana finge, como fingen también millones de mujeres sin decirlo, sin atreverse a confesárselo las unas a las otras, tan prisioneras están de su papel de amantes. Por eso con los amigos, con los que está menos tensa y es más ella misma, el sexo es fácil. Pero con aquellos a los que ama pretende Ana dar la talla de su personaje, y temerosa de no llegar, defraudarle y defraudarse, finge, actúa, inventa un orgasmo inexistente, para no preocuparle, para no cortarle, para dar un aroma de triunfo a la batalla.

Porque el sexo así estipulado es una lucha. Está codificado, estructurado, atado en normas y reverencias, sorda pelea del uno contra el otro y de los dos en pos de los mil orgasmos legendarios que inventó Henry Miller. Es un sexo estrechito y ansioso del que se margina la fantasía, la risa, la sensualidad, la complicidad, la sana obscenidad, el juego. Las palabras.

—¿Por qué no habláis cuando hacéis el amor? —protesta de pronto Ana.

—¿Quién, yo?

—Vosotros...

Los hombres españoles, piensa Ana, no hablan cuando aman. Se concentran obsesivos en sus gestos vacíos —el fantasma del fracaso siempre está presente— sin ser capaces de dejar escapar en alta voz todas esas imágenes que a buen seguro están pensando. En general, no gritan, no demuestran placer, no se conmueven. Parecen escarabajos, taciturnos, obcecados, dónde estará su mente mientras tanto, bajo qué vallas de represión estará oculta. Al final se corren, y en muchos esto es algo que ni siquiera se advierte: quizá un abrazo algo más fuerte, quizá, al contrario, una inmovilidad especial. Poca cosa. Se corren también como hacia sí mismos, con la emoción debidamente encorsetada. Y en sus orgasmos, a veces, parece intuirse más el alivio de «haber llegado» y «haberte hecho llegar» que el propio placer del acto. Piensa Ana que algo va mal, muy mal en todo. Que ella es en esto víctima, pero también cómplice. Que sigue fingiendo, temerosa de no dar la talla impuesta por una sexualidad machista que esclaviza hoy a hombres y mujeres. Temerosa de decepcionar en su imagen de amante pro- totípica, contribuyendo así a que el teatro se repita. Tan encadenados estamos a nuestro rol, en esta socie- dad en la que vivimos a través de estereotipos. Como dice Elena en su ensayo de «Pares e impares»: hay un rol de hombre, otro de mujer. Uno de anciano, otro de joven. Lo hay de padre y de hijo, de mujer tradi- cional o liberada, de loco y de cuerdo, de triunfador y de vencido. Son todos personajes rígidos, vacíos, irreales: distorsionados reflejos de personas.

Están fumándose un cigarrillo primerizo y tranquilo tras el desayuno cuando el grito se abre ca- mino entre los muros, agudo y lacrimoso. «Pero ¿qué es eso?», comenta sorprendido Gonzalo, «nada, los vecinos, que deben estar locos, que se pegan», dice Ana y con el ánimo encogido escucha la renovada ba- talla matinal.

—Mami, ¿qué pasa?

El Curro se ha despertado y llama desde su ha- bitación, esos gritos producen siempre miedo en el niño, nada, mi vida, los vecinos, que juegan así. Mientras viste al chico escucha los golpes y al fin un gemido largo, una especie de aullido último y desola- dor que va muriendo entre estertores. Y después, sólo el silencio. «Un día nos enteraremos de que han ma- tado a alguna de esas tías de abajo», piensa Ana con sombrío talante, y recuerda el rostro hinchado y mal- tratado de la rubia de anoche, y siente pavor, un pa- vor irracional, deben ser una panda de dementes, de- ben tener ataques de enajenación, si les digo algo lo mismo nos hacen daño al Curro y a mí.

—Hala, vente a desayunar, corazón, que tienes que acompañarme a la revista.

El Curro llega a la sala, se detiene un momento en la puerta observando a Gonzalo, la boca fruncida en un morrito pensativo y no amistoso. Al fin, haciendo caso omiso de los amables saludos de Gonzalo, vuelve la cara hacia Ana y le pregunta muy serio:

—¿Dónde ha dormido éste?

Y le señala con un dedito acusador y tenso.

—No sé —contesta Ana entre sonrisas—. Supongo que en su casa. Acaba de llegar hace un rato para desayunar con nosotros, ¿no has oído el ruido de la puerta?

(Es imposible que Curro le oyera anoche, cuando llegamos estaba muy dormido, pagué a la «cangura» por horas y de inmediato entramos en mi habitación, este Curro es tremendo, a pesar del cuidado que tengo para que no me vea ningún beso, ninguna caricia, ningún contacto con un hombre tiene una sensibilidad increíble y especial.)

Y el niño se le queda mirando unos segundos, los ojos oscuros y cargados de sospechas, y al fin dice, «ha dormido contigo y yo no quiero que duerma contigo, no quiero, no quiero».

Así es que Gonzalo palidece y Ana se pierde en explicaciones insensatas e incoherentes con el niño y cuando están en ésas suena el teléfono poniendo un paréntesis de alivio en el embarazo momentáneo.

—¿Sí?

—Ana, soy José María.

Ella calla un instante, sorprendida.

—Ah.

—No hay manera de verte, te he llamado un montón de veces, pero no estás nunca... y como tú no te molestas en llamarme...

Y en esta última frase hay un tono ligeramente llorón que despierta en Ana una sorda irritación. Es tan tarde, José María, se dice, es tan tarde, eres un asno, un tonto, un cobarde. Y en voz alta añade:

—Pues si quieres cenamos esta noche... no, esta noche no, no puedo, que ayer salí y quiero quedarme hoy con el Curro. Mañana por la noche si quieres, ¿vale?

Camino de la revista siente que los nubarrones invernales la impregnan de un sombrío presentimiento de desastre. El Curro está hermético, sopla un ruidoso y afilado vendaval, y Ana siempre ha sufrido un inexplicable temor ante el ruido inhumano y desolado que hace el viento. Ha quedado con José María, sí, y ha sido ésta una cita premeditada fríamente. Quiere sentarle frente a ella, hacerle daño. Decirle, ¿a qué vienen ahora esas llamadas frecuentes? ¿A qué viene esa actitud implorante y amorosa nacida tan a destiempo? ¿De qué sirven esas ansias de querer concretar una historia que languideció durante años? Es una noche de venganza. Eres un imbécil, le diré, vienes ahora inventando amor y ya es muy tarde, demasiado. Y con una ferocidad que ella no sospechaba, Ana desea romperle su eterna seguridad en sí mismo, desencajarle la vida, hacerle saltar las lágrimas.

—Chatita, me largo de *Noticias*.

Mateo está un poco chispa, es indudable: arrastra las eses levemente, le brillan los ojos de forma anormal y las mejillas se le enrojecen de alcoholes y nerviosismo. Sobre su mesa hay varias botellas de champán vacías y un montoncito de vasos de papel usados: restos de la invitación que ha hecho a la redacción para festejar su marcha.

—No digas...

—Sí, sí. Me voy de director a un periódico de San Sebastián, a *El Heraldo del Norte*.

—Anda...

Ana siente que Mateo se vaya, pese a esa sutil y maquiavélica propensión que tiene a decir a todo que sí y a hacer después lo que le venga en gana, pese a que la colme de trabajo y la esclavice con amable mano. Pero aun con todo Mateo es de los pocos que, en toda la redacción, son capaces de mostrar respeto y afecto por la gente. Ya se había acostumbrado a él.

—Hombre, pues a mí me apena que te vayas, claro, pero supongo que para ti es una cosa formidable, así es que me alegro.

—La verdad es que estoy muy contento... Es que ésta es una casa de locos, y por si fuera poco toda la burocracia, con Ramsés es que no se puede hacer nada... No veas la cara que ha puesto cuando le he dicho que me marchaba.

—¿Quién?

—Ramsés, quién va a ser. Se le han despeinado las blancas guedejas del soponcio. Pero no, hombre, qué disgusto me das, me ha dicho. Menudo bicho, después de tenerme aquí quince años pringando como un esclavo... Por cierto, chata, te han llamado por teléfono, en ese papel tienes el recado.

Sí, es evidente que Mateo está borracho, pues de otra forma no se habría atrevido a despotricar de tal manera en alta voz. ¿La llamada? Era Elena. Que a Javier le han llevado ya a su casa, que no me pase por el hospital. Bueno. Y hay que recordar ahora con un escalofrío que le han quitado un testículo, que le han abierto todo el cuerpo para extirparle la cadena de ganglios linfáticos. Una nueva forma de detener la metástasis, dicen. Pero no se sabe: está todo tan sin comprobar en el terreno del cáncer... Le han puesto regímenes severos, tratamientos brutales bajo los que se retuerce de náuseas y dolor, mientras el pelo se le cae en muertos mechones, ese pelo largo, tan gracioso, que antes poseía. Dos años. Si sobrevive dos años sin que se le reproduzca —y sólo tiene treinta y dos, sólo, sólo— quizá pueda salvarse. Cuanto más joven eres, más fuerte se manifiesta el cáncer. Cuanta más vida tienes, más te quita ese tumor sombrío e invasor. Y cada día, cada hora, hay nuevos casos, cercanas alarmas, diferentes víctimas, como si el mal creciera y fuera venciendo la batalla, un mal que te come las entrañas y que quizá estamos ganándonos a pulso en una vida absurda, humos, plásticos, comida enlatada, nos estamos matando poco a poco.

—¿Es la redacción de *Noticias*?

—Sí —contesta Ana, agarrando el teléfono con desgana.

—Mire, somos de la colonia Vistabella otra vez. Comprendemos que deben estar ustedes hartos de oírnos, pero es que nos han vuelto a sacar un muerto al jardín, esto no hay quien lo aguante...

—¿Cómo?

—Sí, sí, un muerto, esta vez es un chino, y le tienen ahí, horas y horas, comprenderá usted que es un espectáculo terrible, y para los niños ni le cuento...

Ana, atónita, se vuelve hacia Mateo.

—Oye, aquí hay un tío que dice que le han sacado un chino muerto al jardín, no entiendo nada.

—Ah, sí, pásame.

Acaba de entrar Soto Amón en la sala, deslizándose entre las mesas con suave pie: parecería que no anda sino que flota sobre el suelo, se desplaza sin gastar energías superfluas y deja tras de sí una suavísima estela de *after shave* de lujo. Se acerca a hablar con Mateo, que acaba de colgar, bueno, hombre, bueno, ¿y cuándo dices que te vas?, a primeros de enero, bueno, bueno, pues sentiremos tu marcha, y Mateo esboza una beoda sonrisa de triunfo. Hoy está más lanzado que nunca, quizá por eso se vuelve hacia la callada Ana y dice, ¿conoces a Ana Antón?, lleva trabajando con nosotros más de dos años, hola, qué hay, contesta Soto Amón con ademán mecánico, enseña lo justo de sus dientes para disimular una sonrisa y luego se vuelve hacia Mateo nuevamente, bueno, añade, antes de que te vayas ya nos tomaremos una copa a tu salud, han sido muchos años. Demasiados, masculla Mateo mientras le ve alejarse, y luego voluble y alegre, comenta con Ana que Sánchez Mora ha dejado a la chiquita, que sí, que la historia ha durado sólo meses, que después del gran escándalo ha vuelto con su mujer y con sus hijos, ha sido recibido con todos los honores, ¿lo del muerto?, ¿qué muerto?, ah, sí, es que hay un asilo de ancianos, muy pobre y en muy malas condiciones, justo enfrente de una colonia suburbial, y cada vez que se les muere un viejo sacan el cadáver al jardín hasta que vienen a llevárselo, dicen que es para no deprimir a los otros asilados, yo qué sé, pero los de la colonia están ya hartos... Vistabella, se llama la urbanización, es un nombre que resulta más bien irónico, en este caso.

Ha comenzado a llover, Ana compra pan y yogures para la cena del niño y los dos corren hacia casa, empapados y tiritando. Y allí están, de repente, junto al portal. Un coche de la policía y un coche de bomberos, ululando metálicamente en el atardecer helado. En la calle hay un corrillo de vecinos, y el tipo del quiosco de periódicos, y doña Pura, la de la confitería de enfrente, y Ana tiene de pronto la certeza de que por fin ha sucedido todo, de que han descubierto el asesinato de una de las vecinas, la morenita aporreada hasta la muerte, con su pelo chamuscado pegado con sangre a la brecha de la cabeza, o la chica de ojos vacíos mostrando una mirada ya definitivamente ciega, asfixiada quizá por unas manos que le han dejado marcas amoratadas en el cuello, o la muchacha rubia de anoche, apuñalada en el baño. Y se acerca al tumulto arrastrando al niño de la mano, no te separes de mí. La portera está comentando las incidencias a voz en grito en medio de un corrillo, «y los bomberos han tenido que tirar la puerta abajo», y en este momento llega una ambulancia aullando con gran estrépito, «paso, paso», piden rudamente los camilleros, la gente se retira en un vaivén rumoroso y expectante, y doña Pura insiste, «¿pero está muerta, entonces?», y la portera, «sí, la pobre está totalmente muerta, debía de llevar horas así, eso es lo que han dicho», «vaya por Dios, vaya por Dios», comentan las vecinas, «qué horror, Señor, qué horror», y una añade, «yo la vi ayer mismo, no, anteayer», Ana aprieta la mano del Curro, espantada, «mami, que me haces daño», y se acerca a la portera, «¿y cómo ha muerto?», «nada, no se sabe, pobrecita, se habrá caído o le habrá dado un ataque, o se habrá muerto de vieja», contesta la señora, «Señor, Señor, así, morirse como un perro», está diciendo doña Pura, «¿cómo de vieja?», pregunta Ana de nuevo, «pero ¿quién ha muerto?», y los vecinos se quitan la palabra de la boca los unos a los otros para explicar el triste suceso, ha sido doña Engracia, la viejita que vivía en el bajo, ¿no la conocía usted?, sí, mujer, una anciana menuda y vestida siempre de negro, ¿no cae?, y la han descubierto tan pronto porque hoy ha llegado el cartero con el giro de su pensión, y no abrió la puerta en todo el día, ella, que casi no podía andar ya y que se pasaba las horas encerrada en la casa, y la portera avisó a la policía, y Ana observa que se han sumado al grupo el vecino enigmático y la rubia de pómulo herido, él pasa su brazo por encima de los hombros delgados de la chica, total, que cuando tiraron la puerta doña Engracia estaba allí, en el comedor penumbroso y demasiado lleno de muebles enormes y desencajados de humedades, estaba tirada en el suelo como un guiñapo de trapos enlutados, y su mano izquierda aún agarraba la pata de un pesado sillón de viuda, ese sillón en donde se había roto las uñas rascando el barniz y el tapizado en un postrero esfuerzo por alcanzar la puerta.

13

—¿Qué te pasa?

Más que una pregunta es una afirmación rabiosa. José María y Ana están sentados en el pequeño restaurante, un local amigo y conocido desde hace muchos años. Ella ha resistido la sopa y la mitad de la carne, pero al fin ha disparado la frase por encima del filete.

—¿Qué te pasa?

Y con esto quiere expresar sus esperas interminables al lado del teléfono, sus ansias de él reprimidas durante tanto tiempo, todas las palabras que no ha dicho en los diez años.

—¿A mí? Nada.

José María parece sorprendido ante el tono de Ana. Su relación ha sido siempre refinada, festiva y burlesca, una relación distanciada e irónica en la que hablar en serio de algún tema personal suponía caer en el mal gusto.

—A ti, a ti.

Y en esta ocasión Ana está muy seria, sin embargo. Sorprendentemente seria, seria hasta el ridículo, se dice a sí misma. Porque pesan tanto los personajes asumidos durante años que Ana se siente desnuda al hablar con José María sin el amparo de la risa y la sonrisa.

—No haces más que llamarme últimamente y... Bueno, me echas en cara que yo no te llamo. ¿No te ha sorprendido hasta ahora mi falta de iniciativa? Durante años nos hemos visto sólo cuanto tú lo has querido, bueno, estaba tácitamente estipulado así. Y ahora, sólo ahora, pareces lamentarte de esa situación. ¿A qué juegas?

—Pero bueno, bueno, pero ¿qué te pasa a ti esta noche?

José María ríe abiertamente, la observa entre sorprendido y divertido, «volvamos a empezar», añade, «como si acabáramos de encontrarnos. Nos sentamos y llego yo y digo, ¿qué te pasa? Porque me parece que estaría más indicado que hiciera la pregunta yo, tal como te estás poniendo...».

—No te rías. Estoy harta de ironizar sofisticada e inteligentemente contigo. Durante años no hemos mantenido una sola conversación en serio. Tienes un miedo cerval a comprometerte con las palabras.

—Mujer, qué cosas dices... —y sigue sonriendo con gesto precario, como quien se aventura por terreno ignorado—. Además, me estás culpabilizando de una cosa que yo creo que es responsabilidad de los dos, quiero decir que si yo he ironizado sofisticada e inteligentemente contigo, cosa que dudo, por otra parte, tú también has seguido el mismo juego, ¿no?

—Sí. Claro. Porque al principio de conocernos empecé a hablar en serio contigo y cuando te reíste de mí un par de veces no volví a intentarlo. Yo aprendo rápido, ¿sabes?

Hay unos momentos de silencio. José María está desconcertado, Ana aplasta una migaja sobre la mesa con dedos nerviosos, «hemos mantenido una relación idiota y coja», dice al fin, «tú has sabido siempre que yo te quería mucho y yo no sé ni aun aho...».

—Eso no está tan claro —corta José María—. Eso de que yo he sabido siempre que me querías no es cierto.

—¡Cómo que no! Vamos, me sorprende que digas eso... —y Ana se siente llena de rencor, hirviendo en furias—. Yo era muy joven, tú vivías con una mujer, yo era libre. Quería vivir contigo. Te lo dije, te lo dije muchas veces.

—No.

—¡Sí! Escucha... (ahora me lanzaré a una larga y penosa conversación de viejo matrimonio, el recuento de las pasadas frustraciones, un discurso pespunteado de citas ya olvidadas por el otro, en tal año no quisiste venir conmigo a, cuando yo te dije aquello no me hiciste caso, me dolió muchísimo aquel gesto que tuviste cuando), escucha, acuérdate de aquellos quince días que pasamos juntos al principio, cuando tú te fuiste a Barcelona a buscar a tu mujer te lo dije, te dije, siempre que me llames querré verte, yo no te telefonearé porque tú eres el que está ocupado, pero siempre que me llames querré verte. Y nunca te fallé, nunca, recuérdalo, durante años.

—Te digo que no estaba tan claro.

—¿Que no?... Pero ¿qué más podía hacer yo?... No sé, José María, ésta es una conversación idiota... Si no estaba claro antes, como dices, te lo aclaro ahora. Has sido el hombre a quien más he querido, te he querido durante años y años, te he echado muchísimo de menos, no te imaginas cuánto. Ahora ya no. Ya no me dueles, ya no te quiero, ya no me haces daño. Y qué casualidad, es ahora cuando me llamas cada día...

Y en estos momentos Ana le desprecia, y procura demostrárselo, perdidos los límites de su control.

—Durante muchos años creí que tú eras un hombre sereno y estable, un hombre muy fuerte. Claro, yo era bastante joven y tú un adulto. Ahora he comprendido que vas de supermán por la vida, y ésos son lujos que se pagan muy caros... ¿Te das cuenta de que durante todo este tiempo no me has contado nada personal, nunca, nada, ni una duda, ni una preocupación, no has mostrado una sola fisura? Eres un hombre perfecto, al parecer. Sin crisis, sin depresiones, sin vacilaciones... qué maravilla.

José María levanta sus ojos pardos y tristones, tan de perro fiel, y dice, despacito:

—No te contaba nada de mis problemas porque temía aburrirte con ellos. En realidad nos veíamos muy poco y no quería ser pesado...

Ana está demasiado enfurecida para poder atender a sus palabras, y, sin embargo, ha sentido un estremecimiento en la boca del estómago cuando él ha dicho eso, como si se encendiera muy dentro de ella una lejana luz de alarma, un aviso al que de cualquier forma no hace caso, prefiriendo la dulzura de su actual venganza, «¿tú sabes lo que es vivir tanto tiempo queriendo a una persona que no te contesta nada?», le dice, «¿sin tener ni idea de lo que significas para ella? Pero mira, si es lo mismo que sucede ahora, yo te he dicho que has sido el hombre a quien más he querido y tú sigues sin hablar, sin decirme nada... para mí has sido como un muro, un espejo en el que sólo me veía reflejada yo».

—Bueno. Escucha... te diré... —José María vacila, parece costarle gran esfuerzo encontrar las palabras adecuadas—. Ya que me preguntas te diré que... bueno, durante todos estos años yo te... tú has

sido para mí algo así como una persona un poco idea-
lizada, no sé si..., es decir, pensaba... sobre todo en los
períodos de crisis... pensaba que contigo sí, que contigo podría vivir una relación satisfactoria. Pensaba
que... bueno, que algún día podríamos hacerlo, que
algún día lo intentaríamos, cuando los dos nos en-
contráramos libres, cuando se diera la ocasión... porque yo no estaba seguro de que tú quisieras vivir conmigo, aunque tú digas lo contrario, yo no lo creía en
absoluto...

Qué extraña sensación: como si todos los ten-
dones se aflojaran de repente, los brazos y las piernas
pierden fuerza, la espalda se muestra incapaz de mantenerse erguida, los músculos cuelgan, inertes. Ana
siente que al compás de las palabras de José María se
deshace su agresividad, que se rompe algo, y el odio
se condensa en dolorosas humedades, en lágrimas, en
esa llantina tristísima que moja el filete a medio comer y que llena de ruborizado espanto a José María,
«pero, por favor, no te pongas así, por favor, me haces
sentir muy mal». Es la primera vez que la ve llorar.

Está todo claro, pues. José María es por lo tanto un hombre inseguro y afectivo, no ese ser estable y
distanciado que ella creyó ver: su fortaleza no es más
que una coraza. Y ella, Ana, ah, ella jugó durante años
el papel de mujer dura e independiente, y lo repre-
sentó tan bien que le llenó de miedos. Ana comprende
con repentina claridad estos diez años de desencuentros y mentiras, hicieron bailar sus respectivas mario-
netas con tal exactitud que se engañaron mutuamente: cómo es posible conocer tan poco a alguien al cabo
de tanto tiempo. Y siente que se han robado ellos
mismos un pedazo irrecuperable de sus vidas.

—Es tan tarde —gimotea, vagamente consciente de que está montando un número espantoso en el viejo restaurante— y además, estas cosas siempre dejan huellas, te marcan, te agotan...

Están apagando las luces del local, son las doce y quieren cerrar. Han de salir a la calle aún con las mejillas de Ana mojadas de recuerdos. Está cayendo una helada implacable y los coches aparcados se han cubierto de babas escarchadas. «Es cojonudo», está diciendo José María, «empiezas preguntándome, ¿qué te pasa? y terminas llorando», habla con tono festivo y esforzado, y Ana sonríe temblorosa a través de las lágrimas. Han llegado al coche de él, se suben «¿vamos a tu casa?», pregunta José María. Ana quisiera marchar sola, desearía fervientemente no tener que seguir hablando más, poder encerrarse con su melancolía, dormir, se encuentra muy cansada. Pero los llantos están aún demasiado recientes y no ha habido tiempo para serenar la situación. Está claro que la llevará a casa, que subirá con ella, que querrá amarla. Atraviesan una ciudad vacía bajo el frío, no hay apenas coches y ningún peatón, sólo una pareja como de mediana edad embutida en chándales de color brillante —verde él, rojo ella— que trotan por el asfalto haciendo *footing* a lo largo de la calle despoblada, de sus narices salen columnas de vapor entrecortadas por el jadeo y entre sus piernas corretea un foxterrier chillón que mordisquea los talones de sus dueños.

Hace bromas, José María hace tiernas, cariñosas, tímidas bromas durante todo el tiempo. Entre bromas comienza a besarla, ya en casa, a desnudarla. Ana no le desea, pero el odio ha desaparecido por completo y teme herirle, le sabe tan asustado por su llanto de esta noche. Él le hace un amor distinto al de antaño, le besa el cuello, la acaricia, es tan tierno como Ana hubiera querido que fuese antes, «qué piel más suave tienes», dice, y esto despierta en ella el agudo dolor de lo que es irreversible, del cariño a destiempo. Finge con poca ansia un orgasmo, se encuentra vieja y lejos. Y entre brumas, observa por primera vez que en los rizos del sexo de José María brillan ya unas cuantas canas.

14

—Sois unos cabrones.

Ana está indignada. Indignada hasta tal punto que no encuentra palabras. Hasta tal punto que, como siempre, no sabe adoptar una postura irrebatible y serena. Y se ahoga dentro de su misma furia, sabiendo —ese presentimiento abonado por la experiencia— que va a sufrir una derrota.

—Sois unos cabrones, coño.

Tiene ganas de llorar y se encuentra sola y desamparada, y son éstos sentimientos que odia y desprecia en sí misma, como si fueran un residuo mal limado del otro yo, de una cultura feminoide que repudia, «esto no se lo habrían hecho a un tío», se dice, «y si se lo hacen, hubiera montado tal escándalo que la gente se habría asustado». Pero Ana sabe que sus gritos sólo servirán para provocar palmaditas en el hombro, un paternal y amistoso consuelo por parte de Mateo, paf, paf, hará su manaza comprensiva e inútil sobre la espalda, chatita, no te pongas así, dirá, y todo seguirá igual sin que su enfado haya servido para nada.

—Pero, chatita, no te pongas así, mujer.

—¡Cómo que no! Llevo dos años trabajando en esta puta empresa, me habéis utilizado de comodín, soy la que más trabaja de toda la redacción, la que carga con todos los muertos, a la que se le puede llamar un domingo por la noche para decirle que ha fallado tal reportaje y que hay que inventarse uno antes de las doce del día siguiente, ya se sabe, los imperativos de la imprenta y bla, bla, bla. Y todo por dos duros, sin sueldo fijo, sin que me hayáis pagado los reportajes encargados que por cualquier problema vuestro no han salido publicados, vamos, es que me tenéis de esclava y de tonta, y cuando protesto me decís, bueno, chatita, pero eres vital para nosotros, el próximo invierno te meteremos en plantilla, ja, qué risa... esto me pasa por imbécil.

Hace apenas media hora que se lo ha dicho Domingo, el director, haciendo crujir los dedos con nervioso gesto, ruborizándose, mira, es que es imposible, pero no te preocupes que llegaremos a un arreglo, te intentaremos pagar un sueldo fijo... Piensa Ana en el Curro, que este año va al colegio, que cada día necesita más dinero... Esto de ser madre soltera, reflexiona sonriendo con amargura, es verdaderamente una proeza, tienes todas las servidumbres del padre de familia y no se te reconocen los derechos. Como cuando la echaron del banco por quedarse embarazada. La llamó el jefe de personal, un tipo de piel satinada y blanquecina, como frotada con polvos de talco: un alevín ambicioso que pertenecía al Opus. Comprenderá usted, Ana, le dijo con untuosa voz, comprenderá que en estas circunstancias se ha pensado que usted no puede seguir en el trabajo. Claro está que no vamos a dejarla en la calle, se le dará una compensación económica, se le pagará el sueldo hasta que usted dé a luz y además el banco correrá con todos los gastos del hospital y de asistencia médica. Pero no vuelva usted a venir por aquí (se le nota mucho ya, ¿sabe?, se atrevió a susurrar en un vergonzoso aparte) y búsquese después otro trabajo, tiene tiempo para hacerlo y con su valía no le será difícil. Y Ana supo morderse los labios, mantenerse, no darle las gracias que el miserable esperaba: él, claro está, tenía siete, u ocho, o nueve hijos, quién sabe la cifra exacta, una manada de niños bendecidos, legales, religiosamente concebidos sin placer.

—Mira, Anita, yo te he defendido, he insistido para que te metieran en nómina, te lo aseguro —está diciendo Mateo—, y además estás ahí, la primera, dispuesta a entrar en un futuro próximo, no te quepa la menor duda, lo que pasa es que a los del consejo de administración les dio la obsesión de llamar a Paco Álamo a *Diario de Madrid,* decían que querían un especialista en política nacional...

—Y claro, una mujer sólo puede dedicarse a escribir chorradas.

—No es eso, no es eso, chatita, lo que pasa es que ya sabes cómo son, no tienen ni idea de periodismo, se habían empecinado en comprar la firma de ese tío y lo han conseguido.

—¿Y los otros dos?

—Bueno, eso fue ya a nivel personal, Ascano es amigo de Ramsés y José Luis es amigo de Domingo.

(Y se retorcía las manos, el cabrito, aparentando pasarlo tan mal cuando tuvo que darle la noticia que Ana casi sintió deseos de consolarle.)

—Pero no te preocupes, que Domingo me ha dicho que te van a hacer un contrato por una cantidad fija al mes, y antes de que me vaya yo de aquí forzaré para que te lo firmen...

Promesas, promesas. Mateo promete siempre mucho —quizá queriendo, por qué no, cumplir todo lo que dice— y después el gran monstruo burocrático de *Noticias* le absorbe, le traga, le anula.

—Anda, guapa —dice Mateo—, deja todo eso que hoy nos vamos de fiesta, nos vamos al guateque de navidad de *Noticias,* ya sabes, esa copichuela que dan todos los años en «Boccaccio». Verás cómo con unas copas se te pasa el muermo.

—Yo no bebo.

—Bueno, chica, pues con una cocacola...

El local está lleno a rebosar y los asistentes ejecutan laboriosos y meritorios ejercicios gimnásticos para atravesar la sala, vaso en mano, sin derramar el contenido ni quemar a nadie con su cigarrillo en el apretado vaivén. Ana odia este tipo de tumultos en los que siempre se siente fuera de contexto: pero hoy ha venido con una finalidad concreta, ha venido ansiosa de encontrarle, seguro que está aquí el Soto Amón, eso es seguro. Tiene ahora Ana más añoranzas de él que nunca, tras la triste conversación con José María, hace apenas dos semanas, que la dejó melancólica y vacía: hacia las espaldas un fracaso, hacia el futuro una relación inventada, idiota e imposible. Y, sin embargo, aun sabiendo todo esto, es tal la ansiedad que experimenta Ana últimamente por el inalcanzable Soto Amón que desperdicia notables energías en imaginar los perfiles de un primer encuentro, qué diría él, qué contestaría ella, cómo serían sus mimos, sus ternuras. Y recordando con sorpresa que nunca ha mantenido relaciones con un hombre encorbatado, juega a plantearse, divertida, ese pequeño problema: ¿cómo se desnudará a un hombre que va vestido así, cómo se deshará el nudo de su perfecta corbata?

—Hombre, Mateo...

Es Soto Amón, un Soto Amón repentino, sudoroso, copa en mano.

—Qué gusto encontrarte, no aguanto más a esos pelmas, están ahí los viejos del consejo de administración empeñados en que *Noticias* apoye a Fraga en la próxima campaña, están locos...

Es un Soto Amón divertido, extrovertido y muy humano el de esta noche, quizá la bebida ha roto la encorsetada timidez que Ana adivina o atribuye, quizá el estar fuera del edificio de *Noticias* hace que se diluya su rígido poder en una relación igualitaria.

—¿Conoces a Ana Antón? Trabaja para nosotros... bueno, para vosotros, porque yo ya... —insiste Mateo, que está algo chispa.

—Creo que sí, que nos hemos visto por la redacción un montón de veces... Y además la he leído, claro.

Ana quiere creer que su amplia sonrisa y su amable frase son verdaderas, embriagada como está por el calor del local, por la locura de la noche y su presencia, y nota que el corazón le late fuertemente.

Conversan de cosas neutras, a grandes gritos, por encima de la música y el ruido. Ana se encuentra tonta y zafia, particularmente enmudecida. Sabe que a veces puede resultar casi brillante y divertida, pero en estos momentos se repliega en sí misma, intimidada, tan bloqueada como en sus guateques quinceañeros.

—Venga —dice de pronto Soto Amón—. Vámonos de aquí: os invito a tomar algo en un sitio más tranquilo. Hay que festejar tu despedida, Mateo.

Una ronda, dos rondas, tres rondas en un pequeño pub cercano. Mateo se apoya en el mostrador forrado en cuero, cuenta con etílico impudor menudencias de su vida, cuando me llevaron de putas en Oviedo, tenía dieciséis años, era virgen, no sabéis, esa casa de papeles floreados, de luz roja, era tremendo, detrás de ti entraba la madama con la palanganita, Soto Amón ríe, ha bebido mucho pero lo disimula bien.

—¿Nos vamos a cenar? —dice al fin, y Ana siente la nuca helada de sudor.

—No, no. Yo no puedo. Lo siento, pero no puedo. Lo siento, muchísimo, pero no puedo, de verdad —insiste Mateo con lengua de trapo—. He quedado en llevar a mi mujer al teatro, ¡hostias!, y es muy tarde, ya puedo salir corriendo. No, no, esta última la pago yo —concluye cortando el ademán de Soto Amón mientras riega el mostrador de billetes de cien con mano torpe.

Luego da grandes besos húmedos en las mejillas de Ana, palmea las espaldas de Eduardo y por un momento parece que también va a besarle, y aún se vuelve una vez más, ya en la puerta, para decir adiós con grandes gestos antes de irse.

—Bueno —dice Soto Amón volviendo hacia ella una grata sonrisa—. Tú sí que no te escapas, ¿no? Vámonos a cenar —y agarrándola del brazo la saca del local casi en volandas.

Es un restaurante caro, íntimo, coqueto. Ana ha pedido un pescado ligero, le es indiferente: se encuentra incapacitada para comer nada. Enfrente, Eduardo mastica su cena con elástico y hambriento ritmo ingeniándoselas para hablar al mismo tiempo.

—De modo que tienes un hijo.

—Pues sí, el Curro va a cumplir ya los...

—Yo también tengo tres, ¿sabes? Ya mayores, claro...

Soto Amón es hombre acostumbrado a hablar y a callar a los demás, y parece haber perdido la capacidad de escuchar.

—De todas formas —está diciendo ahora— no sabes lo que te envidio: eres joven, guapa, lista... tienes un hijo y no estás ligada a nadie... ¿o lo estás?

—No... —musita Ana: y en la forma aparentemente casual de la pregunta de Eduardo cree reconocer con desagrado el torpe interés del que pregunta si estás casada, comprometida o libre.

—Pues fíjate qué maravilla... tienes la vida por delante. En cambio yo...

Y esboza un gesto de cansancio. Ana teme que ahora comience a hablar de la jaula dorada de su agotado matrimonio: una boda temprana, yo era tan joven, no me entiendo con mi mujer, los dos somos desgraciados, y el peso del poder, y estoy tan solo... Cruza los dedos en el regazo, al amparo de la servilleta: ojalá no se atreva a hablar así, ojalá sea más inteligente.

—Bueno, yo me casé rozando los veinte años como casi todos los de mi generación. Un niño. Un idiota. Ni que decir tiene que después de veinte años de matrimonio, ya no queda nada, claro está. Sobre todo en un matrimonio de este tipo, como el mío. Claro, me dirás, podrías haberte separado... Pero no es tan fácil, sabes. Primero están los niños, que cuando son pequeños te encadenan. Y luego, cuando ya son grandes, resulta que has caído en la trampa, en la rutina, quiero decir. He de confesar que esta situación me resulta cómoda, aunque no sea precisamente una situación muy digna. Es decir, que yo le sirva a ella dándole el apellido, la posición social, el abrigo de pieles, y ella me proporcione a cambio la cobertura oficial y la confortabilidad. Queda muy bien, mi mujer, en la alta sociedad. Hace muy buen juego: es elegante, sofisticada, ni tan siquiera es rematadamente tonta, hizo Filosofía y Letras cuando era joven... Es como un negocio: lo tenemos todo bastante claro, cada uno su vida y ya está.

—Sobre todo tú —añade Ana con rabia, arrepintiéndose inmediatamente de haberlo dicho.

—Bueno, quizá sí, sobre todo yo... Pero ella tiene la misma posibilidad de hacer con su vida lo que quiera, lo que pasa es que no quiere. A mí me encantaría saber que tiene un amante, por ejemplo. Con tal de que no haga nada escandaloso... como yo, que tampoco lo hago. En fin, ¿te parezco muy cínico? Pues sí, lo soy en parte. Pero se paga caro, sabes...

Y aquí Eduardo compone una cara desolada, estoica, entristecida.

—No me entiendo con mis hijos: cada uno va por su parte. Con mi mujer hace mucho que ni hablo. En *Noticias...* para qué decir, soy el patrón y ese puesto siempre es solitario. El poder tiene sus compensaciones, claro está, no me voy a hacer aquí la víctima, pero...

Y, sin embargo, todo en su rostro se ordena en una contradicción gestual con sus palabras, pone cara de víctima, sí, de víctima serena y resignada. Después levanta la mirada, esboza una sonrisa ruborosa y espléndida:

—No sé para qué te cuento todo esto, la verdad —silencio—. Mira, hacía tiempo que no hablaba así con nadie, es como si te conociera desde hace mucho...

Angustia. Angustia al reconocer esas frases tan oídas. Al intuir debajo el viejo mecanismo, la sonrisa a su tiempo, el tono íntimo, el susurro. Me duele el estómago, me arden las mejillas, me sudan las manos. Está poniendo las redes, estrechando el cerco con torpeza. Y pese al presentimiento, a la intuición de lo que Soto Amón es, Ana sabe que terminará acostándose con él, llevada por la inercia de este año de deseos, arrastrada por la minúscula esperanza de que aún sea distinto.

—No mires mucho la casa: es horrorosa... en fin, ya sabes.

Está preparando un nuevo whisky (¿de verdad que tú no quieres?), sacando hielo de la pequeña nevera empotrada en el muro. Plásticos, lacas blancas, un ambiente pretendidamente moderno. Es un pequeño apartamento en el céntrico Madrid, la entrada, se puede hacer directamente a través del garaje, es tan discreto... El hilo musical pone un fondo neutro e impersonal, es una música empastada, sin matices. Él se acerca, la besa con rápida eficiencia, comienza a desnudarse.

(Y con entristecida certidumbre, Ana intuye en un segundo el desarrollo de la noche, él me desnudará con mano hábil y ajena, simularemos unas caricias vacías de intención, nos amaremos sin decir nada en un coito impersonal, Eduardo tendrá un orgasmo ajeno a mí, sin abrazarme, sin verme, sin recordar seguramente quién soy yo. Después habrá un discreto, mínimamente amable momento de descanso, y de inmediato la mirada al reloj, lo siento, pero me tengo que marchar, dirá él, es lo estipulado con mi mujer. Nos vestiremos con premura y en silencio, el apartamento se irá haciendo más feo por momentos, recogeré quizá el vaso vacío y los ceniceros para ponerlo todo en el fregadero con desesperado, automático gesto femenino: déjalo, insistirá Eduardo, mañana vendrá la mujer de la limpieza. Y bajaremos a la calle, él estará duro, frío y distante, ¿no te importa que te deje en un taxi?, se me ha hecho muy tarde, comentará posiblemente. Y yo me sentiré ridícula, defraudada, y le diré que no, que no me importa, sabiendo que no me acompaña porque quiere dejar marcadas las distancias, no me vaya a creer yo que, no me vaya a pensar, para demostrarme que lo que hemos hecho no ha significado nada.)

Se desarrolla, pues, la pantomima con asombrosa semejanza a lo previsto (¿qué hago aquí con este extraño?), se hacen un amor callado y hueco (qué absurda situación, absurda, absurda), el aire se llena de silencios (es como si me contemplara a mí misma desde fuera, tan lejos de la realidad, de él, de todo), «lo siento, pero es tardísimo para mí, tenemos que marcharnos», dice él al fin (todo un año que se acaba con esto, si él supiera), «déjalo, Ana, déjalo, ya lo recogerá todo la asistenta que viene cada día».

—No me acompañes: voy a coger un taxi.

Están en el portal, él la mira con aliviada sorpresa, «hombre, te lo agradecería porque... ¿no te importa?», dice, «no, no, lo prefiero», contesta Ana en tono seco. Pero en los ojos de Soto Amón el alivio ha dejado paso a una sombra de duda, un relámpago de suspicacia, «¿seguro que no quieres que te acompañe?», insiste ahora él, repentinamente solícito, observándola con atenta, estrecha mirada por primera vez en toda la noche (¿será posible?, ¿será posible que un pequeño despego por mi parte le cambie así, le vuelva inseguro, le hiera quizá su orgullo de hombre poderoso y triunfante? ¿Temerá quizá haberme defraudado como amante, así de frágil es y de inmaduro?), «seguro», contesta Ana. Eduardo la contempla en silencio unos segundos, se le ve incómodo, titubeante. Al fin dice, «oye, ¿estás bien?», y envuelve el acento ansioso de sus palabras con una pátina de paternalismo. Ana siente súbitamente unos histéricos, irrefrenables deseos de reír, «yo estoy muy bien, mejor que nunca, ¿y tú?», responde con entrecortadas carcajadas. Después le besa levemente en la mejilla, da media vuelta, se aleja por la solitaria calle, atrás queda Soto Amón, inmóvil sobre la acera, mirándola.

Ahora hay que cruzar este Madrid malditamente feo de las madrugadas, y recoger al Curro que está durmiendo en casa de sus abuelos, qué horas son éstas de venir, y ahora tienes que despertar al niño, no te da vergüenza, y el Curro lloriquea ensoñadamente abrazado al cuello de su madre, ya, mi vida, ya, y aún queda lo peor, la prueba más difícil, aún queda la descarnada luz de neón del ascensor, el espejo criminal que te devuelve la derrota, las grandes bolsas bajo los ojos, los treinta años que empiezan a resquebrajarse cara abajo, envueltos en esa palidez trasnochadora y humeante, y piensa en Cecilio, tan lejano, que pasea por Brasil amores que también él sabe que son falsos, y la casa está más fría y sola que nunca, dos mantas sobre la cama del niño, duérmete, corazón, duérmete. Y cuando el Curro retoma su respiración menuda y sosegada, la cara aún enrojecida por el llanto, Ana advierte que dentro de ella crece un extraño y denso orgullo, la serena certidumbre de que en este ajedrez de perdedores más pierden aquellos como Soto Amón que ni tan siquiera juegan. De todos estos meses de fiebre sólo lamenta el derroche de imaginación y de ternuras, y de toda esta noche rota en desencuentros sólo le duele que fuera el propio Soto Amón quien se quitara la corbata en un automático, bien ensayado, autosuficiente gesto. Un gesto cruel y poderoso que, quién sabe, recapacita ella con ácida sonrisa, puede ser un buen comienzo para ese libro que ahora está segura de escribir, que ya no será el rencoroso libro de las Anas, sino un apunte, una crónica del desamor cotidiano, rubricada por la mediocridad de ese nudo de seda deshecho por la rutina y el tedio.

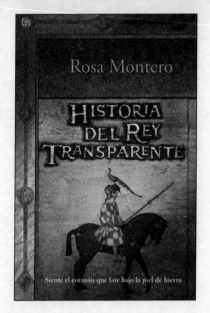

En un turbulento siglo XII, Leola, campesina adolescente, desnuda a un guerrero muerto en un campo de batalla y se viste con sus ropas de hierro, para protegerse bajo un disfraz viril. Así comienza el vertiginoso y emocionante relato de su vida, una peripecia existencial que no es sólo la de Leola sino también la nuestra, porque esta novela de aventuras con ingredientes fantásticos nos está hablando en realidad del mundo actual y de lo que todos somos.

Historia del Rey Transparente es un insólito viaje a una Edad Media desconocida que se huele y se siente sobre la piel, es una fábula que conmueve por su grandeza épica, es uno de esos libros que no se leen, sino que se viven. Original y poderosa, la novela de Rosa Montero tiene esa fuerza desbordante de los libros llamados a convertirse en clásicos.

Rosa Montero
La hija del Caníbal

Lucía lleva diez años con Ramón. Sus vidas transcurren sin pasiones ni tropiezos, hasta el día en que deciden pasar el fin de año en Viena y Ramón desaparece en el aeropuerto. Lucía no se conforma con que el caso lo resuelva la policía, y gracias a la ayuda de Adrián, un extraño joven, y del anarquista Fortuna, investiga por su cuenta el paradero de Ramón... Pero eso que parece un drama se convierte en una oportunidad para vivir con más intensidad.

«Estamos en la más novelesca de las novelas de Montero, a la vez que, aunque parezca una paradoja, en la más realista, en la que cala con mayor hondura y verdad en los fantasmas, complejidades limitaciones y grandeza de la existencia».

SANTOS SANZ VILLANUEVA

Rosa Montero
Amado amo

Amado amo es una comedia negra del mundo laboral. Es una novela sobre el poder, pero un poder con minúsculas, cotidiano y perfectamente reconocible: el que ejercen las empresas, el que sufren los asalariados, un poder risible que se mide en metros de despacho o en el número de veces que el jefe se ha parado a hablar contigo. César Miranda, empleado de una gran empresa, es un hombre en crisis que intenta sobrevivir a las tormentas y tormentos de una competitividad desenfrenada. Y su peripecia nos va dibujando el implacable pero divertidísimo retrato de la disparatada sociedad en que vivimos.

Rosa Montero
El corazón del Tártaro

La editora de libros medievales Sofía Zarzamala nunca pensó que el pasado pudiera irrumpir en su vida para sumergirla en los infiernos. «Te he encontrado», dice la voz de un hombre al otro lado de la línea telefónica, y con eso basta para que Sofía se vista a toda prisa y huya de su apartamento... El descenso de Sofía a los bajos fondos de la ciudad se alterna con su misterioso pasado. Tras veinticuatro horas repletas de caóticas experiencias, la luz aguarda al final del túnel.

«Rosa Montero combina con destreza los elementos dramáticos, dosificando la intriga y estableciendo acertados paralelismos: una supuesta obra inédita de Chrétien de Troyes con dos finales opuestos sirve de plantilla para el dilema de fondo: la posibilidad de luchar contra el destino que ha marcado la sangre.» *El Mundo*

Rosa Montero
La función Delta

En *La función Delta*, Rosa Montero juega con dos momentos de la vida de un personaje, Lucía, a la que veremos con treinta y sesenta años, es decir, en su (tal vez ilusorio) triunfante asentamiento y su posterior declive. ¿Qué somos capaces de hacer para no quedarnos solos en la recta final de la vida? Y es que el miedo a la muerte condiciona buena parte de nuestra existencia. A pesar de sus estrepitosos fracasos, la protagonista buscará sin desfallecer a la persona que habrá de acompañarla hasta su último suspiro, pues la soledad le resulta más insoportable que ir de un desamor a otro. La confrontación de la entrada en la madurez con la vejez da lugar a valiosas reflexiones sobre la sexualidad, la relación con los otros y la propia identidad.

La función Delta es una historia inquietante, una novela para todo el mundo ya que refleja una serie de posiciones ante la vida, el amor y la muerte.